Contemporánea

José Agustín (Acapulco, 1944) es narrador, dramaturgo, ensayista y guionista. Entre sus obras destacan *La tumba* (1964), *De perfil* (1966), *Inventando que sueño* (1968), *Se está haciendo tarde (final en laguna)* (1973), *El rey se acerca a su templo* (1976), *Ciudades desiertas* (1984), *Cerca del fuego* (1986), *La miel derramada* (1992), *La panza del Tepozteco* (1993), *La contracultura en México* (1996), *Vuelo sobre las profundidades* (2008), *Vida con mi viuda* (2004), *Armablanca* (2006), *Diario de brigadista* (2010) y la serie *Tragicomedia mexicana* (2013). Ha recibido, entre otros, el Premio de Narrativa Colima, el Premio Mazatlán de Literatura y el Premio Nacional de Ciencias y Artes en el área de Lingüística y Literatura.

José Agustín

Vida con mi viuda

DEBOLS!LLO

El papel utilizado para la impresión de este libro ha sido fabricado a partir de madera
procedente de bosques y plantaciones gestionadas con los más altos estándares ambientales,
garantizando una explotación de los recursos sostenible con el medio ambiente y beneficiosa para las personas.

Vida con mi viuda

Segunda edición en Debolsillo: agosto, 2022

D. R. © 2005, José Agustín Ramírez

D. R. © 2022, derechos de edición mundiales en lengua castellana:
Penguin Random House Grupo Editorial, S. A. de C. V.
Blvd. Miguel de Cervantes Saavedra núm. 301, 1er piso,
colonia Granada, alcaldía Miguel Hidalgo, C. P. 11520,
Ciudad de México

penguinlibros.com

D. R. © 2022, Susana Iglesias, por el prólogo

D. R. © por la obra gráfica de portada, Pedro Friedeberg Landsberg, *Camisas*, 2019

Penguin Random House/ Paola García Moreno, por el diseño de colección

Fotografía del autor: archivo familiar de José Agustín

ISBN: 978-607-381-719-6

Impreso en México – *Printed in Mexico*

Prólogo

No cualquiera puede soportar la verdad, José Agustín parece reírse de mí y de todos nosotros en esta enigmática novela que nos escupe misterios. Algunos críticos literarios no entenderán jamás *Vida con mi viuda* porque la mística que contiene no se revela ante personas que sólo creen en lo tangible, en el canon: cáncer de la literatura.

Los misterios de esta novela son peligrosos, como él. José Agustín nunca fue un hombre inofensivo, su compañía literaria daña de tan rabiosa, es un daño que prefiero por encima de leer la aburrida tradición literaria mexicana. José Agustín es pionero, todas, todos vamos detrás de él, sus palabras *fueron/son/serán* ruptura y transgresión. Y así como la muerte tiene varios disfraces para seducirnos, Onelio de la Sierra, el protagonista, también los tiene, logra engañarnos en cada abismo que abre entre su existencia física y su muerte. Como un accidente o un guion escrito por un sádico, Onelio decide *mimetizarse* en la vida de *otro* para *espiar/expiar* su *falsa* muerte, vertirse en un *otro* sórdido, lleno de secretos perversos, lo que inicia como un robo de identidad termina en una revelación existencial. Damos la espalda a la muerte de forma continua, nos negamos a morir, nos negamos a olvidar a los muertos, ¿cuál podría ser la única forma de perder el miedo a la muerte? Viviéndola, visitando su espectro, vistiendo su violento disfraz de secretos. Somos discontinuos, somos inconclusos, somos espejos rotos que no reflejan a nadie en sus fisuras. La muerte es vértigo, tiene esa fascinación inexplicable que termina en una mueca de dolor. Los ojos se voltean hacia la nada. ¿Qué miran? Nadie lo sabe.

La unión *erótica y espiritual* de *Onelio-Helena* es la muerte, nada puede desatar la conexión de dos cuerpos que se unen para morir, porque coger con el que se ama es disolverse. La inevitable violencia sexual que nos diluye en el *otro* nos acerca a la violencia de la muerte. Las mujeres de las novelas de José Agustín son fieras, son brujas, son incómodas, son indígenas, son poderosas, tienen deseos, tienen un cuerpo que no está separado de su mente ni de sus emociones, no son cursis, no obedecen a nadie, no poseen esa *belleza aburrida-canónica* tan predecible, son capaces de coger con el amigo de la prepa de su esposo y de sacarle un ojo o los dos a un hombre tibio. Viven el amor desde su orfandad y búsqueda existencial desligada a los deseos masculinos. Amar es un impulso de muerte, quien lo niegue no sabe nada todavía, dejemos esas *fantasías neuróticas* del *siglo XXI* de un *amor sanitizado* y torpe que no sabe a nada más que a simulación, a mierda y fracaso. En estas páginas escritas por un novelista en la cumbre, el sexo se disfraza de asesinato, suicidio, muerte. El *erotismo* de Onelio es tan *sagrado* como un viaje —siempre mortal— con *niños santos*. Sí, los hongos nos acercan a la muerte, por eso el alma se cura con ellos, porque en ese *descenso/ascenso* la cercanía con la muerte nos cura de todo el daño que pudiera habitar nuestra existencia.

Tuve que adentrarme en esa sustancia para hurgar en el desdoblamiento de Onelio, fragmentarse, amar, morir... ¿ustedes han estado frente a su último amor? Yo sí, es tan aterrador que te gustaría apagarte de pronto, jamás volver a sentir, es tan hermoso como escuchar a *Scriabin* en silencio con las luces apagadas. En el alma [creas en ella o no] siempre existe algo confuso e incierto para arrancar o extirpar, esa es la constante en nuestra *discontinua* existencia cuya finalidad es *conectarnos* con la muerte. El asombro guía nuestro *sexo-corazón* suicida. Habitamos la incertidumbre. El *erotismo* desea romper nuestra soledad, por eso dejamos que entren en *nosotros*, por eso entramos en *otros*. Un prólogo jamás debería ser resumen o una retahíla de referencias, siempre me ha molestado que los prologuistas intenten contarnos la historia que el lector necesita descubrir por sí mismo, detesto que nos hablen como si de verdad entendiéramos ese mundo particular e indescifrable de la *disociación* del autor, porque aunque los escritores lo negamos, vivimos y morimos en nuestros personajes.

Aborrezco que el prologuista se empeñe en narrar detalles sin considerar que cada lector busca algo diferente a su análisis personal, cada lector es único, es místico a su forma, cada uno encontrará un secreto que *nos* sea imposible saber a ti o a mí. Sólo puedo compartir con ustedes lo que este libro ha desatado en mi interior: no entiendo nada, no puedo explicar el amor, es un misterio... tengo ganas de un duelo con el hombre amado, tengo ganas de besar a la puta muerte e invitarle un gin tónic, fantaseo con morir y espiar la recámara del hombre que amo tras visitar disfrazada de *puta* mi funeral, fantaseo con verlo coger con otra mujer para después subirme a su auto y manejar por el Periférico con ganas de estrellarme. Un personaje como Onelio está escrito para encontrar a sus homólogos, así es como esta novela nos incendia el corazón, porque está escrita para estremecer, está escrita para acompañar las dudas de *nosotras* las erótomanas solitarias excéntricas y apasionadas un sábado por la noche en la que todo parece haber muerto, ¿quién no ha tenido la fantasía recurrente de fingir su muerte para husmear en las vidas de personas cercanas y comprobar que nadie conoce a nadie? Nos movemos entre disfraces, cada disfraz es nuestra muerte. No lo olvides: *la muerte iguala a todos.*

Susana Iglesias
Acapulco, Mayo de 2022

A Margarita

Pero también tú estás muerto desde ahora...,
muerto para el mundo, para el cielo y para la esperanza.
¡En mí existías..., y al matarme ve en esta imagen,
que es la tuya, cómo te has asesinado a ti mismo!

EDGAR ALLAN POE

Había reconocido a su enemigo nocturno.
Este amigo no era otro sino él mismo;
otro señor Goliadkin absolutamente igual a él

FIODOR DOSTOIEVSKI

Árbol genealógico

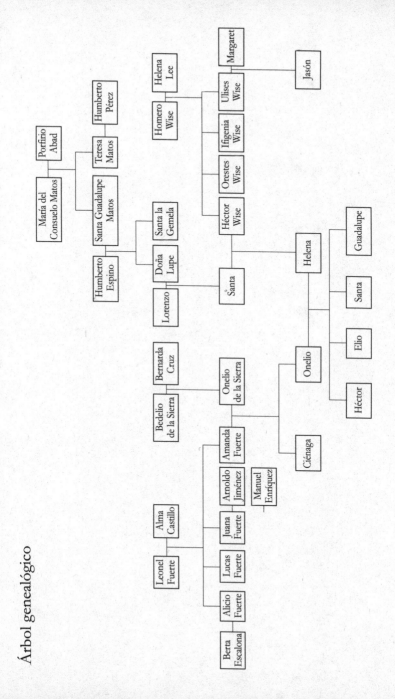

0. El significador

La vida después de la vida no es vida. A las doce de la noche la linda Lucía se despidió con un beso, alegremente, llena de vitalidad. Con cariño, vi irse a esa muchacha simpática, inteligente, pero sobre todo solar: irradiaba vitalidad y ponía a todos de buen humor. La discreción la distinguía y por eso nos llevábamos tan bien. Empezó a trabajar en los estudios un año antes con nosotros como asistente de edición y resultó muy efectiva; hacía las cosas tan bien que a veces yo le aplaudía, en broma pero en serio, y le decía ¡bravo, bravo, te luciste, Lucía!, o, si no, ¡Lucía hizo la luz! Amaba el cine y sus conocimientos llegaban a la erudición, aunque, claro, aún le faltaba mucho para que el rollo de datos se transmutara en ideas propias.

Unos meses después de que empezara a trabajaba con nosotros nos quedamos a deshoras en la edición urgente del capítulo de una serie; ni a ella ni a mí nos extrañó y mucho menos molestó acabar haciendo el amor en el sofá, lo cual repetimos encantados con alguna periodicidad; de hecho, cada vez que editábamos juntos horas extras. Lo tomábamos muy deportivamente, con humor, oportunos gestos de afecto y sin alterar el trabajo o nuestras vidas personales, es decir, nuestros matrimonios. A mí me gustaba toda ella, pero en especial su pubis de vello abundante, castaño, con pequeños, delicados y coquetos ricitos, *naturally curly pubic hair*; la vulva, rolliza, casi rubicunda, cerraba totalmente la puerta de la vagina y su sexo era una linda boca vertical.

Permanecí en el sofá un rato más, tendido, gozando el reposo y el silencio repentino que se hizo en los Estudios de Edición de la Exquisita Orquesta de los Mil. Finalmente me desperecé, me vestí y apagué las luces, pero me detuve al ver que afuera, en el estacionamiento, helaba casi como en *Los salvajes inocentes*. Con sólo ver la escarcha a través de los cristales del portón se me iba el calorcito. Me animé a enfrentar el frío y salí del estudio. Era peor de lo que creía. Los vientos me hicieron correr para llegar a mi auto Chacagua, que se hallaba al fondo del estacionamiento, casi vacío en la madrugada, y que me parecía *El tren del escape*.

Ya oprimía los botones del control remoto para abrirlo, cuando una camioneta deportiva apareció a gran velocidad por la calle, en una impecable y muy filmable toma panorámica, y de pronto frenó en seco; con un gran chillido de llantas derrapó ciento ochenta grados y casi se estrelló contra la caseta videofónica de la esquina. Se detuvo a milímetros. No se me iba la impresión que siempre me dejan esos inesperados, estridentes y espectaculares incidentes automovilísticos.

Un hombre salió del auto al instante, con las manos en el cuello y las quijadas como si no aguantara el dolor. Era de mi estatura y complexión. Inexplicables sensaciones de angustia crecieron en mí. Los pasos veloces y trastabillantes de ese hombre que sufría, agonizaba de hecho, eran los de la fatalidad, mientras yo, paralizado con la mano en la puerta de mi auto, lo veía, intrigado e incómodo. Llegó exactamente hasta mí, perdió el paso y yo, por reflejo, estiré los brazos para sostenerlo. El hombre, congestionado de dolor, sudaba sin parar y tenía los labios azulosos, pero la estupefacción superó sus dolores momentáneamente al verme. Yo, tan pasmado como él, observé que, bajo la luz escasa de los faroles lejanos y en un frío de muerte, nuestras facciones, el cabello, la estatura y la complexión eran prácticamente iguales. Aterrorizado, quiso decir algo, pero de súbito perdió el sentido. Pensé que venía muy mal, obviamente enfermo porque no olía a alcohol, y en sus delirios creyó verse a sí mismo cuando llegó a mí. Fue demasiado. Ya no pudo hablar, sus ojos se blanquearon, la boca se le torció con un rictus de pasmo y horror, y se derrumbó en mis brazos.

Cuando salí del estupor de ver el parecido tan extraordinario entre los dos, me di cuenta de que había muerto. Su corazón ya no latía, no tenía pulso. Pero si somos iguales, cómo puede ser. No había sangre ni rastros de golpes, así es que pensé: le dio algún ataque que lo mató finalmente al creer que se encontraba consigo mismo, o sea: conmigo; si no, se había o lo habían envenenado o una sobredosis de drogas de repente lo aterró y buscó dónde curarse, pero no llegó a tiempo. En todo caso, estaba bien muerto. Logré sacudirme la fascinación un tanto ominosa de ver que fuéramos tan parecidos y de que mi sosías llegara a morir exactamente en mis brazos. Eso quería decir algo. Pero qué.

De pronto me fulminó la idea de cambiar identidades.

No pude resistir un impulso poderosísimo y, sin pensarlo, le quité toda la ropa, hice yo lo mismo, a pesar del frío, y después me puse la suya, con rapidez; a él lo vestí con la mía, lo cual me costó un trabajo enorme porque se había vuelto como fardo y me costaba trabajo moverlo y meterle cada prenda. Cuando terminé, perlado de sudor, el frío quemaba más. Por suerte, ese hombre llevaba un buen abrigo, lo que era un consuelo. Le puse mis cosas con todo lo que llevaban dentro: cartera con identificación oficial, tarjetas, algo de efectivo, mi pluma fuente de oro, un encendedor, cigarros negros cubanos, pastillas para la digestión y un par de condones. Después le coloqué en la mano las llaves de mi coche y en el bolsillo las del estudio de edición, de mi oficina y de la casa. Lo dejé caer según yo como si le hubiera sobrevenido el síncope cuando abría el auto.

Lo observé unos instantes más, suspendido, ah qué oportuno abrigo, hasta que de pronto reaccioné y corrí a la cabina, junto a la camioneta que aún estaba andando. Apagué el motor, guardé las llaves y, cuidándome de que la minicámara de la caseta no me registrara, con voz forzada notifiqué a la policía que había un muerto junto a un Chacagua en el estacionamiento de los Estudios de Edición de la Exquisita Orquesta de los Mil, sí, así se llamaba, yo pasaba por ahí casualmente.

Muéstrese e identifíquese, me ordenaron.

Me perdonan, pero yo no tengo nada que ver en esto y no quiero meterme en problemas.

Colgué. Qué estoy haciendo, me dije. Un poder inexpugnable me dominaba en medio de una sensación grave, ominosa, de peligro extremo, pero también melancólica, no exenta de un placer oscuro. Para bien o para mal, había desencadenado mecanismos inescrutables. Respiré profundamente el aire helado varias veces para quitarme esas ideas. Mi cuerpo no quería pensar, sino actuar.

Subí en la camioneta de mi fallecido doble. El abrigo era calientito, pero en las pantorrillas y la cara el frío calaba. Revisé lo que tenía en mis bolsillos; es decir, en los del muerto. En una carterita de piel fina había tarjetas e identificaciones a nombre de León Kaprinski. También una placa y credencial de las Fuerzas Federales de la Paz, la ex Procuraduría de Justicia. Ah caray. Eso no pintaba nada bien. Pero mi doble, sosías o *doppelgänger*, no era policía. No llevaba armas, salvo poderosas tarjetas de crédito ilimitado. Una de ellas me llamó la atención; era de las mini, ultradelgadas, pero con una pequeña perforación fluorescente en la esquina inferior izquierda y una banda casi igual a las magnéticas de antes. Nunca había visto una así. Supuestamente la había expedido el banco BLL, que en su casa lo conocían, pero la amparaba la conocida red internacional PASS. Vi la foto avejentada de una mujer muy hermosa, de aire europeo. La miré intensamente un buen rato como si quisiera descifrar algo. Mi doble también tenía un videófono celular y un encendedor de oro pequeñito, varios miles de euros en efectivo sujetos con un clip de oro y varias tarjetas-llave.

En las credenciales de Kaprinski descubrí su dirección y hacia allá me dirigí en su camioneta, una Hot Roamer X3 último modelo, comodísima, potente, lucidora y llena de todo tipo de pequeñas y complacientes estupideces. Costaba más de medio millón de euros. Desde muchos años antes yo circulé en buenos autos, como mi Chacagua, que para nada me hacían ver mal, pero esos lujos me hacían consciente de que ahora era otro, con una vida, una historia y el karma correspondientes, que yo, acicateado Por Las Fuerzas del Destino, oh mísero de mí, intercambié en un impulso invencible, posiblemente catastrófico. Sentí el inquietante y a la vez excitante sentimiento de que me metía en la vida de otro, como un transmigrar de las almas, la cúspide de la intrusión y el voyeurismo.

León Kaprinski vivía en San Ángel, en la empedrada y estrecha calle de Frontera, en lo que resultó un condominio horizontal bien custodiado, con un jardín con altos muros cubiertos de hiedra, construcción estilo colonial. Al llegar me entró el temor de que quizá Kaprinski estaba casado o vivía con alguien. Pero mi intuición y el hecho de que hubiera salido a buscar auxilio en plena madrugada me sugirieron que era pájaro solitario. Al entrar, el guardián del condominio reconoció la camioneta.

Buenos días don León, dijo, y yo comprendí que ya amanecía.

En la espaciosa estancia había arcos, nichos y cuadros de Augusto Ramírez enmarcados con exquisitez. Estaban de moda y costaban un dineral después de que el gran pintor se suicidó emasculándose muy Cuesta abajo. Muebles neutros, sobrios y elegantes; alfombras mullidas, objetos de arte en mesitas de madera fina. También lo último en electrónica de imagen y sonido, pantallas y bocinas incrustadas en la pared, como cuadros, un panal de aparatos y el correspondiente tejado de antenitas para recibir señales remotas. Al fondo se hallaba el comedor. Una cocina muy bien puesta. Mi doblegánguer vivía a todo lujo y su casita parecía decorada e iluminada bajo la dirección de Stanley Kubrick.

Hola, ya llegué, dije con voz un tanto insegura, como de pésimo actor, por si alguien esperaba a don León. ¡Ya vine!, grité, pero no hubo respuesta porque no había nadie. Un poco más confiado, me fui por un pasillo. Vi un estudio con libros, papeles, minicomputadora y toda su parafernalia. ¿A qué se dedicaba don Sosías Kaprinski? Lo averiguaría después, en ese momento no había tiempo. Una recámara un tanto fría, bien puesta, sin duda escasamente ocupada, para visitas, y otra enteramente vacía, alfombrada eso sí, lo cual la vestía de alguna forma. La recámara principal tenía una inmensa cama redonda, espejos distribuidos en paredes, puertas y en el techo, con evidentes criterios de *voyeur*. Ahí también había pantallas decorativas de distintos tamaños que, si no proyectaban películas y programas, eran cuadros abstractos o eróticos en movimiento lentísimo, sensual. En el baño, inmenso, todo de mármol negro, destacaba una gran tina de hidromasaje. Para llegar a él había un vestidor.

Kaprinski tenía un guardarropa interminable, y a mi medida, a juzgar por el abrigo, traje, corbata y zapatos negros que me quedaron como segunda piel. Todo finísimo. Me revisé en el espejo y no me vi tan tirado a la calle, pero era yo, es decir, quien me hubiera tratado me reconocería, ya no digamos mis hijos y mi esposa-viuda. Tenía que disfrazarme de alguna manera si quería, como eran mis planes, asistir a mi velorio y a mi entierro, aunque fuera de lejos. Ardía en deseos de presenciar lo que ocurriera, a pesar de que sin duda no sería nada en especial, un velorio más, otro entierro y ahí nos vemoles. Comprendí entonces que por muy específica que hubiera sido mi vida, en verdad la muerte igualaba a todos. Quizás alguien, mi familia, lamentaría mi deceso, y aun así sería un ceremonial más, incómodo según la sensibilidad de cada quien, pero era otra porción de las formas de vida. Nacer, morir; la mente eterna en eterno devenir.

Busqué en la habitación, y lo que creí puerta de un

clóset lo fue de un cuarto. Muy especial. En qué andaba metido don León. Armas en abundancia, desde pistolas y pequeños lanzamisiles hasta finos, incluso delicados, cuchillos. También instrumentos de tortura, látigos y ropa de piel con metales al estilo Sade-Masoch. *¡Ah!* Un ropero con todo tipo de disfraces: sotanas, uniformes, overoles, trajes de payaso, de gran gala, espaciales, de buzo, harapos de pordiosero y muchas cosas más. Bajo ellos se hallaban pelucas, bigotes y barbas postizas. Cada vez me intrigaba más Kaprinski. ¿Para qué quería todo eso? ¿Tenía el Síndrome de Buñuel, es decir, disfrazarse por el gusto de hacerlo? Había otra puerta, seguramente de un clóset, pero ya no le hice caso.

Me resultó divertido probarme cosas, como actor, o más bien, con la coquetería de la muerte. Finalmente elegí una peluca pelirroja, con cejas abundantes, bigote y barba *ad hoc.* Y anteojos de carey, oscuros y alargados como ojo de chino. Me veía bastante grotesco y decidí acabar de hundirme en personaje *comic relief* de Sherlock Holmes con un traje que me quedaba grande, y un cojín para simular una pancita, como la de Michel Piccoli después de tanto tragar en *La gran comilona.* Me veía diferentísimo, ciertamente anacrónico, como alguien que se disfraza *mal*, y estuve seguro de que se divertirían de mi ridiculez pero nadie sabría que yo era el fallecido. Ande yo caliente, ríase la gente, como dijo Roman Polanski. Logré controlar la risa al verme en el espejo, y observé que también había otra computadora con sus aparatos satélites, un proyector de cine, otro equipo de video, cámaras, tripiés y lámparas para iluminar con toda su parafernalia. Me resultaba un enigma espantosamente familiar.

Tomé un directorio telefónico, revisé las funerarias,

hablé a casi todas hasta que me informaron que el velorio sería en la agencia Balcones de la Eternidad y el entierro en el Panteón de México.

Llegué a la funeraria, un miserable y frío edificio, supuestamente de lujo, mezcla de sucursal de banco y nueva basílica; ese horror me hizo pensar que en el dizque Panteón de México no enterraban. Casi todos los cadáveres se cremaban y, los que no, eran zambutidos con todo y ataúd en agujeros en las paredes de condominios funerarios en los que se hacinaban los restos de numerosos muertos. Yo nunca me preocupé por arreglar nada de la muerte, ni de mi esposa ni mía, y en ese momento lo lamenté por las molestias, trámites, burocracia, empleados indiferentes, gastos de locos y ritos sociales cuya vigencia y operancia nadie cuestionaba, un señor fastidio que sólo tenía sentido si distraía las penas de los dolientes. Lamenté no haber dispuesto un sitio más digno, con calidez, incluso ¡con vida!, para ser enterrado al compás del rocanhop. Pero mi sorpresa fue enorme al ver el anuncio de que las exequias de Onelio de la Sierra tendrían lugar en Camino de Santa Teresa número 44, es decir, ¡en mi casa! Helena la Milagrosa sin duda lo arregló. Esto me dio un gusto pueril. Cómo puede uno dar tanto valor a los detalles, me decía, pero no se me borraba la satisfacción.

En los derredores de mi casa había muchos autos. Alguien estuvo activo marcando teléfonos (seguramente Elio) porque había una pequeña multitud. Entré sigilosamente con mi disfraz de personaje holmesiano, pero tanta gente me ocultaba. De cualquier manera me fui a un rincón de la sala y traté de borrarme lo más que pude. Helena, mi viuda, lucía despiadadamente hermosa con su vestido negro zapoteco y con su expresión de definitiva severidad. No iba a alentar hipocresías, *small talk*, chismes o lugares comunes. Suspiré, porque eso se me hizo un invaluable acto de amor, aunque, ¿no podría sonreír leve, discretamente, de vez en cuando? Qué bella era, Helena de mi vida, qué estupidez había cometido al morirme y al perderme el incomparable placer estético de despertar con ella, en medio de su aroma enervante y su calor; las vibras podían ser duritas, un desafío incesante, pero nada como abrir los ojos después de las noches pobladas de misterios y contemplar esa belleza. Quería abrazarla, fundirme en ella, besarla intensa, desoladoramente, porque algo se desgarraba en mí sin remedio, qué he hecho, Dios mío, me decía, aterrado; la realidad, despiadada y desnuda, era que Onelio de la Sierra había muerto y mi viuda lo había confirmado. Una razón esencial de mi vida era ella; la amaba tanto, me dije, tratando de convencerme, que no quería obstruirla de ningún modo, lo cual por otra parte no era el caso, ya que ella siempre hizo lo que le pegaba la gana. De cualquier manera, porque te amo tanto, me dije como declamador sin maestro, te dejo ir. Me perdí entre la gente gracias a mi disfraz de la Liga de los Pelirrojos, pero también a mi habilidad innata para pasar inadvertido cuando me lo proponía, me borraba en medio de la gente por lo general con la actitud fastidiada de quien espera a alguien que no llegará y cuyo ánimo no es el mejor en ese momento.

Ahí estaban también mis hijos, Héctor, Elio, Lupe y Santa. Primero había sentido una gran curiosidad por ver sus reacciones, pero luego supuse que si a mis hijos en verdad les dolía mi muerte, no me gustaría presenciarlo. No quería que sufrieran, además de que el más mínimo atisbo a sus almas me dolía intensa y fascinantemente. Eran puertas franqueables, pero que no se debían abrir a riesgo de quedar tuerto como en *Las mil y una noches*. En algún momento pensé que en verdad éramos una sola entidad; para bien o para mal en ellos estaba yo, aún presente a pesar de que los cuatro eran adultos y vivían por su cuenta; contemplarlos sin filtros era como verme a mí mismo sin defensas, sin lentes atenuadoras; todavía me costaba mucho enfrentarme a mí mismo. Aun muerto.

Como padre estuve cerca de ellos, aprendí a "subirme en el tren de los hijos" y compartimos mucho juntos; con Héctor porque fue nuestro primogénito y con él reaprendimos la vida; con Elio por las afinidades, nos entendíamos sin palabras, intuitivamente, aunque en lo físico se parecía a su madre, es decir, era muy guapo; con las gemelas Lupe y Santa, las menores y ciertamente muy especiales, independientes al máximo, ah cómo quería a mis niñitas. De repente me entró una tristeza abismal al darme cuenta de que ya no conviviría nunca más con ellos; en los últimos años se separaban cada vez más de nosotros, como debía ser, pero seguíamos ligados. Yo sabía que era un proceso necesario, aunque mis instintos no se sometían tan fácilmente. La sangre tiene algo dominante, posesivo, que se debe vencer. Quizá, pensé con una frialdad que me sorprendió, he hecho esto precisamente porque siempre quise saber qué sería de ellos después de mi muerte. Me cautivaba la idea porque también era una trampa a las leyes de la vida y una especie de prueba: tener una mínima idea, bastante empírica, de los efectos más inmediatos de mis acciones. Me acerqué a ellos sin darme a notar entre el gentío. Oí que Elio contaba a sus hermanos que Helena lo llamó tan pronto supo que yo había muerto. Él la acompañó a reconocer el cadáver.

…Fue un ataque cardiaco, por arterioesclerosis, eso nos dijo el forense. Mi papá tenía la cara con un gesto terrible, como de terror. Chance fue el espanto de ver que se moría cuando menos lo esperaba. Me impresionó gacho. Mi mamá observó el cuerpo con extrañeza, no sé, como si inconscientemente dudara, se quedó pensativa, en realidad casi absorta, ya saben cómo *se va* en momentos, ¿no?, y uno de los agentes tuvo que preguntarle: Señora, ¿es su esposo? Sí, sí es, respondió mi mamá sin mirar el cuerpo. Por alguna razón yo también sentía algo raro, pero en eso mi mamá se inclinó sobre el cuerpo de mi jefe, le besó los labios con suavidad, pero de pronto saltó hacia atrás, aterrada, como si la boca del cadáver hubiera disparado el aguijón de un alacrán. Como que mi mamá se desprogramó con tal rapidez que se quedó en el vacío. *¡Está muerto!*, exclamó de repente. Pero eso era absurdo, claro que mi papá había muerto, ahí estaba su cadáver con ese rictus de estupor que lo hacía verse muy raro.

Entonces yo, que oía todo a escondidas, pensé que algo en mi mujer dudó de mi muerte, supongo que por sus talentos de bruja. En segundos pensé: Helena sabía que el muerto no era yo, pero decidió que esa nueva situación, que ella no provocó, ocurrió por algo; no había que interferir, como siempre decía Jung: aun en esos casos extremos. Elio contaba que, al verme, él se soltó a chillar; Helena nunca lloró, pero su profunda seriedad de alguna manera lo preocupaba más.

Mis hijos se veían despejados porque no se habían desmañanado como su madre. En momentos compungidos, pero la mayor parte del tiempo como siempre; evidentemente la conciencia de la muerte tiene muchas capas, y ellos apenas estaban en la superficie: Helena, en cambio, no parecía querer salir de Los Hondos Abismos; es lo indio en ella, pensé, llega al fondo mucho antes que los demás, lo malo es cuando se clava y no quiere salir, como ahora... ¿Había una sonrisa sardónica en ella? Parecía perfectamente correcta, estar en todo, y a la vez en una solitaria terraza del sufrimiento.

Cuando creí que no se notaba tanto me asomé al ataúd. El cadáver estaba bien vestido con el traje que ella sin duda mandó (uno de los que menos me gustaban), quién sabe cómo le borraron el gesto de terror y pasmo, y con una manita de maquillaje realmente parecía ser yo. Me quedé un largo rato inmóvil, impresionadísimo, sin poder traducir las sensaciones en pensamientos. Hice una guardia, debidamente hasta atrás, cuando había más veladoras, veladores y valedores.

A mi sepelio fue mucha gente de cine, como mi socio Emiliano, o Lucía, la cálida editora, y otros que trabajaban o habían filmado conmigo; también amigos escritores, artistas y publicistas, Natalia y Jacaranda, las ex socias de mi viuda, antes que nadie. El ministro de Culturas hizo guardia diez minutos, saludó a Helena y se fue. Otra gente me resultaba familiar pero no la ubicaba por más que me esforzaba. Inevitablemente todos pasaban a dar las condolencias a la viuda, y de pronto, otro impulso irresistible como el que me llevó a intercambiar identidades, me colocó en una pequeña fila, y en mi turno dije (estúpidamente):

Yo quise a su marido más de lo que se podría imaginar,

y me escurrí sin querer ver la cara atónita de mi mujer, que a pesar de mis capas de pelambre roja algo sintió, pues de pronto despabiló el aparente letargo y me buscó, pero esto más bien lo sentí porque yo había desaparecido ya, con el palpitar de su corazón en el mío, de pronto textualmente desquiciado. Pero qué carajos era todo eso. Por qué hacía esas cosas, me preguntaba, y me veía saltando la cuerda al borde de un precipicio, la sensación de estar al filo de la catástrofe, *impending doom*.

Tuve que salir de la casa y sentarme en la banqueta de la calle. La realidad estaba a punto de desbordarme. Por qué le dije eso de "más de lo que se podría imaginar", me repetía. Yo puedo, ella puede, nosotros podemos imaginar *muchas cosas*.

¿Necesitabas aire?, me preguntó Helena de repente, y me sobresalté. Nunca supe a qué horas llegó hasta ahí.

Yo, con los ojos en el suelo horadando los últimos niveles de la consternación, traté de no mirarla porque a pesar de los anteojos, la peluca, las cejas, el bigote, la barba y la panza creía que ella veía a través de las capas y sabía *todo*. Yo, como siempre me ocurría en circunstancias insólitas e imprevistas, no podía ni hablar. Para mi fortuna, alguien avisó a Helena que había llegado el ministro de Gobernación, el siniestro y repugnante Mariano Ramos. Ella me miró sentado en la banqueta, y de reojo vi que su rostro denotó una repentina e inquietante perplejidad. Supe que me había seguido sin darse cuenta y me encontró sin problemas. Era una *bruja*, por el amor de Dios. Pero se tuvo que ir (a ver a ese pendejo) y yo lo hice también. De hecho, huí. Ese frenesí era desquiciante.

Al llegar a la casa de León Kaprinski (no tenía a dónde más ir) en vez de descansar me enfrenté a nuevos, muy serios, enigmas. ¿Quién era ese hombre cuya identidad yo, cómo decirlo, bueno, sí: robé?, o la arrebaté en el momento exacto. A pesar de la fatiga aún sentía una sensación oscura, opresiva; en ese sitio desconocido había algo muy muy raro y nada benéfico.

De cualquier manera dormí unas horas, y cuando desperté contuve el deseo de seguir la inspección de la casa. Me bañé, elegí un traje negro, me envolví en el disfraz de la Liga de Pelirrojos, comí carnes frías que había en el refri y bebí dos tazas de café, por cierto colombiano y muy ponedor. Ya afuera, pasé con el conecte, quien no tenía por qué saber de mi muerte; así fue, le di mi clave y compré un cartón de cigarros negros cubanos. Prendí uno con el encendedor de Kaprinski, que me gustaba mucho.

De ahí me fui al Panteón de México, pero cuando llegué supe, nuevamente con inmensa satisfacción, que el entierro sería en el Panteón Jardín, uno de los más viejos de la ciudad. Ahí estaba Pedro Infante. Y Tin Tan. Helena era una chingona, no sólo hizo el velorio en nuestra casa sino que, quién sabe cómo, y a qué precio, consiguió una tumba al viejo estilo. En esos tiempos lo que antes fue normal resultaba carísimo, pero después de todo *yo* sería enterrado y en sitio ilustre además. Me desplacé hacia el cementerio en la Hot Roamer, fastidiado por el tránsito lento y los aires viciados de la supuesta vía rápida; los retenes y revisiones eran eternos y se formaban filas larguísimas, pero había un carril para emergencias, es decir, para la gente importante; me metí en él y mostré la placa de Kaprinski. Los policías, conocidos como vúlgaros, al instante me abrieron paso con expresión servil.

Finalmente llegué al viejo panteón, que despertó en mí una profunda nostalgia por todo lo que se había ido, empezando, claro, por mi vieja vida. Caminar por entre las tumbas, entre los árboles, me sumergió en una melancolía irremediable. Esta vez ya no quise acercarme y vi de lejos el entierro de Onelio de la Sierra; además de Helena y mis hijos estaba Manuel, ya octogenario, viejo divino, cada vez lo quería más; primos, primas a las que se les arrima, y sobrinos; también directores, actores y actrices, gente de cine, Lucía, Emiliano, Norberto Benítez Juárez, Celestino Orozco, Lucha Prendes y Argelia Argento, los cinco de mi generación que fuimos conocidos como el Nuevo Aliento del Cine Mexicano; vi a mis compas dizquerrocanroleros Marcelita la Chelita Helada, Ramón y Freddy (Martínez Ascoaga no fue) y mis viejos cuates de la prepa: Óscar, Montemayor, Rafael el Pachas, Alicia, hecha un bodoque igual que Bustillo El Que Estudió en Harvard y a quien todavía le decíamos el Flaco. Se atrevió a ir, el pinche ojete. Para mi sorpresa y excitación, asistieron varias de las mujeres de mi vida; las del cine: Lucía, Graciela, Urania, Roxana, Montaña del Mar y otras de distintos escenarios y tiempos: Amalia, Lucero, la Peque, Érika, Julia, Verónica, Nadja, Viridiana, doña Luz… No recordaba bien a otras. Había fotógrafos y dos cámaras de televisión. Unos platicaban como si nada y sólo en momentos cubrían las apariencias. Otros de plano contaban chistes o algo así, porque se carcajeaban y luego mejor se fueron al estacionamiento a chuparse varias botellas de simulacro de tequila. Pero había quien parecía sinceramente compungido, podía sentirlo a pesar de que me hallaba, ahora sí, lejos. Sin embargo, descubrí que en realidad no me importaba demasiado si mi muerte les dolía o no. ¿De qué se trataba? ¿De averiguar quién verdaderamente me quería? ¿Y para qué, qué caso tenía? En verdad era vanidad y rumiar el viento, como dice el viejo blues.

Mis hijos, los cuatro, juntos, hablaban continuamente. Me dio gusto porque cada vez más cada quien jalaba por su lado y en otra ocasión, la definitiva, yo era el vaso comunicante. Parecían consternados, desconcertados, aunque frescos, enteros. Eran tan jóvenes. Tuve la idea de que estaban seguros de que yo había muerto pero de que las cosas de alguna manera sutilísima no eran como debían. Sentían algo, pero no lo podían traducir en términos entendibles. Helena, como era de esperarse, seguía hermosísima de negro a pesar de que ahora un velo cubría parte del rostro, un poco como cuando Santa, su madre, no quería ostentar su belleza. Esa tarde se vio más silenciosa y enigmática que nunca. Inmersa en sí misma, como si barajeara las distintas posibilidades de la vida futura. Mucha gente fue al entierro no por mí, sino por ella, pues se daban cuenta de que convenía cultivarla.

De pronto ya no pude soportar más y me fui de nuevo a toda velocidad a casa de Kaprinski. Me desplomé, exhausto, más por las emociones y la angustia ominosa que nunca dejé de sentir.

Al día siguiente, eso sí, compré los periódicos. *La familia De la Sierra Wise llora el deceso de Onelio de la Sierra.* Tardé un rato en reponerme de la impresión y la desvanecí con un suspiro. Sabía que mi muerte no conmocionaría al país, pero alguna reacción habría, y yo me encontraba en las rarísimas condiciones de poder observarla. Publicaron esquelas el ministerio de las Culturas, el Consejo Cinematográfico, la Unión de Directores, la Asociación de

Escritores de Cine, la Cámara de Productores y otras instituciones. En un periódico un pequeño recuadro de primera plana anunciaba mi muerte y en las interiores la información ocupaba cuatro párrafos, que incluían una sinopsis de mis actividades. En otros periódicos la noticia salió en las secciones de espectáculos o de cultura. Se me reconocían cuatro obras mayores: *El gran masturbador*, *Ubik*, *Si ella quiere* y *Adiós, México*; más tarde algunos críticos evaluaron mi trabajo total en el cine y dos tres editorialistas amigos me recordaron con aprecio. Otros me descalificaron por Toda la Eternidad. Pero esto me hizo pensar por primera vez el horror de que mi obra estaba acabada; en las nuevas circunstancias ya no podría hacer cine. Ya no era el de las cuatro películas importantes, ya no disponía de la productora ni de los estudios de edición que en realidad también funcionaban como un foro bien equipado. La idea de no volver a filmar era insoportable. Finalmente comprendí la profecía de Helena cuando la conocí. Supe entonces que en verdad había *muerto*.

1. Lo que cubre esto

La muerte del doctor Héctor Wise. Mi viuda, Helena, es una hermosa indígena oaxaqueña; bueno, indígena a medias, porque su padre, mi suegro, fue Héctor Wise, etnobotánico de Estados Unidos que obtuvo un doctorado honoris causa en Harvard con su tesis sobre plantas de poder, dirigida por, nada menos, Peter T. Furst. El joven doctor se había contagiado del entusiasmo por los alucinógenos de la Sierra Mazateca que mostraban eminentes académicos como Wasson, Hoffmann, Heim, Evans-Schultes y su propio maestro, y se le metió en la cabeza, por toda una serie de indicios, que había otras yerbas mágicas que sólo conocían algunos, casi ocultos, chamanes oaxaqueños.

Mi suegro obtuvo con facilidad becas de grandes fundaciones, además de su Universidad de Harvard, para la investigación; pero, además, por dinero no quedaba, pues el padre de Héctor, Homero Wise, de Boston, Massachusetts, era el dueño de los famosos Laboratorios Wise, que producían distintas variedades de medicinas con un interés especial por las yerbas curativas, por lo que fueron pioneros en la sintetización y comercialización de diversas plantas, como la valeriana. Su ginseng, o *Gingsengwise*, cultivado en el norte de Canadá pero procesado en Boston, era prestigiadísimo, así como su *Chayana*, a base de chaya, la prodigiosa planta yucateca.

A mi suegro ya le venía en la sangre el interés por las plantas medicinales y sin dudarlo se lanzó a la Sierra Mazateca de Oaxaca, a la que entonces había que subir en mula. Para penetrar en los misterios de las plantas mágicas y de los hongos alucinantes, también llamados niños santos, su maestro Furst lo puso en contacto con la famosa Doña Lupe, de Ayautla, una chamana experta en herbolaria, rituales y curaciones a base de alucinógenos. Sólo María Sabina la superaba en celebridad, y muchos decían que Doña Lupe era "aún más sabia".

Para su fortuna, el doctor Héctor Wise no sólo congenió muy bien con la gran curandera, sino que conoció a la hija, Santa, una india alucinantemente hermosa, de rasgos muy finos, aire dulce y de una introversión misteriosa, así es que el joven doctor se enamoró instantánea y fulminantemente de ella. Le parecía una diosa mazateca. En dos meses ya se habían casado y él construyó una casa que se convirtió en la gran atracción del pueblo, pues era de estilo estadunidense: de madera, techo de dos aguas, un piso, porche, jardín delantero, patio trasero, sótano y desván.

Doña Lupe aprobó con entusiasmo la unión de su hija con Héctor Wise, el Gringo o el Güerito, como se le conocía en el pueblo. Todo parecía perfecto, así es que la gran curandera se consternó cuando, por mera rutina, hizo una consulta a los niños santos sobre el matrimonio de su hija. Tuvo visiones de hojas, raíces y ramas enmarañadas; todo era oscuro y húmedo, inaccesible, lo más profundo del bosque. Después se volvía un túnel interminable de infinita soledad. Doña Lupe no alcanzaba a comprender; o, más bien, no quería entender. Héctor era muy bueno, eso lo podía ver cualquiera, y además reverenciaba a Santa, estaba dispuesto a darle todo. ¿Cómo oponerse? Y además, ¿había que oponerse? Que será, será, *whatever will be, will be*.

Ya casada, Santa irradiaba felicidad. Se veía floreciente, más llenita sin perder la asombrosa esplendidez de su cuerpo, que ella, pudorosa, ocultaba bajo vestidos sin talle, como camisones muy largos o inmensos huipiles. Su rostro moreno se hizo aún más hermoso cuando se embarazó al poco tiempo. Se volvió silenciosa, como si la felicidad la colmara y no requiriese nada. A su vez, mi suegro estaba encantado con su bella mujer y con la nueva vida que se gestaba, nada menos que la de quien sería mi esposa y ahora mi viuda. Al doctor también lo hacía feliz ser yerno de la afamada chamana, de quien tomaba notas, hacía grabaciones y filmaciones, siempre con un respeto *sagrado* que hacía reír a la curandera, mira tú, el sabio gringo acabó de aprendiz de brujo.

Héctor, orientado por Doña Lupe, se iba al campo, se perdía observando las plantas, recolectaba las que su suegra le había indicado y otras que le gustaban, le interesaban o le intrigaban. Si Doña Lupe no las conocía, ni él las hallaba en sus libros, las estudiaba hasta donde podía y a la vez enviaba muestras al Museo Botánico de París para que el doctor Heim (o el doctor Hoffmann, de Suiza, si era necesario) las identificara y las clasificara.

Naturalmente, tuvo varias veladas con los niños santos, bajo la guía de Doña Lupe y la ocasional presencia de su esposa, que permanecía quieta, sentada en un petate con las piernas cruzadas, sin decir una sola palabra. Héctor de pronto veía que Santa intercambiaba miradas con su madre y que ésta le sonreía con dulzura y le daba yerbas a masticar. Por su parte, Doña Lupe cantaba, bailaba, hablaba, rezaba, canturreaba versos en zapoteco o en quién sabe qué lengua extraña dictada por los niños santos, *bene bchigara, Bchigara Bedao, chento, ne vhhjasarallechore. Xha, nheto*: también hacía ruiditos que a Héctor le parecían maravillosos: largas aspiraciones o soplidos de aire que reproducían toda una serie de ráfagas de viento; o, si no, emitía chasquidos con la lengua, golpeteos con los labios, todo tipo de ruidos guturales, además de que con las manos y los pies creaba ritmos, a veces con palmadas, con los nudillos o contra el objeto que estuviera más cerca. También se daba buenos tragos de mezcal o fumaba un tabaco potentísimo y enervante, el legendario *nicotiana rustica* que muchos siglos antes se usaba en las pipas de la paz y en grandes rituales.

Todo eso ubicaba a mi suegro en un recinto de calor sagrado en el que las paredes continuamente se abrían a balcones del infinito y a vistas inenarrables, donde la luz era mágica y benigna, y de la cual surgían, o emanaban, aromas de nardos y oleadas de infinita dulzura que lo recorrían, lo impregnaban y llenaban todo. Eso era lo que llamaban éxtasis, pensaba por momentos, antes de sumergirse en otra ola de luz que lo inundaba y lo estremecía de gozo. Si en momentos algo lo oscurecía, ahí estaban Doña Lupe y Santa, que le pasaban por el cuerpo ramas de eucalipto bañadas en preparados aromáticos o le frotaban los codos con una mezcla de tabaco y alcohol. Una vez que había comido doce pares de hongos derrumbe, lo metieron al temascal y Héctor textualmente se sintió un ser privilegiado, incluso bendito, cuando Santa y Doña Lupe, tan desnudas como él, bellísimas, lo limpiaban con yerbas en medio del intenso calor que extrañamente no molestaba, a pesar de que él era muy alto y a duras penas podía evitar que su cabeza tocara el techo del temascal. El doctor Wise no podía creer que esas dos geishas maravillosas, no no, esas *diosas,* le prodigaran cuidados. Tenía la idea entonces de que era un invitado inmerecido a unas bodas celestiales, un *hierosgamos* cuya eterna celebración lo mantenía en una incesante intoxicación de gozo sagrado en medio de las diosas indígenas.

Todo iba muy bien hasta que un día el doctor Wise salió al bosque como casi siempre. Era temprano en la mañana y a pesar de la profusión de ruidos reinaba un sedante silencio; él avanzaba sin rumbo, como le había enseñado Doña Lupe, con grandes miradas que iban del extremo izquierdo de la comisura del ojo, hasta llegar al extremo derecho, ahí donde los árabes decían que debían escribirse o inscribirse los sucesos notables. Parecía que así no era posible distinguir nada, todo era un paneo barrido, pero, sin embargo, de pronto algunas plantas saltaban ante sus ojos. Él se detenía entonces, iba a ellas, se encuclillaba y les decía lo que su suegra le había enseñado, aunque en inglés: quién sabe quién eres o qué espíritu contienes pero tu belleza es manifiesta. Ahora me perdonarás porque voy a arrancarte la vida, pero no morirás del todo, gente buena y sabia extraerá tus poderes. Entonces sacaba la planta con grandes cuidados, la metía en una bolsa de papel y la guardaba en su morral.

Esa vez, sin darse cuenta, caminó más de lo acostumbrado y de súbito se halló en un sitio que desconocía. Los árboles, más cerrados ahí, contribuían a una humedad de olor penetrante. Las variaciones de verdes eran maravillosas, pensaba mi pobre suegro al pisar esas mojadas alfombras de hojas semipodridas. No muy lejos se oía una cascada. En ese momento sintió, inapelable, la urgencia de regresar. Por indicaciones de Doña Lupe, ya no usaba el reloj más que ocasionalmente y trató de ver la hora por la luz del día, pero la vegetación, muy cerrada, creaba una luz uniforme, con ocasionales rayos que incendiaban los verdores. El doctor calculó que debían ser las tres de la tarde. Ya se había pasado la hora de la comida, pero de cualquier manera los exquisitos guisos de Santa estarían listos para recalentarse cuando él llegara. Ahora la extrañaba tanto. Pensar en ella le causaba una emoción tan profunda que le humedecía los ojos. Sintió hambre y dio media vuelta para regresar, pero al poco rato de caminar se dio cuenta de que no tenía idea de por dónde andaba. Buscó sus propios rastros, para seguirlos, pero la vida ahí era tan fértil que en instantes se redibujaban los contornos. Se dejó guiar por la intuición, tratando de conservar la calma, porque la nerviosidad y conatos de alarma ya se agitaban en los subsuelos de su mente.

De pronto se extasió al contemplar que un haz de luz solar había penetrado entre los follajes para iluminar y encender una flor de color azul plata que se hallaba, solitaria, entre dos lirios, nenúfares en un estanque, pensó el doctor Wise, quien, sin pensarlo descendió un declive, pero de pronto resbaló, cayó, rodó y se detuvo entre las enormes raíces de un árbol de corteza clara, casi amarilla, y lisa, suave. Quién sabe cómo, quedó atrapado entre las raíces más delgadas y al mismo tiempo encorvado a causa de un verdadero techo de ramas bajas. Además, se había abierto el tobillo, que sangraba profusamente y le dolía hasta distorsionarle la razón. Por más esfuerzos que hizo no pudo liberarse de las raíces. Lo intentó un largo rato, con dedicación, metódicamente, y acabó resignándose porque comprendió que era imposible. La posición tan extraña e incómoda le había paralizado el cuerpo, después de dolores terribles, y ya casi no lo sentía. A no ser que ocurriera el milagro de que alguien pasara por ahí en las próximas horas sin duda había llegado el momento de su muerte. Pero Héctor Wise no pudo atemorizarse porque, a pesar de los dolores y de la pérdida ininterrumpida de sangre, la flor azul en el estanque se imponía sobre todo. Mirándola murió mi suegro, desangrado, cuando se hizo de noche.

Doña Lupe. Después de la muerte de Héctor Wise, Santa no quiso saber nada de otros hombres, a pesar de su juventud y su belleza finísima. Desalentó al que la quiso enamorar, y nadie se atrevió a raptarla o forzarla porque Doña Lupe, la madre de Santa, era respetada y temida, aunque nadie le imputara hechicería o magia negra alguna. Pero se contaban portentos de ella: volaba, estaba en una parte y un segundo después aparecía en otra muy distante; se convertía en lechuza, serpiente o gata montés; sus venenos eran terribles… Santa sufrió muchísimo por la muerte inesperada de su marido, quien vivió con ella apenas cuatro meses pero le dejó una espléndida casa, que se conoció como la Casa Gringa, a la cual mi bella suegra llevó a vivir a su madre.

Doña Lupe conservó su vieja casita de adobe, sin ventanas a la calle y un gran tecorral, como almacén, segundo laboratorio y yerbario auxiliar, pero tan pronto se instaló en la Casa Gringa puso altas bardas de adobe por los cuatro costados, qué era eso de *fronlón* y *bacyar*. Ya resultaba extraña en Ayautla una casa de madera, con porche, sótano y desván, y había que adecentarla además. Llamaba demasiado la atención, lo cual *nunca* era bueno. En el fondo del jardín, cuya maravilla era un inmenso nogal y los hongos santos que ahí mismo crecían en temporada, sembró una gran cantidad de plantas, todas las que se podían cultivar, y las que no, pues a recogerlas en el bosque, ¿verdad? O le llegan a una. Eran célebres los tesoros botánicos de Doña Lupe, cubiertos por alambre enrejado que pronto se llenó de enredaderas cuyas espinas reforzaban las púas del alambre; se trataba de un yerbaje profuso que ella podaba con sabiduría para que los rayos del sol, intensa y estratégicamente distribuidos, alimentaran las plantas como se debía. Doña Lupe tenía de todo: ruda para el que estornuda, beribé, toloache, valeriana, angélica, gordolobo, sábila, azafrán, damiana, ajenjo, manzanilla, prodigiosa, doradilla, nuez moscada, yerba santa para la garganta, pero también, aclimatadas milagrosamente y con grandes esfuerzos, plantas insólitas en la Sierra Mazateca, como vincapervinca, yajé, coca, belladona y mandrágora. El yerbario era famoso, pero lo mostraba sólo a los enterados, y con razón; nadie tenía algo parecido y de una abundancia que se manifestaba como belleza destellante de distintos colores y matices de verde en interminable variación. Tenía algo de selva intocada, de ordenado jardín y también de santuario.

En el sótano, Doña Lupe acondicionó una especie de choza de palapa, hojas y cortezas. Era un sitio rarísimo, un poco escenario ritual porque nada de eso debía de estar ahí. En ese subsuelo llevaba a cabo las sesiones especiales. En el desván, que como el sótano Héctor nunca llegó a utilizar, instaló un laboratorio. La bruja siempre sintió un gran aprecio por su yerno y lo quiso porque era bueno. Ella sabía lo que eso significaba; para la mayoría "hombre bueno tiraba a pendejo", lo cual muchas veces era cierto, pero en su yerno se trataba de un don maravilloso que tranquilizaba y cuya bondad no admitía pendejez alguna. Héctor no sólo era bueno, sino a su manera *santo*, sí, como Santa. Por eso se entendieron tan bien y al instante. Quién sabe qué habría pasado después, cuando los extremos se tocaran y de la afinidad brotara el contrario. Por eso la vieja bruja pronto aceptó la muerte del yerno, a pesar del dolor que le causó a su hija, y a ella misma, y también porque le gustó vivir en esa casa loca una vez que la adecuó para sus fines. Ahí estaba el bello y romántico espíritu del joven doctor Wise, además de una otredad familiar y fascinante. La Casa Gringa. Por si fuera poco, en breve tiempo recuperó una relación más profunda con su hija. Quizá la preñez lo propiciaba.

Por su parte, Doña Lupe contaba que, al nacer, tuvo una hermana gemela sin ser idénticas. Las niñas tenían pocos días de haber nacido cuando una gran banda de desertores de las tropas federales tomó Ayautla. Entraban en las casas a balazos, disparaban a quien fuera, y así, en un parpadeo, acabaron con los padres de las gemelas. Sin embargo, agonizante, la madre alcanzó a alzar a una de las criaturas, la puso enfrente de los bandidos y la bebita quién sabe qué oscurísimo rincón iluminó en el alma del jefe de la banda, ta cabrón echarse a estas criaturas, murmuró, detuvo el saqueo y las violaciones y se fueron del pueblo. De esa manera se salvó mucha gente. Por tanto, a nadie extrañó que a la niña le pusieran Santa, "ya hasta hizo un milagro", bromeaban; su hermana se llamó Guadalupe; después, Doña Lupe.

Las niñas, huérfanas, se fueron a vivir con la abuela doña Teresa Matos, viuda de Pérez, nada menos que la prestigiada bruja, en cuyos conocimientos y sabiduría la madre de mi suegra se interesó desde pequeña; Lupe siempre supo que, a diferencia de su hermana, ella bonita no era; heredó los dones paranormales y el genio de la familia materna, pero no la apostura de los Pérez, la rama paterna. Los Matos no eran feos, de hecho podían ser sumamente atractivos a causa de la inteligencia, el talento y personalidad. De ellos venía la brujería; la abuela doña Lupe, la bisabuela Teresa y la tatarabuela María del Consuelo también fueron grandes curanderas. Quizá por eso desechaban los apellidos paternos y todas eran Matos.

Santa la Gemela, en cambio, comió hongos de niña y sabía de las plantas, porque también ayudaba a la abuela, pero nunca le interesó nada de eso; parecía la máxima expresión de los Pérez de Ayala hasta que fue superada por su sobrina, la segunda Santa, mi suegra, quien llevó la hermosura al refinamiento exquisito que desarmó por completo al joven Héctor Wise. Por su parte, Helena, además de su herencia estadunidense, combinó la belleza física de los Pérez con la profundidad ancestral y el genio natural de los Matos. Mi viuda no recordaba a su tía, sólo sabía que era lindísima, novierísima y que tenía locos a los muchachos de Ayautla; Santa la Gemela tuvo experiencias sexuales notablemente felices e intensas casi desde los doce años de edad, cuando su cuerpo se desarrolló en una primera plenitud. Hacía el amor con una facilidad y sabiduría innatas, llegaba y llevaba a sus felices "novios" a placeres extáticos. Lupe en cambio no parecía tener ningún interés por el sexo y menos aún por los muchachos de Ayautla, de los que "no se salvaba ni uno", decía. Ella salió plana de cuerpo y de facciones toscas, aunque de pronto resultaba atractiva, casi irresistible, y los ojos le brillaban como la primera gota de sol después de un eclipse.

Santa la Gemela murió a los dieciséis años, cuando Helena aún no nacía. Un día de intensa tormenta veraniega, se empecinó en pasear por el bosque. Lupe le suplicó que no saliera; el clima, horrible, diluviaba, el viento congelaba lo alto de la sierra y además ella tenía sensaciones muy ominosas. Pues ése es el chiste, replicó Santa la Gemela, si no sabes cómo usar a una tormenta de escalera de qué te sirven los seres sagrados. Ya nos veremos después, añadió, sonriendo, luminosa. Salió de la casa, y en la cima de una loma, célebre en el pueblo por su caprichosa forma de cara de chango, un rayo la fulminó y de ella no quedaron ni cenizas. Desapareció por completo.

A pesar de que eran tan distintas, en las gemelas Lupe y Santa había una empatía casi mágica y las dos se amaban como a sí mismas. Pero no bien Santa acababa de ser enterrada, Lupe conoció a Lorenzo, que tocaba el acordeón en una orquesta que llegó al gran baile de los quinientos años de vida del pueblo, al menos desde que se tenía memoria, porque Ayautla se había fundado quién sabe cuándo. Era un hombre alegre, carismático, "simpático como nadie y guapo a rabiar", que padecía una extraña enfermedad de tipo asmático combinada con epilepsia que no le permitía respirar bien y siempre andaba resollando, después llegaban ataques de asfixia que lo ponían en un estado de trance y finalmente perdía el conocimiento; al recuperarlo, quedaba tartamudo durante varios días en los que apenas podía respirar. El acordeonista sabía de Doña Lupe, fue a consultarla después del baile y en una sola velada ella lo curó. Quién sabe qué otras cosas habrá visto en él porque al terminar decidió conocer el sexo ahí mismo. Lorenzo y Lupe hicieron el amor incontables veces esa noche; él se sentía liberado pues por primera vez en su vida respiraba a plenitud y ella participó con entusiasmo, aunque definitivamente estableció su distancia mediante una especie de membrana intangible, casi orgánica, entre los dos, que la hacía conservar toda su afilada racionalidad y ver el sexo como un experimento. Nunca más volvió a tener relaciones, y en esa única vez no sintió ninguna cúspide de placer, aunque la experiencia le fue agradable. Concibió una criatura. No dudó en llamarla Santa en recuerdo de su hermana gemela, y como nunca supo cómo se apellidaba Lorenzo, la registró como Santa Matos.

Santa. Esta segunda Santa, a su vez, pudo sobrellevar el silencioso dolor de la muerte de su marido porque esperaba el nacimiento de nada menos que Helena, mi terrible viuda. En lo que daba a luz se encargó, como antes, de la casa: limpiar, lavar, hacer la comida. También ayudaba a veces a Doña Lupe en las curaciones y en las sesiones con los niños santos, pero siempre se mantenía casi invisible, tan discreta y silenciosa que, a pesar de su belleza, lograba no llamar la atención. En realidad Santa sabía muchísimo de las plantas, alimenticias, curativas o mágicas, pero no le interesaban. Como su tía, a la que le debía el nombre. De adolescente siempre se negó cuando sus amigas le pedían algún remedio o compuesto para males físicos, del alma o del espíritu. O, clásico, brebajes para el amor. A veces preparaba las medicinas, porque Doña Lupe se lo pedía, y lo hacía perfectamente bien, pero se quedaba impasible.

Santa vivía en un universo hermético, compuesto en su mayor parte por un gran sentido de la responsabilidad, amor a su hija y a su madre, y de silencio interior; tenía el don de no pensar cuando no necesitaba hacerlo, de estar bien lúcida y consciente pero con la mente vacía, sin asociaciones mentales, sin la pensadera, las fantasías. Y sin juzgar. No tenía ambiciones, ni pasiones, ni siquiera aficiones, salvo leer con mucho cuidado los numerosos libros que dejó su marido, porque nunca supo bien qué hacía; trabajaba con las plantas, eso era obvio, pero ella quería saber más de él aunque fuera través de los libros. La mayor parte de éstos se hallaba en inglés, así es que, sin prisas, a lo largo de años, aprendió con un viejo campesino que había vivido durante casi dos décadas en Estados Unidos y luego volvió a su tierra mazateca porque ni entendía ni le gustaban las costumbritas de los primos del norte. Él le enseñó inglés, o al menos a medio leerlo. Años más tarde, ya desde la ciudad de México, Helena le enviaba revistas, especialmente antropológicas, que a Santa le gustaban. Fue lo único que aceptó de su hija, porque se negó a viajar. Nunca quiso abandonar Ayautla, especialmente después de que murió su madre, Doña Lupe.

Mi suegra vivía en paz consigo misma, con ocasiona-

les ataques de tristeza y melancolía que Doña Lupe conocía muy bien y que le quitaba con marrascapache, o
marras, una bebida a base de yerbas y un mínimo de alcohol que desenterraba la dulce sonrisa característica de
los momentos de alegría y felicidad de Santa. Por cierto,
su belleza se revelaba poco a poco, como frío que primero no se siente pero luego cala y ya nada lo mitiga. Cuando yo la conocí, primero vi a una señora muy bella, no
por nada era la madre de Helena, pero por alguna razón
su rostro se me desdibujaba, se volvía impresionista, envuelto en oscuridades; despacito, sin quererlo, descubrí
sus perfecciones, la plenitud que irradiaba. Como al tercer día de estar en su casa, de pronto casi salté al darme
cuenta de que la belleza de mi suegra era contundente,
inapelable, y pensaba que debía verla de reojo, con miradas fugaces, como a una diosa, ¡carajo!, exclamé, ¡pero
qué hermosa es la Santita! Quizá por eso, seguí pensando, ella volaba siempre muy bajo, como sin querer darse
a notar, para no inquietar demasiado con su presencia.
Salía a la calle con holgados huipiles muy sencillos y re-
bozos que casi le cubrían toda la cara. Era bien consciente de la potencia de su hermosura y de los efectos, buenos y malos, que podía generar, y por eso la ocultaba y
sólo la revelaba cuando no habría problemas.

A fines de junio nació una niña a quien Santa llamó
Helena, como su suegra, ya que el doctor Héctor alguna
vez comentó que de tener una niña le gustaría que se llamara como su madre. Santa cumplió ese deseo, aunque
el doctor ni siquiera lo expresó con énfasis, sino como
una idea cualquiera que se le vino a la cabeza. Doña
Lupe refunfuñó un poco. Helena… ándale pues, vamos
a honrar a una vieja gringa que ni conocemos. A Santa

en momentos la acometía el interés por conocer a la familia estadunidense de su marido, pero nunca hizo el menor intento. Necesitaba ir a la capital, sacar pasaporte, visa. Tener dinero. Ni siquiera llegaban las cartas. No tenía sentido pensar en eso. Aún vivo, el doctor Wise hablaba de invitar a sus padres y hermanos al pueblo para que conocieran a su nueva familia y después llevar a su esposa a Boston y a los lugares que le gustaban en la bahía; la parte antigua con la librería de la Vieja Esquina y la Iglesia de Cristo, la desembocadura del río Charles y el Cabo del Bacalao, Old Cape Cod. Pero el doctor murió tan pronto e inesperadamente que no organizó nada. Doña Lupe, quien por lo visto no perdía ningún detalle de nada, envió cartas y telegramas a las direcciones que tenía de los Wise en Massachusetts, pero nunca recibió respuesta y por tanto pensó que quizá los datos no eran correctos o que los familiares del doctor habían cambiado de domicilio. No había nada que hacer. Después se enteraron de que allá nadie recibió esas cartas y de que, tras varios meses de no tener comunicación ni noticias de Héctor, los Wise fueron los que escribieron pero, igual, sus misivas tampoco se recibieron; no le tocaba llegar a ninguna, decía Doña Lupe después. Quién sabe qué habría pasado si esos señores se hubieran enterado a tiempo de la muerte de su hijo. En tanto, Santa y Doña Lupe pronto se olvidaron de los Wise; nunca los conocieron y además Helena les ocupaba toda su atención. Estaban fascinadas con la niñita, que nació muy morena, peluda, pero con grandes ojos azules.

Helena. Santa sentía un amor intenso y feliz por su hija. Doña Lupe asistió el parto y desde que la recibió supo que la niña entendería todos los misterios. Es especial, le decía a Santa en voz muy baja, tiene la herencia de gente de saber de un país lejano, tu belleza y mis talentos, porque yo le voy a enseñar todo. A ver quién puede con ella después, agregaba, riendo, sin saber que a mí me tocaría el paquetito. Mi Santa suegra fue una madre perfecta y no se enceló ni interfirió en las atenciones y cuidados especiales que Doña Lupe tenía con la niña, a pesar de que, y lo advertía claramente, la vieja curandera le daba un trato que ella, su propia hija, nunca recibió. En algún momento lo platicaron, porque nunca se quedaban con nada guardado, y Doña Lupe explicó que Helena tenía una "clara vocación" para las artes y misterios de las plantas. Los niños santos le habían indicado que debía darle la instrucción total. Santa lo entendió al instante y experimentó una mezcla de alegría e inquietud. Eso la dejaba un tanto fuera, pero no le molestaba; le gustaba ver contentas a la abuela y a la nieta. Se entendían tan bien, a veces en español y a veces con palabras en zapoteco, *jñaa bida, xiaga, ba'du, yaga.* Además, Santa se bastaba a sí misma, no necesitaba nada porque tenía todo. A su manera contenía el universo entero.

Helena fue a la escuela del pueblo e hizo la primaria y la secundaria, pero desde antes en casa aprendió a reconocer todas y cada una de las especies, a saber para qué eran buenas, cómo prepararlas, en qué cantidades, qué efectos esperar y cómo incrementarlos o contrarrestarlos. Su abuela le enseñó infinitas combinaciones, a reconocer la toxicidad y peligrosidad, además de rituales o fórmulas verbales, a veces cánticos, para dirigirse a ellas. A los doce años la introdujo en el mundo de los venenos; hizo hincapié en que sólo debían usarse en condiciones muy especiales y nunca con malas intenciones. Helena aprendía con facilidad. Conforme creció, y se volvía una jovencita de gran belleza, aunque no tenía la perfección de su madre, era cada vez más experta en la brujería de su abuela, la antiquísima de los zapotecos que a su vez se cruzaba con la de los toltecas y los mayas.

En verdad Helena tenía un talento especial, aprendía las cosas con rapidez, como jugando, y todo lo asimilaba. Niña, no atiendes, te estoy diciendo que necesito tu atención total y completa y absoluta para que entiendas bien esto, que no es nada fácil, por más que tú te creas muy lumbrera. Cuando menos lo esperemos va a venir alguien de la familia de mi padre a buscarme, replicó ella, sin que viniera al caso. Estás loca, ya les escribí y nunca respondieron, dijo Doña Lupe. Es lanza mi Helenita, pensaba la abuela después, con satisfacción, a la caída de la noche, cuando salía a la calle con una silla y se fumaba su puro de *nicotiana rustica*.

Doña Lupe daba consulta en las tardes, limpias al atardecer y veladas en las noches; en la mañana preparaba medicinas o recolectaba plantas. Atendía todo tipo de mal físico o metafísico. Lo que no sabía lo intuía en un relampagazo de inspiración. Muchas veces curaba con hongos alucinantes, los niños santos, que le hablaban con la atención especial que ella daba a su nieta Helena. Siempre fui la consentida de los niños, se ufanaba. De joven, durante varios años pasaba hongada días enteros; después ya no, pero en aquellas épocas comía uno o dos hongos en la mañana o los mordisqueaba a lo largo del día como si fueran galletas. Así, decía, siempre estaba de visita con los sagrados pero, aunque fuera espíritu, también sabía lo que pasaba acá, en las lágrimas del valle, lo que decía la gente, el pueblo, los árboles, el cielo, todo lo vivo, y te digo que todo está vivo, estamos parados sobre algo que hierve de existencia y además te puedes comunicar con eso. Te puedes comunicar con *todo* pero sólo si hace falta, no nomás porque se te da la gana. El control de Doña Lupe era tal que parecía en la más perfecta sobriedad, y es que en verdad lo estaba, incluso en las veladas especiales de la choza, donde comía veinte o más pares de hongos. Entonces irradiaba energía pura, parecía estar en todas partes y hablar desde muy adentro de la gente. Veía la base de los males. Cantaba, bailaba, recitaba, y a Helena le parecía que llenaba de luz toda la choza.

Había remediado casos incurables y muchos iban a verla, no sólo de Ayautla sino de otros pueblos. Si no fuera de carácter tan irónico e ingenioso sin duda la habrían santificado, pero ella decía: "Para rezar el rosario mi hermana que se murió, ésa sí era Santularia, no pícara como yo." Luego llegaron los extranjeros, no tantos como María Sabina recibía en Huautla, pero sí varios, claro, como el joven doctor Wise, ah, y otros, europeos, gringos. Con eso, la gente del pueblo, que en el fondo no dejaba de mitificar al hombre blanco y barbado, la acabó de respetar y su autoridad moral fue indiscutible. También estuvieron los jipis, el ejército se los llevó y después también se fueron las tropas. Cuando Doña Lupe murió y Helena regresó conmigo a Ayautla, todo había crecido pero seguía siendo un pueblo a pesar de los dos cines, la televisión, los videoclubs, la pavimentación del centro, los juegos electrónicos, los celulares y los café internet. Ya había caminos asfaltados hacia todas direcciones y bastaba con recorrer tres kilómetros para llegar a la carretera que conectaba con los demás pueblos de la sierra, incluyendo Huautla, la salida al Istmo o las rutas a la capital del estado, la gran ciudad de Oaxaca.

Doña Lupe dio a comer hongos a Helena poco a poquito. Pedacitos muy pequeños desde que tenía dos años. La cantidad aumentó gradualmente, sin sentirse, hasta que a los quince le administró una docena de pares frescos y grandes de *psylocibe mexicana*, los famosos hongos derrumbe, que por algo les decían así. Santa, imperturbable, hizo compañía más bien ritual porque hubiera preferido no estar presente. Había dejado de comer los niños santos después de la muerte de su marido y de por sí antes lo hacía poco. Doña Lupe no la presionaba en lo más mínimo. Tú, le decía, no tienes que hacer nada. La tuya es una de las bendiciones más raras que he visto. Helena después contaba que la velada de iniciación le rajó la mente, la llevó a los caleidoscopios más laberínticos y la puso en contacto con los seres sagrados. Todo era como siempre había dicho su abuela: había un oasis de vacío en la nada, entre los universos, y los seres sagrados existían; Helena en efecto era un caso especial y el destino le deparaba pruebas extrañas. No auguraban buena o mala fortuna, ella tenía el poder y debería "renovarse cada día y practicar la defensa personal a todas horas". Grandes, poderosas y terribles fuerzas podían llevarla a lo indeseable y, en el fondo, fatal. Pero era capaz de vencerlas.

Algo intangible, pero dolorosamente real, se abrió en la parte inferior del ombligo, fue algo casi físico, y ella intuyó que ésa sería su manera de *estar abierta*, como su abuela; algo había cedido y ahora podía abrirse y cerrar-

53

se, pero era difícil controlarlo. A veces hasta sentía que le entraban finas y filosas corrientes de aire hasta la matriz; dolían con sensualidad placentera. Tenía que vigilar lo que entraba y salía, pues en ello le iba la vida. Supo, además, y eso era lo más importante, que ella sabía algo que debía recordar, sólo si recuperaba esa parte olvidada podría lograr la perfección, la más auténtica liberación. Y sí lo haría, tarde o temprano; el recuerdo ya se silueteaba, germinante, en su mente.

Fue la primera vez que Helena verdaderamente *se impresionó*. Supo con claridad que iba a vivir muchos años más y esto resultaba terrible. Mi viuda se desprogramó y un tiempo parecía andar en la luna. Le dio por llevar las uñas largas y bien limadas. De alguna forma algo se desordenó y había que rearmar el rompecabezas. No sé por qué necesito un talismán, decía, como un ojo, un *ojo*, humano, de gente, que haya visto y conserve dentro todo eso que vio, y de alguna manera todo lo que hubiera podido haber visto que es todo lo que existe porque siempre está la posibilidad de que se pueda ver todo, ¿o no? Sí, mamá, mira, como dice mi abuela: la flor. Hay una flor azul en el bosque que ve todo lo que existe, lo que fue y lo que será, esa flor es como un ojo, ¿no?, y si la contemplas, ves lo que ella ve.

Al día siguiente resultó que Helena estaba enamorada de Alberto Santiago, un muchacho inteligente y locuaz, vanidoso como pocos, y cuyo padre, campesino y guerrillero del Movimiento Revolucionario de los Pobres, le heredó la misión romántica de cambiar al mundo. Eran amigos y se conocían desde siempre, estudiaron juntos y se llevaban muy bien. Una vez, en la escuela, ella dijo, enfáticamente, que él sería gobernador de Oaxaca y todos se murieron de la risa, menos él, claro, que le pareció muy bien. Pero las ideas o ideales de Alberto no le interesaban a Helena, él de repente le gustaba muchísimo. Hasta ese momento, los dulces quince años, jamás había sentido atracción alguna por los muchachos, el amor y el sexo; ni siquiera curiosidad. Ni siquiera se había masturbado. Sabía que varios la admiraban en silencio, con un inquietante respeto por su belleza y porque todos la sabían aprendiz aventajada de Doña Lupe, lo cual la colocaba en otro nivel, casi inaccesible, en una aristocracia del espíritu. Como además ella no parecía fijarse en nadie en especial, ninguno se atrevía a enamorarla y los que lo hicieron fueron desalentados tajantemente. Pero Alberto se volvió obsesión. Sí, le gustaba, y qué. Es más, de súbito decidió que era hora de dejar de ser virgen; con él conocería ese gran misterio de la vida del que hablaban tanto.

Primero se asustó al pensarlo, pero luego consideró que se trataba de algo fundamental, así es que, de cualquier manera, le pidió a Santa que le hablara del acto sexual. Su madre le dijo que era muy hermoso si se hacía con la persona adecuada; la primera penetración dolía pero bien pronto se volvía placer que aumentaba hasta el orgasmo, que era como morirse en medio del gusto, y después seguían otros, cada vez más intensos. Por su parte, a la misma pregunta Doña Lupe respondió que el acto sexual era una herramienta; el placer importaba, pero era mejor utilizarlo como fuente de conocimiento, manantial de la imaginación, catapulta para ascender, pago en especie, rescate emocional, medio de control y mil cosas más.

Helena me contó que desde segundo de secundaria

preparaba un marras del amor cuando sus buenas amigas le suplicaban ayuda para conquistar a un chavo que les gustaba y que no les hacía caso o no mostraba ninguna iniciativa. A ella solita se le ocurrió. A ver. Damiana, tallos y semillas de nuez moscada destilada y filtrada por un sedazo; dosis, muy bajas, de raíz de toloache y de mandrágora, hojas de belladona, de coca, y además unas gotas de la sangre de quien pedía el coctel, llamado la Llamarada de Tlazultéutl en honor de la insoportablemente bella diosa del amor, que producía anhelos febriles. Las muchachas daban unas gotas al joven que querían y éste se intoxicaba de amor y de un imperioso deseo por quien estuviera con él. Era un afrodisiaco efectivísimo. Ellas, por su parte, se arreglaban, trabajaban en ser seductoras y se rociaban un perfume a base de anís y hueledenoche que también preparaba Helena. Y, claro, eran quienes estaban cerca cuando la Llamarada de Tlázul hacía sus efectos. Sin falla conquistaban al que querían. Eso sí, les costaba mucho trabajo contenerlos, porque ellos, encendidos, perturbaban mucho con sus persistentes erecciones. Varias de ellas acababan cediendo, a pesar de que no habían bebido la Llamarada de Tlázul, pero ésta de alguna forma impregnaba la atmósfera y afectaba a los que estuvieran cerca del enloquecido. El efecto, además, duraba. Después de la primera sesión, era común que las muchachas se asustaran, se encerraran y no quisieran ver a los emponzoñados. Ellos, desolados, ciegos, se emborrachaban y lloraban, y cuando estaban solos le aullaban intensamente a la noche para desahogar así una parte mínima de la urgencia de su condición de perro amarrado que percibe muy cerca el olor desquiciante de la hembra en celo.

Alberto, inmerso en su frecuencia de onda, no se daba cuenta de nada. Inteligencia, facilidad de palabra, rapidez de entendimiento y de análisis coexistían con torpeza y primitivismo de cavernario en la capacidad de percibir y expresar sentimientos. Helena había creído que con sólo ponerse enfrente, Alberto se arrojaría a ella, pero no fue así. Entonces tomó la iniciativa y lo buscó y halagó su vanidad tanto que lo dio a notar y motivó chismes en la secundaria, en la cual venían los exámenes finales y las grandes fiestas de graduación, pues la educación en Ayautla por lo general hasta ahí llegaba; para los estudios superiores había que irse del pueblo, y pocos podían, si es que llegaban a pensarlo.

Alberto no advertía nada. Trataba a Helena con afecto y familiaridad; de hecho, ahora con aire de suficiencia. Aquí tenemos al hombre de conocimiento en la Sagrada Labor de Instruir a la Ignorante. Leía mucho y prácticamente le contaba libros enteros a quien se dejara. Pero no veía el amor de Helena, quien por primera vez sentía lo mismo que sus amigas cuando le pedían la Llamarada de Tlázul. Alberto le platicaba sus planes para combatir a los caciques, para que haya justicia, libertad, de todo para todos, pues mientras más se da más hay, yo soy el que va a hacerlo, yo redimiré a mi gente, yo seré el Benito Juárez del siglo veintiuno, tengo la inteligencia, la fuerza y la cultura para hacerlo, estoy preparado y dispuesto a asumir mi responsabilidad histórica, voy a llegar alto, ya verás. Bueno, no todo eso era sólo fantasear, porque después fue presidente municipal de Ayautla, diputado local y federal, y gobernador de Oaxaca, pero en fin: se cumplió la profecía de Helena, a quien Alberto le tenía cariño en sus oscurísimas y apisonadas profundidades, pero no parecía darse cuenta de que el interés de ella no era precisamente por los discursos, bastante sosos y cargados de lugares comunes pero a fin de cuenta sinceros y apasionados, me decía Helena. A él sin duda lo que le importaba era tener tan bonito público para hablar de sí mismo.

Como Alberto no reaccionaba, y ella había decidido no ser virgen, Helena preparó la bebida una vez más, pero con la pésima suerte de que Doña Lupe la sorprendió en plena operación. Ni cómo ocultarlo. Lo peor fue que con el nerviosismo no supo si estaba haciendo bien la fórmula. Le dijo que era para una amiga enamorada y mal correspondida, pero la abuela en un instante sabía *todo* y lo que más le intrigaba era de dónde había sacado Helena ese compuesto, ella nunca se lo había enseñado. Además, Doña Lupe estaba furiosa porque algunas de esas plantas eran delicadísimas; su abuela o la abuela de su abuela las consiguieron quién sabe cómo y desde entonces las tenían, pero las plantas extrañaban sus tierras y no eran pródigas en los altos de Oaxaca; al contrario, había que prodigarles infinitos cuidados y eso hacía Doña Lupe, quien esa vez se llenó de sentimientos ominosos. Algo muy muy malo rondaba por ahí y por primera vez en su vida no tenía el más mínimo deseo de saber de qué se trataba. Tú sabes lo que haces, le dijo finalmente. Ni con todo el invierno metida en el temascal me quitaría de encima la hediondez que hay aquí, agregó. Y la dejó a su suerte.

Helena sabía que su abuela tenía razón, pero la dominaba una pasión irresistible, así es que después de la fiesta de graduación llevó a Alberto silenciosamente a su casa, nada menos que a la choza en el sótano, el sitio de las ocasiones especiales de su abuela. Ahí le dio la bebida. Las Llamas de Tlázul hicieron su efecto, pero, sorprendentemente, con él todo fue distinto. Hice algo mal, pensó Helena, perpleja. Alberto más bien se había estupidizado; quería hablar y balbuceaba, la mente se le iba, pero, eso sí, su pene se había rigidizado visiblemente bajo el pantalón. Esto lo sorprendía aún más. El deseo lo incendiaba y veía a Helena como implorando ayuda, pero sin la noción de que podía hacerle el amor ahí mismo y acabar con sus pesares. Ella acabó desconcertándose también; Alberto experimentaba todos los ardores del deseo pero no se daba cuenta, estaba idiota y no sabía qué hacer. Ya no podía ni hablar y sólo qué, qué, qué, decía en momentos. Conforme se quedaba catatónico, como retrasado mental, su erección se endurecía más. Tlázul no lo había enloquecido, lo estupidizó. Qué horror. Helena estuvo a punto de irse, pero, fríamente, se decidió: ya armé todo esto y disgusté a mi abuela, así es que cuando menos lo acabo.

Se aproximó a Alberto, le acarició el rostro y lo vio fijamente con un aire un tanto conmiserativo, pero también tocó la verga que estiraba el pantalón. Alberto se aterrorizó, se había ido a una realidad de sueño que no entendía, quería huir, pero por una parte estaba contra la pared y por la otra las emanaciones de la dulce cercanía, el aliento y la mano de Helena lo intoxicaban; la respiración se le dificultó; la muchacha le había sacado el miembro y lo manipulaba suavemente, con curiosidad casi científica; le gustó la textura pero la sorprendía aún más que pudiera adquirir tal rigidez. Ciertamente era grande, grueso y palpitante, importante e impactante, pero sólo una verga más a fin de cuentas. Deslizó a Alberto hasta el suelo y lamió y chupó lentamente el pene, no sabía mal, salvo un lejano rastro de orina; lo introdujo en toda la boca, pasó la campanilla y llegó al fondo de la garganta sin ninguna molestia, incluso le pareció divertido que pudiera accionar los músculos interiores del cuello y oprimir el cilindro que friccionaba tan deliciosamente. Podía respirar sin problemas. Y oprimir con los labios la base del miembro. Con una gran calma quitó las ropas de Alberto, quien continuaba estupidizado, con los ojos abiertos al máximo y a la vez en medio de un placer exquisito y desquiciante. Helena no llevaba ropa interior así es que simplemente alzó la falda, como las juchitecas, se acomodó, frotó el pene contra la vulva humedecida, por encima de los labios interiores y en el clítoris; poco a poco se dejó caer en él, con cuidados porque le dolía a pesar de que estaba muy humedecida, en verdad es interesante esto del sexo, pensó cuando el dolor aumentaba; entonces se salió, respiró un par de veces profundamente, sintiendo la hormigueante ebullición de su propia vagina, y volvió a encajarse; el dolor amenguó y logró meterlo en su totalidad. Un grito ahogado. Se quedó quieta, luces intensas en la pantalla de sus párpados, estoy viendo *estrellitas*, alcanzó a pensar; el dolor se volvió entumecimiento placentero y entonces se dio cuenta de que Alberto, casi ido, se contorsionaba arrítmica pero duramente contra ella. Tenía los ojos cerrados y la expresión de hallarse en un mundo a la vez delicioso y aterrorizante. Las acometidas llevaron a Helena a un placer en el que subyacía una extraña, pareja grisura, una niebla uniforme, informe y agradable, limbo en el que algo se aguardaba pero sin demasiadas expectativas; si sucedía, muy bien, si no, ni modo. Helena ahora se movía instintivamente, pero aún el placer era subyacente y lo que imperaba era curiosidad. Ella supo que el placer era contenido por una densa y pareja grisura que la circundaba, una especie de membrana. En ese momento se dio cuenta de que Alberto llegaba al límite, se salió de él rápidamente y lo vio eyacular con toda la fuerza que la tensión había acumulado; derramó semen interminable que bañó el vientre, se deslizó y se mezcló con la sangre. De pronto Alberto se desmayó, fue demasiado, perdió el conocimiento este tarugo, se dijo Helena fascinada con la expresión de placer, dolor, pasmo y terror; lo miraba fijamente, como si descifrara un acertijo. El pene seguía erecto, así es que volvió a sentarse en él. Con ánimo exploratorio se movió de arriba abajo lentamente. Qué poderosa y exquisita intrusión, esa fricción, el pene suave pero abriéndose paso con autoridad. Toda su vagina hormigueaba, al igual que el bajo vientre, y Helena pensó que sí, era placentero y algo inmenso había detrás de eso, un cielo más allá de ese limbo, pero no era para ella, parecía tan lejano que empeñarse en buscarlo sin duda no iba a ser lo más importante de su vida. Lo supo con claridad y lo aceptó serena, casi insensiblemente, aunque algo en el fondo le decía que eso era lo contrario de lo que debería hacer.

Se levantó. Alberto seguía inconsciente, con su cara de placentero terror. Pero el pene continuaba tan erecto que ella quiso volver a sentirlo, era una ventaja que él estuviera inconsciente, así podía experimentar sin problemas; después de todo, el pobre niño idiota y salvador de la patria resultó un cero a la izquierda. Ya se había alzado la falda y de nuevo sentía la desfalleciente opresión del miembro en ella. El pobre Alberto seguía inconsciente. Pero qué le puse a la Llamarada de Tlázul, pensó, mientras se removía encima de él, sacaba casi todo el pene y lo volvía a introducir, probaba a apretar y liberar los músculos vaginales para sentir aún más la dureza en ella; aceleró el ritmo y de nuevo se hallaba en esa niebla pareja que cubría todo; quería salir de ella, explotar, ser libre, claro, lo que correspondía en ese momento era venirse, tener un orgasmo, y se movió con todas sus fuerzas, entre quejidos de llanto inminente.

Se detuvo sin saber por qué, la respiración agitada. Sí, claro; no iba a poder. No se iba a venir esa vez, no tenía caso esforzarse tanto. Seguramente le iba a doler la vagina después. Se sentía rico, sí, era algo inenarrable, sí, de otro mundo; ahí detrasito estaba otra cosa, algo así como una explosión incesante de olas de luz: pero no le correspondió llegar, tocó la puerta y cuando ya se acercaban a abrirla ella de pronto se despeñó en un hoyo de oscuridad.

Seguía sentada sobre Alberto cuando la erección decreció con rapidez y una pequeña y blanda serpiente se resbaló fuera de ella. Helena abrió los ojos. Él había recuperado la conciencia. La veía con odio y terror. ¡Bruja, bruja asquerosa!, gritaba, fuera de sí, frenético. Ella tardó en entender. ¿Qué me estás diciendo tú? ¡Que eres una bruja! ¡Qué me hiciste! ¡Bruja cochina, bruja maldita, maldita! Helena se llenó de tanta indignación que apenas se dio cuenta de que las largas uñas de los dedos índice, medio y anular de una de sus manos se hundían en el párpado superior del ojo derecho de Alberto, cuya parte inferior era hendida por el pulgar. Helena hundió los dedos con fuerza, los retiró después y extrajo el ojo sangrante del joven al que había otorgado su virginidad y que ahora aullaba para ahogar el dolor antes de salir corriendo. Pero los ojos de ella resplandecían. Ya tenía su talismán.

Allá en Ayautla la bella llora. Después de acomodar todo en la choza del sótano, y de limpiarse, Helena subió a la casa y se quedó sorprendidísima ante "el hombre inmensamente guapo, distinguido, altísimo", que platicaba animado con Doña Lupe, quien, por cierto, no dejó de reparar en unas pequeñísimas manchas de sangre en el vestido que la niña había creído limpiar, ay mhijita, pensó.

Le informaron que era Orestes Wise, su tío, hermano menor de Héctor Wise, y que su llegada fue un acontecimiento en Ayautla, pues sólo el ejército, los judiciales, raras veces el gobernador y los narcos, o sea: lo mismo, aterrizaban ahí. Lo vieron volar en lo alto, circunvalar en busca de un claro y descender ruidosamente. Ah, un extranjero. Como todos conocían a Doña Lupe, Orestes Wise llegó sin dificultades a la Casa Gringa, donde lo recibieron pasmadas y fascinadas la suegra y la viuda, para quienes de pronto Héctor parecía haber revivido en el hermano menor. Santa se había instalado en la felicidad y sonreía con un gusto emocionado que su hija, mi viuda, nunca le había visto, pero que comprendió sin problemas por el impacto que ella misma también resintió: curiosidad, extraño e inmediato amor familiar, el llamado de la sangre, y la sensación inquietante, una suerte de pavor sagrado, de que su vida cambiaría por completo a partir de ese momento.

En los días siguientes, después de conocerse y apreciarse, porque todos se cayeron muy bien, estuvieron de acuerdo en que la muchacha, que acababa de terminar la secundaria, se fuera a Boston con el tío Orestes para que conociese a sus abuelos Homero y Helena, ya septuagenarios, y también, más adelante, a los tíos Ulises e Ifigenia; él, abogado, vivía en Denver, con su esposa Margaret y su hijo Jasón; e Ifigenia, doctora en letras de la universidad de Irvine y divorciada de un médico eminente, residía en Newport Beach, en la costa sur de California. Si la jovencita se sentía a gusto, y Santa y Doña Lupe estaban de acuerdo, podría estudiar *high school* allá e incluso la universidad. Si no, Orestes mismo la regresaría al instante a Ayautla, aunque, claro, piénsenlo, ciertamente no era nada mala idea que esa linda muchachita estudiara en Estados Unidos y se le abriera un sinfín de oportunidades; en lo personal, él mismo se encargaría de que aprendiera inglés y de buscarle la mejor y más apropiada escuela. Sería una princesa en Boston. Naturalmente, si Santa o Doña Lupe, o las dos, querían acompañar a Helena, con gran gusto estaban invitadas por los Laboratorios Wise y no necesitarían gastar un solo centavo.

Desde que lo vio, a Helena le fascinó el tío Orestes. Era un hombre en la cincuentena, muy alto, atractivo, simpático y de trato fácil, sin afectaciones ni egolatrías; de cabello castaño claro, canoso, bigote y barba abundantes pero cuidadosamente recortados; más bien delgado, de anteojos, correctísimo con su traje de casimir ligero color beige, camisa azul claro, corbata aflojada y estratégicamente azul oscura con tenues franjas lila, y definitivamente muy parecido al doctor Héctor de las numerosas fotos que se conservaban de él. Helena sólo veía ese tipo de personas en películas y revistas. El tío Orestes, por su parte, también se entusiasmó con su sobrina. Le pareció, como Santa, el colmo de la belleza más rara y perfecta del mundo; a los grandes ojos azules se aunaba la piel intensamente morena, entre dorada y rojiza, y el largo cabello ondulante a la mitad de la espalda. Le habían dicho que su concuña y su sobrina eran bonitas pero nunca imaginó esas obras maestras de la naturaleza, había algo de, bueno, sí, *sublime* en ellas. El cielo en la tierra, la paz. Además, como se advertía al instante, Helena, inteligentísima, ingeniosa, encantadora, seductora, carismática, atraía mediante el misterio y las profundidades; manejaba muy bien los silencios y quizás resultaba un poco dura, pero el desapego le caía bien, le daba un aire regio, aristocrático, como una princesa maya, bueno, zapoteca, que sobresaldría en Boston. Ahora llevaba las uñas muy cortitas.

Santa experimentó un intenso golpe en los sentimientos; el cuñado era tan parecido a Héctor que avivó los rescoldos que creía cenizas del amor absoluto por su marido. Le costó mucho trabajo dominar esas emociones y no proyectarlas en su cuñado, pero lo facilitó el hecho de que Orestes era más alto, lo cual marcaba una notoria diferencia, y que desde un principio la trató como hermana; obviamente lo impresionó la Santa belleza, pero desechó cualquier posibilidad de deseo o de vibraciones oscuras hacia ella. Se entendieron quién sabe cómo, casi con la facilidad natural que ella siempre tuvo con Héctor, y eso que, hasta donde era posible, Santa fue el intento de intérprete, pues la vieja bruja no sabía inglés, ni le interesaba, y Helena apenas empezaba a aprenderlo en una pequeña escuela que tenía poco de haberse abierto y era la gran novedad en Ayautla, *good evening sir, my name is Helena, could you please pull down the curtain?* Santa entendía y hablaba inglés con grandes dificultades, pero en unos días de conversar con su cuñado vio que cada vez comprendía más, se expresaba y pronunciaba mejor, lo cual la satisfacía intensamente. Sus ojos destellaban cuando hablaba bien el inglés, quizá porque era una manera de estar más cerca del espíritu de su marido.

Doña Lupe también congenió de entrada con Orestes, entre otras cosas porque era uno de los pocos extranjeros que no la trataron como La Gran Chamana, sino como a la suegra de su hermano, respeto, naturalidad y calidez. Siempre correctísimo el Orestito. Muy simpático. Además se dio cuenta en el acto de que, como Héctor, era un hombre bueno y se podía confiar en él a ciegas. Era obvio que habían abusado de su buena voluntad y por eso tenía tantas heridas y sombras en su cuerpo espiritual. De cualquier manera consultó a los niños santos porque era obvio que la presencia de Orestes cambiaría todo en sus vidas, ¿para bien o para mal? Tuvo que comer veinte pares de hongos derrumbe porque en los últimos tiempos le costaba trabajo comunicarse con los niños. Eso tenía que ver con la casa, a pesar del sótanochoza. O la edad. Quién sabe. Pero algo se había metido subrepticiamente en ella sin que lo notara; a lo mejor venía de afuera: hechos muy graves habrían ocurrido en el mundo y los círculos concéntricos llegaban ahora a Ayautla. Nada se escapaba de la infinita red de vasos comunicantes, todo herméticamente interrelacionado en este mundo. En todo caso, una vez más logró el contacto con los seres sagrados, que ahora no se hallaban, como siempre, en derredor de una mesa circular, sino que descansaban en divanes o en bien acolchonados camastros de alberca. Como era usual, le respondieron con una visión.

…Helena bebía sangre de una copa en un lugar extraño, lejano y desconocido: después aparecía junto a los seres sagrados, de nuevo en el salón circular, en donde, ¡ajá!, también se encontraban Santa y Doña Lupe. Eso estaba muy bien. Pero no quedaba claro si Helena era de los seres sagrados o si se hallaba sometida a una especie de juicio…

La primera reacción de la bruja fue ignorar la visión, pero no debía, y en todo caso ya había comprendido lo esencial aunque no quisiera meterse en matices. Por eso no objetó que la niña, como aún le decía muchas veces, se fuera a Estados Unidos con su tío. Era el momento exacto; eso de la mandrágora, toloache, nuez moscada y polvo de hongo seco no le agradaba en lo más mínimo, lo que se traía con Alberto la estremecía, a ella que supuestamente ya nada la impresionaba. Algo muy feo había sucedido, lo sentía clarito, y era peor aún lo que se incubaba. Prefería no averiguar. Si su nieta se iba a Estados Unidos probablemente nada ocurriría. Sucederían otras cosas, quién sabe si mejores pero, eso sí, sin duda *fuertecitas*. A Doña Lupe le dolió el corazón con fuerza al pensar en su nieta, la conocía como nadie y aun así seguía siendo un enigma. Tenía todo, pero también algo distinto que no ubicaba por más que quisiera. Quizás eran cosas de esos tiempos nuevos que ella ni remotamente avizoraba pero que la niña no sólo veía con claridad sino que los encarnaba, y eso la hacía diferente; todos la trataban con la máxima naturalidad del mundo, pero en el fondo sentían una intangible diferencia. La humilde soberbia, mi pecado, se decía (secretamente) Doña Lupe.

Santa también estuvo de acuerdo en que su hija se

fuera, aunque significase una nueva pérdida, pues por alguna razón intuía que la vería poco y que todo sería distinto después. Pero ahí estaba su mamá, qué mujer tan grande, y la casa que le hizo el doctor Wise. Ahora en el lado luminoso de la memoria se añadían esos días de algarabía y excitación en que el tío llegó a buscar a Helena. Sin duda sería algo muy bueno para su hija, que estaba capacitada para eso y mucho más. Desde hacía rato Ayautla le quedaba muy chico. Ya no cabía. Y esa muchacha estaba destinada para otras cosas, quién sabe cuáles, pero no eran pequeñas ni estaban ahí. Ojalá fueran buenas, eso sí.

Helena apenas podía conservar una fachada de calma. Aún ardía en sus manos el ojo de Alberto cuando la presencia de su tío la impactó; era tan cariñoso, tan apuesto, tan… distinto… Al saber que se iría con él a Estados Unidos se llenó de una extraña excitación bajo la calma aparente. Siempre supo que algo así sucedería y estaba tan confiada que ni siquiera pensaba en eso. Su abuela la observaba como quien no quería la cosa. Irse era lo mejor, viéndolo bien ya estaba harta del pueblo, además de que no tendría que ver a Alberto, quien, afortunadamente, después de que con uno de sus ojos pagó el himen de Helena, desapareció. Ni en su casa sabían dónde estaba. Con el tiempo regresó tuerto; en la capital del estado unos tíos lo habían llevado con médicos y un cirujano plástico le puso una prótesis muy buena: se notaba poco y daba una primera apariencia de normalidad. Alberto a nadie le contó cómo había perdido el ojo. Después le dio por usar un parche negro. Pero todo eso lo supo Helena más tarde; su madre se lo contó en una carta, en la que, por cierto, la abuela le mandaba decir *que se cuidara de te-*

ner mucho ojo. Helena entendió al instante, se estremeció y con eso reafirmó la idea de olvidar todo lo relacionado con Oaxaca por el momento. Leía las cartas de su madre procurando no evocar nada y las contestaba con amor pero sin indagar de Ayautla, por lo que Santa, poco después, dejó de referirle cosas del pueblo y pedía la mayor cantidad de detalles sobre la familia de su marido, que la intrigaba. Y Helena le fue contando con detalles todo lo que se enteraba de la familia gringa.

En los días de su partida, Helena pronto olvidó a Alberto; había que hacer maletas, qué me llevo, por ningún motivo olvidar la caja de las plantas, su talismán, despedirse de su madre y de la abuela. Ay Dios. Y de Ayautla y el bosque, los niños santos, los seres sagrados. De pronto supo que volvería muy poco y la llenó un amor muy grande por su tierra. Paseó por el bosque, resistiendo el impulso de cortar plantas, y llegó a un estanque en el que reinaba majestuosamente un grupo de flores. Aliméntate, aliméntate, aliméntate, se decía, respirando hondo, como si quisiera que ese sitio la llenara, la limpiase, la nutriera. Llegó a una paz extraña: un tanto pesada, nublada, y pensó en Alberto. El ojo embalsamado en una bolsa de piel, adquiriendo una consistencia y textura muy especiales; con el tiempo se encogió un poco y se volvió como piel vieja pero suave, una esfera con la pequeña cola que fue el nervio óptico. Algo en Helena se endureció con rapidez y pensó, una vez más, que ocurrió lo que tenía que ocurrir. Más que lamentar, había que asimilarlo. Pobre Alberto, pero le tocaba; por algo le había correspondido esa ordalía, necesitaba algo así para prepararse y fortalecerse ante la brillante carrera que le esperaba. Para no volverlo a hacer. No confiar en las amigas bellas que fingen admiración. No confiar en nada. Lo que no te mata te fortalece. Y ella, jamás volvería a preparar la Llamarada de Tlázul. Para *nadie*. Seguiría el ejemplo de su abuela, Doña Lupe, que nunca usó las plantas para el mal. No usar mal las plantas, no usar mal las plantas. No usar mal las plantas, no usar mal las plantas, no usar mal las plantas, no usar mal las plantas, no usar mal las plantas, no usar mal las plantas, no usar mal las plantas, no usar mal las plantas, no usar mal las plantas, no usar mal las plantas...

Después fue un frenesí conocer la bella ciudad de Oaxaca, Santo Domingo, el paseo Alcalá, Monte Albán, y luego viajar en primera clase en avión, nunca sintió el menor miedo, volar para ella fue algo natural, como si siempre lo hubiese hecho, como si toda su vida hubiera contemplado tan cercana la maravilla de los grandes volcanes, el que humea y la Mujer Dormida.

En la ciudad de México se instalaron en el hotel Four Seasons, pero qué lujos eran ésos. Orestes tampoco conocía el Distrito Federal y compró boletos para buenos tours, ver museos, los viejos palacios, la gran Teotihuacán, los murales. Y también comprar ropa en Polanco, ver teatro, cine, música, esketches políticos de club nocturno, comer maravillas. Y de dónde salía tantísima gente, Dios mío, todos esos coches. Qué tumulto. Qué estridencia. En la embajada de Estados Unidos les dieron atención especial porque los Wise era una familia antigua, connotada y con excelentes relaciones. Ningún problema para la bella Helena; era hija de estadunidense y podía pedir la nacionalidad cuando lo quisiera.

El tío Orestes y Helena se divirtieron, se entendieron y disfrutaron mutuamente. Se dieron confianza, cariño y honestidad. La afinidad era total, y a pesar de la barrera del idioma se comunicaban con una facilidad natural. Cada quien vivía un sueño a través del otro; él daba significado a su vida tan accidentada con su sobrina, la hija que nunca procreó, porque sus esposas nunca quisieron, y que además tenía que resultar tan inteligente, tan rápida para aprender y tan linda, por supuesto, como todos se daban cuenta. Orestes avanzaba como césar en triunfo por los mejores lugares de la ciudad de México al lado de una joven que fundía lo mejor de la raza blanca y de los zapotecos, cuyas hermosas mujeres de por sí con frecuencia atraían a la gente de otros lugares. Y ya casi no oía voces. Por su parte, Helena encontró en él algo parecido a un padre, bueno y cariñoso, generoso, divertido, además de la puerta a un mundo radicalmente distinto; lujos, elegancias y dinero en medio de sorpresas mayúsculas ante otra cultura, otro idioma, otro mundo en realidad, en el que ella se desenvolvía con seguridad instintiva, aprendía los nuevos modos con extrema facilidad y además infería sus ramificaciones, por lo que enfrentaba sin problemas situaciones enteramente nuevas. Se trataba de una capacidad de adaptación que Orestes Wise nunca había visto y que la misma Helena jamás imaginó tener.

2. Lo que atraviesa esto

A la viuda se le ayuda. Desperté en la cama circular de León Kaprinski. Había dormido profundamente y miré mi derredor con placidez. Me sentía muy a gusto, pensé, cuando de pronto desconocí todo y en un relámpago recordé el intercambio de identidades, mi velorio, mi entierro. Fue como agua helada que me puso bien lúcido y con el corazón palpitando, miradas rápidas a ninguna parte, como si en la nada fuera a hallar el camino de oro a la devoción sin límites. Finalmente recuperé el control mediante varios y fuertes parpadeos. Me senté en la cama, crucé las piernas y durante veinticuatro minutos hice *pranayama*. No es fácil aspirar y contener la respiración un largo rato, pero con la práctica de años yo podía aguantar hasta quince minutos sin demasiado esfuerzo, lo cual, por cierto, para un yogi no es nada. Cuando me sentí mejor tenía una gran curiosidad por conocer el departamento de Kaprinski, mi nueva casa, pero aún no quise revisarla, porque preferí ir a la que fue mía y que en cierta manera, en mi lógica particular, seguía siéndolo. ¿Qué hará Helena?, me pregunté.

Salí del departamento y tomé la Hot Roamer; buenas tardes don León, me dijo el de la caseta de vigilancia en el estacionamiento. Hasta entonces me di cuenta de que

73

eran las cinco. Ese dormir tan profundo ahora contribuía a que todo me resultara muy extraño, como si no despertara aún, pero me movía con familiaridad entre el tránsito insoportable, como siempre, y pasé con paciencia los retenes de Nueva Revolución y del ex Periférico; al sacar la identificación de Kaprinski apareció también la chapa de las Fuerzas de la Paz, y no sólo me abrieron paso, sino que, textualmente, los guardias se cuadraron al verla. ¿Por qué ese hombre, mi doble-doble, Kaprinski-Kaprinski, tenía placa de judicial de muy alto grado?, me preguntaba.

Después del deplorable espectáculo de los cientos de personas con sus garrafas que esperaban el caprichoso paso de la pipa de agua, de pronto llegué a mi vieja casa en Contreras. Es decir, la de Helena Wise y Onelio de la Sierra. Yo la pagué poco a poco con mi propio dinero, pues ya había padroteado en su momento y nunca quise tocar un centavo de mi mujer. Ella no sólo recibía la generosa anualidad que le heredaron sus abuelos gringos, sino que su tío Orestes, cuando murió, también le legó todos sus bienes, incluyendo su parte de los Laboratorios Wise. Helena en verdad amaba los Labos, como les decía, y durante los primeros diez años de nuestro matrimonio cuando menos una vez al año iba a Boston a ver cómo andaban las cosas, administradas por su tío Ulises y después por su primo Jasón, con quien tuvo menos contacto, explicablemente, porque el nene era un yupi cabal: interesado por el dinero y adicto a la Secta de Mammon. ¡Que no mamme!, decíamos nosotros.

Pero yo también logré ganar buen dinero desde el éxito de mi segunda película; formé una productora que me permitió una gran libertad para hacer mis propias historias y producir las de otros, entre ellas las de Emiliano Fuentes, el Sapo Gordo, que causó sensación con su ópera prima *Tengo padrastros en las uñas* y que con el tiempo se volvió mi socio. Era la época en que casi nadie quería producir cine. En todo caso, Producciones Schneider-De la Sierra, que después se convirtió en Producciones de la Sierra y finalmente Producciones de la Exquisita Orquesta de los Mil, en honor a mis gemelas, sobrevivió las peores crisis y se volvió un buen negocio cuando pasamos a producir miniseries de televisión que vendíamos a las grandes cadenas nacionales y que por lo general tuvieron éxito, porque eran muy buenas, cómo no; *Colonia Roma*, *En tus ojos no estás tú* y *La boca partida*, por ejemplo, se repetían con frecuencia. De *En tus ojos* tuvimos que hacer setenta y ocho capítulos que iban de treinta minutos a hora y media, según lo requería cada historia. Eran el equivalente de la telenovela, sólo que sin lugares comunes, concesiones estúpidas y con episodios autónomos, intercambiables y a la vez interrelacionados. Emiliano y yo dirigimos la mayoría y nos divertimos muchísimo, además de que numerosos *castings* se convirtieron en encuentros cercanos con cuerpos celestiales.

Desde años antes también realizábamos muchos trabajos de publicidad para la agencia Chapman y Fernández, de Natalia y Jacaranda, las amigazas y ex socias de mi viuda, donde mi hijo Elio era director de arte y nos pasaba los *story boards*. Por cierto, a mi primogénito Héctor le ofrecí la administración de la productora cuando se murió Chano Alcaraz, nuestro efectivo contador, pero Hec no quiso dejar su trabajo en el ministerio de Finanzas; ya se hallaba bien colocado e iba para arriba, por lo cual me pareció normal que no quisiera trabajar conmigo. Mejor. Yo lo amaba quizá más que a ninguno, o de una forma especial, pero no congeniábamos y nos costaba trabajo la comunicación. Yo creo que cuando era muy chavito me vio algo que lo afectó terriblemente. Por fortuna, mi rechoncho socio Emiliano resultó muy listo también para todo eso, y como yo le tenía confianza total, nunca tuve que meterme en cuestiones administrativas. Yo, a lo mío nada más: escribir, dirigir, editar o producir películas.

Total, pagué la casa y sí, me daba mucho gusto; era espléndida, estilo no-estilo, con un jardincito en el que dominaba un enorme ahuehuete; a todo mundo le gustaba, a mí en lo especial. Me encantaba mi casa, estar en ella con Helena, con mis hijos o yo solo, y por eso me entró una pesada tristeza al divisarla a la luz de la tarde. No se veía el coche, lo cual indicaba que mi viuda había salido. Tampoco vi mi Chacagua. Sin duda mi (estúpida) muerte había generado infinidad de cosas que hacer. Era probable que la casa estuviera sola, porque Justo, nuestro sirviente milusos, se iba a las seis. En efecto, lo vi salir de la casa y codificar la alarma. Me hundí en el asiento del auto, no fuese a darle un ataque al creer ver un aparecido, pero después pensé que Justo no conocía la camioneta Hot Roamer, que estacioné a buena distancia. Era imposible que me reconociera frente al volante, así es que me incorporé y lo vi irse rumbo a Santa Teresa, como siempre. Suspiré. Le tenía aprecio a Justo y de nuevo me invadió una tristeza que casi se convirtió en lágrimas. Después de un rato prudente, caminé a mi casa, "borrándome" con un aire fastidiado y en apariencia ausente de los gemidos de Contreras.

Fui a mi casa. Nadie me veía y pulsé las teclas para

decodificar la alarma. Pero no tenía la tarjeta de entrada. Claro. Las había dejado con el cadáver de Kaprinski. Busqué frenéticamente en mi ropa, pero era la de León, con sus tarjetas raras y su encendedor... Yo guardaba un duplicado en mi oficina, pero en ese momento no iba a ir ahí, y tenía otro en mi recámara. Necesitaba las llaves de mi casa. Las ventanas que daban a la calle, claro, estaban bien cerradas. Me asomé para ver si había alguien y después, no sin temor, decidí trepar a un colorín plantado en la banqueta cuyas ramas llegaban a la barda del jardín, de donde podía llegar al ahuehuete. Una vez lo hice, milagrosamente, porque estaba bien borracho; me había peleado duro con Helena al regresar de una fiesta, precisamente porque bebí tanto que no podía ni *hablar*, en esa época no me controlaba ya borracho; me la pasé insultando gente y además varias niñas me saludaron de beso en la boca, así es que mi esposa se metió en la casa de un portazo y me dejó en la calle. Como no encontré mis llaves me trepé al colorín e hice la afamada proeza. Al día siguiente, en medio de una cruda espantosa, física y moral, descubrí que, claro, todo el tiempo las llaves habían estado en la bolsa del pantalón. Pero ahora no las tenía, y sacando fuerzas trepé al colorín colorado dificultosamente, me arrastré muy despacio por una rama, apoyándome en otras; me incorporé haciendo equilibrio y sin pensarlo me eché un clavado a la barda. Caí con el estómago. No me dolió mucho. Respiré profundamente para recuperar el aliento, pensando que no debía hacer esas cosas; a mi edad, una fractura resultaría funesta. Me levanté, me estiré hasta alzar una rama sólida del ahuehuete, la sujeté y me columpié hasta que me abracé al tronco. Bajé un poco pero ya no había ramas, así es que me dejé caer al suelo. El golpe fue tolerable otra vez, y rengueando fui al patio que da a la cocina con la esperanza de que Justo no la hubiera cerrado. Siempre se le pasaba y Helena siempre le decía acuérdese de cerrar la cocina, Justo. Esa vez lo olvidó, típico, y finalmente pude entrar en la casa, lleno de dolores en las rodillas, manos y pies.

Recorrí con rapidez la casa y me aseguré de que estuviera vacía. Pasé rápido por la recámara y tomé el duplicado de la tarjeta-llave de la casa. De mi estudio recuperé mi agenda, una libreta con las anotaciones más disímiles pero que a mí me parecían Imprescindibles y un par de los microdiscos que había filmado cuando Helena y yo hacíamos el amor. Entonces regresé a la cocina. No había comido nada, y me preparé un gordo sándwich de jamón y aguacate. Destapé una cerveza Bohemia, sin duda una de las últimas que se enfriarían ahí porque mi viuda era Abstemia del Valle Arizpe. Por segundos todo era como siempre, cuando llegaba yo primero, destapaba una chela y me la tomaba sentado a la mesa de la cocina sin pensar en nada. Rechacé el reflejo de poner música y en ese momento oí que se abría la puerta principal. Con grandes trancos subí a mi estudio y desde ahí me asomé para ver que Helena entraba con Emiliano, alias el Sapo Gordo. Ah qué la chingada, qué estaba pasando, no era posible que mi cerdulio socio se metiera tan conchudamente en mi casa, pensé. Me asomé con cuidado por el quicio de la puerta del estudio. Sólo oía sus voces. Al parecer estaban en la sala. Primero no distinguía lo que decían, pero afinando el oído logré escucharlos.

…Esto es muy raro, Justo siempre deja puesta la alarma.

Si quieres revisamos todo, o llamamos a la policía.

No, qué horror. No creo que nadie se haya metido.

Mejor checamos, Helena.

Oí que se ponían de pie, revisaban la cocina y cuando subían la escalera entrecerré silenciosamente la puerta del estudio. Me asombraba seguir espiándolos cuando checaron la recámara, ¡nuestra recámara!, después los tres cuartos vacíos desde que Héctor, Elio y las gemelas se fueron a vivir por su cuenta.

Los pasos se acercaban, así es que retrocedí con rapidez silenciosa de la puerta y me metí detrás del futón. Justo a tiempo, porque Helena y Emiliano entraron inmediatamente después en el estudio.

No hay nadie, dijo Emiliano.

Ya que estamos aquí, consideró Helena, ¿por qué no ves los guiones y los proyectos de Onelio? No sé si algo pueda, o deba, realizarse, utilizarse.

Helena fue a mi hermoso escritorio de Olinalá con maderas de linaloe y un intrincado, exquisito, diseño de pájaros y árboles que era casi abstracto. Abrió el gran cajón de la parte inferior izquierda y sacó varias carpetas con mis materiales. Después se dejó caer en el futón, tan cerca de mí que sentí su envolvente, extasiante aroma.

Al parecer Emiliano hojeaba los materiales.

Bueno, me los llevo para verlos con calma, ¿está bien?

Sí, claro, respondió Helena.

¿Tienes todos los papeles de la productora?

Sí, creo que sí, aquí están.

Helena se levantó de nuevo y le pasó otra carpeta.

Gracias, Helena, le dijo mi pequeño y gordito socio, después te comunico cómo van las cosas.

Gracias a ti, Emi; es muy lindo de tu parte que te ocupes de todo esto. Realmente yo no sabría qué hacer.

No me des las gracias, es lo menos que puedo hacer. Y ya sabes que estoy para cualquier cosa que necesites, a cualquier hora.

Me asomé por la esquina del futón y vi que Helena asentía. Estaba frente a él y se veía abatida, lo cual era raro.

Me voy, le dijo Emiliano y la abrazó.

Mi viuda se reclinó en él y cerró los ojos, descansando; sin duda necesitaba un apoyo, cualquiera. Emiliano la abrazó quietamente, pero después de unos momentos su mano acarició con levedad las (excelentes) nalgas. Helena se desprendió rápida y firmemente, lo miró con ojos extrañados, duros y desalentadores, una mirada que ya le conocía y que podía detener estampidas; después, toda apostura y dignidad, lo tomó del brazo y lo condujo hacia fuera.

Apenas aguantaba la risa porque era grotesco que mi socio se le lanzara tan rápido a mi mujer. Ella nunca le haría caso. Lo sabía porque siempre pensó que Emiliano era un gran director y un superamigo, bueno, a veces un tanto culerito, pero es el hombre más feo que he visto en mi vida, y mira que he visto gente horripilante por dentro y por fuera. Pero Emi, pobre. *He's beyond the beyond.* Fíjate, chaparrito y regordete, si no es que francamente timbón, nada de pancita a la Orson Welles como dice él para adornarse. Tiene ojos saltones como Diego Rivera, de saporrana, por algo le dicen el Gordosapo. El Sapo Gordo, corregí. Es igual, y además el pobre insiste en dejarse el bigote, ay Dios, pero si apenas le salen unas cuantas cerdas de aguacero. Chíngale, ya te lo acabaste. No, mi vida, lo quiero mucho. Sí, ya sé.

Yo también quería mucho al chapordito Emiliano, pero detesté su poca madre de aventársele a Helena al par de días de mi muerte. Y yo que le tenía "confianza ciega". Como director y administrador era muy bueno, pero fatal con las mujeres, y sólo las acostaba con la promesa de papeles en las películas o en las miniseries, lo cual, por otra parte, generalmente cumplía.

Los oí bajar diciendo algo y a los pocos segundos corrí para ver si los veía desde la escalera. No fue así, pero Emiliano salió y oí que Helena cerraba la puerta. Sin pensarlo me lancé a la recámara y me escondí en los clósets del vestidor, desde donde se veía tanto el baño como la recámara a causa de los espejos que había en las tres partes. Me encantaba vernos reflejados cuando hacíamos el amor y no puse uno en el techo, como Kaprinski, porque ella no apoyó la idea, y sin su complicidad la cosa no tenía chiste. Ahora la vi llegar a la recámara, pasó frente a mí, un poco como sonámbula, hacia el baño, donde se quitó la ropa y quedó enteramente desnuda. Ay. Qué delicioso cuerpo tenía mi viuda. Seguía perfecto e incitante. Tuve una erección rápida y tan dura que me dolió. Helena hacía lo de siempre: desmaquillarse enteramente desnuda en el baño y limar sus largas uñas afiladas; después se lavaba, se ponía un camisón ligero de Oaxaca, en el cual se veía insoportablemente apetitosa, y mi pene me dolió un poco más cuando ella pasó hacia la cama, regalando aromas, donde se sentó mirando a la nada.

Estaba exhausta y su semblante era de una tristeza abismal. Ese aire indígena que le salía de pronto. Suspiró, sollozó casi imperceptiblemente, miró unos segundos nuestra recámara con desolación y después se tendió.

Suspiró otra vez, más fuerte. Apagó la luz de la lámpara. Supe que se dormiría al instante por el agotamiento. De cualquier manera permanecí un largo rato en el clóset. Se me apagó la excitación y me vino una extraña paz. Cuando su respirar me indicó que ya dormía profundo, ah qué bien la conocía, salí silenciosamente y me detuve junto a la cama mirando en la penumbra los finos rasgos de Helena dormida. Qué hermosa era. Me senté en la silla que se hallaba juntó al buró, en paz, viéndola. Podía contemplarla la eternidad, velando siempre, ¡como el Popocatépetl y la Iztaccíhuatl! Sonreí al imaginarme con Helena en un calendario cromado o en un fotograma de Gabriel Figueroa, pero en ese momento, ella, que dormía en absoluta quietud, casi como cadáver, de pronto se sacudió, se incorporó en la cama y gritó: *¡Está vivo!*, y volvió a recostarse, pero ahora se agitaba en un mal sueño.

Y yo, en segundos entré en una desesperación insoportable, casi febril; la cabeza me estallaba, la piel irritada me ardía, algo muy desagradable amenazaba desbordarse en mí. Sin hacer ruido salí casi corriendo de mi recámara y de mi casa.

La viuda se desnuda. Avanzaba frenético en la camiona Hot Roamer, sin rumbo, pero de pronto me detuve. Dónde estoy, primero que nada. Insurgentes muy al sur, casi en la entrada del Ajusco o la autopista a Cuernavaca. Pero qué carajos hacía ahí. No podía huir, por más que quisiera; ya había rebasado el punto sin retorno y ahora era imposible salir desesperado a las carreteras sin rumbo. Mejor me metí en un hotel a descansar y hacer planes.

Me tendí en la cama, sin almohada, bocarriba, en *savasana*, la posición del cadáver, al fin que ya estaba muerto, y poco a poco el cansancio, más emocional que físico, se fue convirtiendo en un hormigueo de los pies a la cabeza que, intermitentemente, también se transformaba en un dolor intenso pero tolerable que se iba confundiendo con placer, y en momentos, de plano, ya era un orgasmo, y fuerte además, sin eyaculación, ni siquiera erección, sin tocarme en lo más mínimo. Era algo que me había empezado a ocurrir unos años antes; sin razón alguna me venía intensamente sin eyacular, y sin razón alguna entre contorsiones y movimientos rarísimos del cuerpo. Me podía ocurrir en medio de la gente, y controlarme era un suplicio delicioso. En cualquier momento. Las más de las veces, sucedía por sí mismo, pero otras veces yo podía convocar el orgasmo con sólo concentrar mi atención en mis genitales con la mente vacía.

La primera vez me ocurrió unos veinte años antes, ya casado con la India Bonita, cuando tenía un buen tiempo de hacer hatha yoga y de meditar, en flor de loto, veinticuatro minutos; en medio loto, veintiocho, con los dedos de ambas manos tocándose y la mirada fija en las aletas de la nariz, por lo que bizqueaba continuamente y a cada rato pasaba de ver doble a la visión normal. Una vez entré en un estado muy alto, y tuve una visión, con los ojos abiertos, de mi mente como un cuarto de metal bruñido en el que de pronto una señora muy agradable y desconocida barría de lo más quitada de la pena. Poco después advertí que mi pene se erguía con su máxima potencia, extensión y dureza. No salía de la sorpresa aún cuando me inundó un orgasmo trepidante que explotaba en cegadoras luces blancas; mi cuerpo se ondulaba, se estiraba, se sacudía, se contorsionaba, y mi cabeza rotaba sobre el cuello o penduleaba de atrás adelante. Duró lo que para mí fue un tiempo larguísimo y me costó un buen rato aterrizar. Se lo conté a Helena esa noche. ¿Por qué dices que fue un orgasmo?, me preguntó. Por la erección, respondí; un samadhi, satori o algo así no ocurren con erecciones. Quién dice que no. No sé. Ella rio. En todo caso, mi vida, te agarró Shakti, mala onda no fue, ¿verdad? Para nada.

Esa vez, en el hotel de Insurgentes Sur, yací ahí, convirtiendo al cansancio en dolor y el dolor en éxtasis hasta que de pronto me dormí pesadamente y nunca supe a qué horas me metí bajo las sábanas, quizá fue después de un sueño que tuve.

Estaba en el rincón de una cantina oyendo una canción que yo pedí. Naturalmente se oía la antiquísima canción de José Alfredo Jiménez. No sé por qué es tremendo cuando hay canciones o música en los sueños, suele ser como una ironía de la mente. Me tomaba mi tequila, claro, y entonces llegaba a mi mesa una señora muy bella pero pálida, a quien ya conocía pero no podía recordar. Me dijo "ven". Al salir de la cantina la niebla no dejaba ver nada. Me pegué a ella sin darme cuenta y de pronto vi que lloraba suavemente. Con uno de sus dedos recogió unas lágrimas y me las puso en mis ojos. Durante un momento no vi nada, pero ella me tomó del brazo y me hizo avanzar. Cuando poco a poco recuperé la visión y la niebla del exterior se abrió, nos encontrábamos en el campo, en un valle reseco y cuarteado. Alcé la vista y vi que en una montaña Helena sostenía una extraña lucha con un hombre muy grande, fuerte, que proyectaba una sombra inmensa, sobrecogedora; Helena le hacía extraños pases con las manos, un poco como de tai chi, pero no se daba cuenta de que al retroceder sin dejar de luchar se acercaba a un precipicio. Estaba a punto de despeñarse. Yo te-

nía que ayudarla, pero en ese instante comprendía que estaba
muerto.

Desperté con un estremecimiento de horror, recordé el sueño al instante; las imágenes eran un aletazo de opresión, pero ya algo lejano. Había recargado la pila, lo cual cada vez resultaba un proceso más largo y difícil. Es el principio de la vejez, me decía. Pedí un desayuno a servicio en cuartos y revisé el directorio telefónico. Detectives privados. Leí la lista y marqué el número que más me latió. La señora Laura López no llegaba aún, en una hora estaría ahí. Hice una cita para las doce.

El cielo estaba despejado en el sur (es decir, azul-grisáceo) cuando enfrenté los embotellamientos que causaban los retenes. Nuevamente la placa de Kaprinski me abrió paso. De pronto sonó un teléfono. Después de la sorpresa inicial localicé el timbre en mi propio traje. Era el celular de Kaprinski, que instintivamente eché a la bolsa como si fuera el mío. Lo contesté y en la minipantalla apareció un hombre de edad madura, barba canosa y mirada severa. Jamás lo había visto antes.

León, no sabemos nada de ti.

¿Quién es?

¿Cómo que quién es? ¿Qué te pasa, estás mal? ¿Que no me ves?

No no, estoy bien. Listo. Perdóname. Estaba distraído. Tuve problemas, pero ya pasó todo.

Tú sabes que debes contarme todo a mí, ¿por qué no hablaste?

Te digo que no pude. No sabes lo que me ha pasado. Luego te cuento.

No has contestado el servidor. Tienes mensajes importantes en el servidor.

No, mil disculpas. Pensaba hacerlo hoy mismo.

Te veo muy raro, León. No vayas a cometer otro error porque sería muy difícil de arreglar.

Claro que no, hombre, dije, y en ese momento suspendí la llamada, según yo como si se hubiera desconectado por una falla de transmisión. Incluso me estacioné un momento para apagar enteramente el aparato. Me daban ganas de tirarlo. Después seguí manejando sin dejar de pensar quién sería ese barbuchas y a qué se refería con que yo, bueno, Kaprinski, tenía que contarle todo a él, y qué significaba la que me pareció ominosa recomendación, "no vayas a cometer otro error". Esa conversación no me latía para nada.

Laura López era una detective de flequito y moño en los lacios cabellos castaños; cuarentona, definitivamente gorda aunque no para balancearse en la tela de una araña. Sus ojos bonitos, negros, alegres, inteligentes, se perdían un poco por las rimeleadas pestañas postizas. Se pintaba sin amor al prójimo, y su boca, prominente, me hizo recordar a Miss Piggy, aquella cerdita de los antiquísimos muñecos animados, a quien en México también se conoció como la Cochinita Pibil. Cuando entré a verla acababa de guardar un pastel en su escritorio, como delataban sus movimientos furtivos y el poco de merengue que le quedó en una comisura de la boca. Sin duda tenía una dieta que no seguía para nada. Qué hacía Miss Piggy de detective. Me simpatizó porque también, de alguna manera, me hizo recordar a la policía embarazada de *Fargo*. Yo, por mi parte, me sentía personaje de Howard Hawks.

Me presenté con mi verdadero nombre, Onelio de la Sierra. *Yo represento al pasado, no me puedo conformar.* Y entonces le pedí que investigara todo lo posible de León

Kaprinski, pero también de Helena y de mis propios hijos Héctor, Elio, Santa y Lupe de la Sierra Wise. Quería que por un tiempo indefinido los siguieran y me reportaran sus actividades. Esto era curiosidad pura que no quería llevar más adelante, me dije a mí mismo para atenuar los flagelazos de culpa que sentí al pedirlo. La López Pibil me miró, asintió, aún con el merengue en la boca, no hizo comentarios y se concretó dictar datos a su computadora: direcciones, teléfonos, ocupaciones, etcétera. El trabajo salió carito y pagué la mitad en efectivo. Ella me miró más intrigada aún.

Óigame, me dijo francamente, al que me dan ganas de investigar es a usted.

Pues entonces yo también me encargaré de que la investiguen, respondí, con ganas de enseñarle la chapa de Kaprinski para darle calambres.

La gordita emitió una risa deliberadamente forzada. Ta bien, ta bien, dijo.

Fui a comer y por imbécil lo hice en un restorán de la ex colonia del Valle. Yo estaba triste, pero hablar con esa gorda me quitó mucho blues. Quién sabe qué habrá pensado. Estoy volviéndome loco, me decía también, o ya lo estoy. Pero bloqueaba esos pensamientos mirando cosas fijamente. Era algo que en ocasiones me venía por reflejo cuando concentraba la vista. En este caso se trató de un vitral muy monín con un árbol verde. Lo miré, y cuando entraba en un estado de mayor quietud bajé la vista y a una mesa reconocí un rostro que me veía asombrado. No me quedó más que sonreír, tan nerviosa como cortésmente, y recordé: a esa chava me la anduve tirando como diez años antes, se llama Adriana, peinadora de los estudios Topilejo. Ella sonrió también y no pudo resistir levantarse y venir a mi mesa. Me besó en la mejilla, con aire extrañado.

Onelio, qué gusto verte, pero deveras. Me habían dicho que te habías muerto y sentí horrible.

Sí, es un chistecito truculento que alguien soltó. Qué poca madre. Pero gracias por el buen recuerdo. Yo también te quiero.

...Hasta creo que lo leí en un periódico. Ayer o antier.

Carajo, a qué extremos puede llegar una broma tétrica, ¿no?, dije, viendo sus piernas sensacionales; recordé que tenía una de esas vaginas más bien chiquitas y de labios como pétalos, ondulantes y hacia afuera, con un clítoris de muy buen tamaño. Tetas pequeñas pero un trasero impresionante. Pero aquí me tienes, vivo y culeando, agregué. La invité a sentarse conmigo. Era lo más prudente en ese caso. Y esperar que se le olvidara todo después, que no le contara a nadie del cine que me había visto y le dijeran que había platicado con un fantasma.

No puedo, Ónel. Estoy con unos amigos. Pero otro día.

Le pedí su teléfono, fingí que lo anotaba y regresó con su grupo, echándome miradas suspicaces como la detective López antes. Terminé de comer a toda velocidad y me fui de ahí.

Era claramente inapropiado que yo circulara como siempre, como Onelio de la Sierra. Tenía que camuflagearme de alguna manera, sin llegar a la ridiculez del pelirrojo sherlockholmesiano como en el velorio y el entierro. Salí del maltrecho tercer piso de la vía seudorrápida y me estacioné tan pronto como pude, lo cual no fue fácil porque en toda la ciudad, más automovilizada que nunca, los espacios para dejar los vehículos eran especie en extinción. Por eso había estacionamientos, carísimos, en cada cuadra. Tenía que poner orden en mi mente, entender qué estaba haciendo y sopesar las posibles consecuencias. Pero no podía. Mi mente aún se rehusaba a reflexionar. Quería seguir los impulsos. Y lo que necesitaba en ese momento, pensé, era ver a mis niñitas. De lejos, claro. En el antro donde tocaban. Pero para ello tenía que disfrazarme una vez más.

Fui entonces a mi casa, es decir, la de Kaprinski, buenas tardes don León, directo al cuarto de los disfraces. Todo estaba limpio y en orden, sin duda un sirviente iba con periodicidad. Después de descansar, elegí un atuendo de adusto académico: severo traje azul marino, bigote y pequeña barba de candado rubia, como la peluca de corte muy atildado. Salí de nuevo. Tuve que ir hacia el oeste, lejísimos, a un antro del rumbo de Ciudad Satélite llamado El Acordeón, porque, supe después, ahí tocaba todo tipo de músicos, de estilos diferentísimos, pero cuando menos en una pieza todos debían usar acordeón. En la entrada había una foto mural del Flaco Jiménez abrazando a Ry Cooder, y dentro el bar resultó agradable, así es que pedí un bloodymary, con la premisa de que si era otro bien debía modificar hábitos. Si Kapri no bebía marías sangrientas era lo de menos. Me prepararon una excelente, con ginebra en vez de vodka.

No tardó mucho en que se fuera un grupito que hacía música tan lenta y suave, llena de ruiditos, que prácticamente no se oía. Llegó entonces la Exquisita Orquesta de los Mil, es decir, mis gemelas Santa y Lupe, en esa ocasión acompañadas por otras dos nenas, bajo y percusiones, y un greñudo, requinto eléctrico. Mis hijas manejaban tornamesas y equipo electrónico, pero, después de programar, se pasaban a los teclados o guitarras, del bajo al requinto, o simplemente cantaban, entremezclando sus voces sin decir nada, como Lisa Gerrard, puras palabras inventadas, sin sentido, pero que parecían tenerlo, daban la idea de que en cualquier momento se entendería todo. Por supuesto me ubiqué lo más lejos del forito, en el rincón más oscuro, y un flashazo de mi sueño del rincón de la cantina me sacudió por segundos. Mi uniforme de académico sirvió no sólo para que mis niñas no me reconocieran sino para apreciar mejor su acto. En el ciclorama de fondo las imágenes de Lupe y Santa se multiplicaban, mientras ellas, en el proscenio, se confundían con las proyecciones; su música era de un eclecticismo tremendo y había ritmos batucadenses, atmósferas chinas, de la India, del Caribe, de etnias mexicanas, sones veracruzanos y bambuco yucateco, rock pesado, postindustrial, y momentos muy finos, electrónicos, ambientales, levemente sensuales; sin perder la originalidad resultaban disfrutables, creaban una atmósfera de paz y de dulce exaltación, por eso durante un tiempo pensaron llamarse la Exquisita Orquesta de la Paz, pero yo les sugerí De los Mil, pues mil equivalía al infinito, al verdadero, que es finito, diría Woody Allen, y de pasada homenajeaban a Mahler y su *Sinfonía de los mil*, la cual corroboraba el valor mágico del número, pues ni remotamente son mil los músicos que la tocan. Les gustó la idea y ahí tenía yo ahora en plena acción a La Exquisita Orquesta de los Mil.

Me tomé otra maría sangrienta, de lo más a gusto viendo a mis gemelas expresarse. Pensé cuán irónico era que Santa y Lupe me hubiesen insistido varias veces que las fuera a ver a El Acordeón, yo decía que sí pero era no y ellas lo entendían, lo cual subrayaba una sutil barrera que se había creado entre nosotros desde el día en que se fueron a su propio depto, eso sí, juntas; esto, de alguna forma, era confortante. Ahora, en cambio, cuando ellas no lo sabían, ahí estaba yo, disfrutándolas; apreciaba, aprendía su arte. Eran unas niñas valientes y dinámicas, pensaban las cosas pero las realizaban también.

Pero no me gustó nada que cuando terminó su show, las dos bajaron y se sentaron a la mesa de unos muchachos, quienes las trataban con la familiaridad de quien las ha conocido íntimamente, y en efecto, al poco rato se besaban, se acariciaban con intensidad, además de que claramente vi cómo todos fumaban de una pipa de aluminio y se tomaban una pastilla; nunca supe qué era, pero sí que las desinhibió aún más y no les importó que los jóvenes les desnudaran los senos en medio de la gente, mientras seguían acariciándolas en medio de bromas. Se veían divinas, que ni qué, y todos los presentes las miraban. Tuve una erección sumamente molesta e inapropiada, y mejor me fui de El Acordeón.

Quién sabe por qué no fui al depto de San Ángel sino que regresé a mi casa, es decir, a la de mi viuda. Me hallaba un tanto embriagado y francamente apabullado, confundido, por los acontecimientos, cuyo análisis obviamente había que posponer. Me sorprendió ver un coche estacionado frente a la casa. A lo mejor Helena estaba en consulta de emergencia. Me deslicé sigilosamente por la oscuridad, decodifiqué la alarma, ahora sí tenía la tarjeta-llave y abrí con el máximo silencio. No había nadie en la planta baja, pero las lámparas más pequeñas de la sala estaban encendidas y en la mesa de centro había una copa a medio tomar. También colillas en el cenicero. Obviamente Helena no las había fumado porque no fumaba, sólo mariguana de vez en cuando. Conforme subía la escalera con el máximo silencio empecé a escuchar ruidos.

Venían de mi recámara. Eran gemidos. Alguien hacía el amor. La impresión fue tal que me debilitó momentáneamente. No podía ser que Helena se acostara con otro a tan pocos días de *mi muerte*. Y con quién. No podía imaginarlo. Me detuve un instante, los gemidos crecían de intensidad, pero no eran de Helena sino de un hombre que no dudaba en explayar sus placeres a todo volumen. Una sensación asfixiante me quemaba. Tomé aire y me acerqué a la recámara. La puerta estaba cerrada pero la abrí en silencio, además de que nadie me iba a oír porque los gemidos, jadeos y exclamaciones eran cada vez más escandalosos, carajo, qué increíble, qué increíble, y cuando abrí la puerta no pude creerlo: el Sapo Gordo estaba encima de Helena, quien tenía las piernas bien abiertas, los ojos cerrados y un gesto de dolor que bien podía ser placer, pero también ¿de sacrificio?; de cualquier manera, él se venía entre gritos, puta madre, qué buena estás Dios mío, carajo, carajo, nunca creí que hubiera algo tan chingón, eres lo máximo, lo máximo.

Quedé petrificado. Pasó en mí a gran velocidad la idea de estrangular a ese pendejo, *El fantasma vengador* sería *La última película*, pero la dejé ir. Mejor me retiré con el corazón batiente cuando vi que Helena entreabría los ojos en dirección de la puerta. ¿Me vio? ¿Me sintió? ¿Qué pasó? Salí rapidito pero con el máximo silencio, y ya en la camioneta seguía completamente conmocionado: me era incomprensible del todo lo que acababa de ver. Manejé muy despacio. La placa. Pásele jefe. Más adelante descubrí que en realidad no me hallaba indignado, ni humillado, ni ardía en celos; más bien me carcomían oleadas de una sensación de pavor angustiante, la idea de presenciar misterios que no debía.

3. Lo que está debajo de esto

It's a wild, wild Wise. Los abuelos paternos de mi viuda,
los Wise, "liberales de Massachusetts", eran de criterio
amplio, alta cultura y refinamiento, católicos nominal-
mente pero un tiempo masones, hubo algunos rosacruces
y en la mayoría burbujeaba una tendencia hacia distintas
formas de esoterismo; en lo más mínimo somos racistas,
explicaba el doctor Homero Wise, entendemos muy
bien la importancia de Doña Lupe, claro que sí, es una
sacerdotisa suprema, una chamana de fama internacional, además, mi familia ha trabajado con plantas medicinales a nivel industrial desde 1801, unos cuantos años
después de que Massachusetts fuera el sexto estado de la
Unión.

Pero en el fondo jamás vieron con agrado ese matrimonio. Para nada objetaban que Héctor hubiera elegido
a "una notable dama indígena", aunque en el fondo,
bueno, es verdad, tenían sentimientos encontrados; más
bien no se resignaban a que el joven doctor se quedara a
vivir en un sitio tan apartado. A todos los Wise les gustaba la exploración y la aventura, pero siempre volvían,
generalmente a la costa noroeste, cerca de la casa familiar en Boston. Sin embargo, Héctor se quedó atrapado
en el primer sitio exótico que vio. No había vivido. Cuan-

do murió, y los Wise no lo sabían, ante la falta de noticias pensaron que no quería tener contacto con ellos por un tiempo y lo dejaron en paz. Sólo a través de la universidad se enteraron de su fallecimiento. Después de maldecir silenciosa y fruiciosamente a "esa mujer bruja que no les avisó la muerte de Héctor", consideraron si debían ir a su tumba e incluso excavar y repatriar los restos a Boston, pero el doctor ya tenía casi dos años enterrado y además en ese momento los Wise aún no sabían que había una niña, llamada Helena, así es que no se movieron de la bahía de Massachusetts. Parecían muy buenos, casi *dulces*, y lo eran, pero también aciditos, no te creas, divinos, ¿eh?, conmigo siempre fueron divinos, me contaba mi viuda, la belle Helène, años después.

El viejo doctor Homero Wise se caracterizaba por el amor a los griegos y a los sistemas medicinales alternativos, como, por ejemplo, la homeopatía de Hahnemann, "basada en el principio de las vacunas, que a su manera fue anunciada por el gran Hipócrates", disertaba con gusto don Homero, quien siempre se las arreglaba para que la medicina griega y la naturista fueran lo mismo. El doctor Homero Wise fue un helenista erudito, como no era raro en sus tiempos, y sabía todo de los asclepiades, Alcmaeon y Empédocles, pero sobre todo del *corpus hippocraticum*. (Y del gran Paracelso, pero, ah, ésas ya eran palabras mayores, el rincón más venerado de su espíritu.) El helenismo también hizo su parte, además, para que Homero Wise se enamorara de su mujer, quien tenía un nombre griego por excelencia: Helena, con hache.

Homero y Helena Wise tuvieron cuatro hijos: Héctor, Ifigenia, Ulises y Orestes, el menor, quien dirigía los Laboratorios Wise desde veinte años antes y nunca tuvo hijos. Sus dos matrimonios fueron amargos y los divorcios, de pesadilla; en especial el segundo, que casi lo desquició y lo llevó a una clínica siquiátrica después del duelo a muerte que fue el divorcio, agravado y casi desahuciado por alcoholismo y adicción a anfetaminas, cocaína y ansiolíticos. Como buen Orestes, empezó a oír voces dentro de su mente que discutían todo tipo de cosas y sin falla coincidían en que él era un fracasado, inútil, bebé que nunca había crecido, la culpa de todo la tenía su padre, el viejo Homero, que desde el principio lo preparó para dirigir los Laboratorios Wise, y Orestes era tan tarado que eso le pareció lo más normal y feliz del mundo hasta que ya se había hundido en los pleitos con las mujeres y las drogas. Las voces, agudas y chillantes, estridentes y molestas, insistían: el viejo es el culpable, échatelo, muerte a él, mátalo, qué esperas. Orestes trataba de razonar con ellas dentro de lo que creía su lógica: para qué matar a su padre si de hecho él era dueño ya de los laboratorios farmacéuticos, bueno, con sus hermanos, pero él era el director general, y además el viejo siempre fue muy bueno, serio eso sí, especialmente con él, el menor, el favorito, el único que se quedó en Boston y no rompió la tradición, como hicieron sus hermanos Héctor, Ulises e Ifigenia. Pero cuando él razonaba con las voces, éstas lo ignoraban y hablaban entre ellas como si él no estuviera ahí, como si no se hallaran dentro de él, es un pobre cretino, retrasado mental, comemierda, sí, no sirve para nada, no puede ni acabar con su padre, ni matarse él mismo, que es lo menos que podría hacer, algo decente por el mundo. Por una vez, y ahora se dirigían a él enfáticamente, haz lo correcto: acaba con tu padre y después mátate, pero ya, pendejo, mátate, mátate.

En la clínica, cuando arreció la presión de las voces y él apenas logró no suicidarse, de pronto ya había pasado lo peor, y entonces Orestes soñó que avanzaba velozmente en plena oscuridad, con frecuencia chocaba contra algo porque se hallaba en una ciudad que no veía y de la cual sólo sentía su palpitar. Orestes subía la escalera interminable de un edificio, siempre en la oscuridad total, y eso lo llenaba de una angustia creciente. Después de eternidades y de incontables golpes, algunos tan fuertes que era como si le rompieran los huesos, llegó a lo que parecía una alta azotea, también negra, donde no se veía nada y la ciudad abajo rugía. Orestes caminó tambaleante y de súbito comprendió que había llegado al borde y ahora tenía que desplomarse en el vacío oscurísimo. Supo que moriría. Y quizá así fue, porque se lanzó, pero, en todo caso, recuperó la conciencia o renació en un bosque tropical, casi selva, en donde una cascada creaba nubes de vapor y rocío. Veía muy bien y así distinguió, al pie de la estrepitosa caída de agua, a una jovencita muy morena y hermosa, hermosísima, desnuda salvo las guirnaldas en la cabeza. Orestes supo que ella se disponía a subir hasta lo alto de la catarata, quién sabe cómo, porque la pared de la montaña era vertical y escarpada; quizás a través del agua, contra la corriente, como los salmones. Y lo haría tan sólo para mostrárselo a él *una vez más*. Para volver a enseñarle cómo se hacía. Para que supiese que era posible. Esa visión de belleza serena se combinaba con una música extraña, hipnótica, de percusiones y chirimías, y le trajo una emoción desconocida pero a la vez muy familiar, la sensación de que él conocía a esa muchacha desde muchísimo tiempo antes, eones antes, sólo así se explicaba que la hubiera podido olvidar. Era algo tan querido, una parte esencial de su ser, círculo de pacífica luz blanca en las oscuridades de su vida, o de sus vidas. Por primera vez pensaba que tenía sentido hablar de los tiempos de la eternidad. Y esa musiquita no se iba, era tan inquietante…

Cuando fue dado de alta en la clínica, de casualidad también encontró a Julio Glockner, viejo compañero y amigo de su hermano Héctor; venía de hacer trabajo de campo en la Sierra Mazateca y en Ayautla conoció a Doña Lupe, a Santa y a Helena, pero *no sabe usted* qué hermosas son su cuñada y su sobrina, le dijo. En Boston, Orestes conferenció con sus ancianos padres, habló telefónicamente con los hermanos y se concluyó que viajara a Oaxaca a conocer a la hija de Héctor y a llevarla a ellos si era posible. Para Orestes la administración de los laboratorios era como una segunda naturaleza, algo que hacía con seguridad instintiva, y siempre supo, incluso cuando estuvo en la clínica, delegar responsabilidades y a través de llamadas telefónicas tomaba las decisiones necesarias para que la empresa marchara bien. Por tanto, él era el hombre adecuado para buscar a la sobrina desconocida, porque, además, la misión se volvió terapéutica, era algo totalmente distinto, y trascendente: religar, ¡como la religión!, los elementos de la familia que por caprichosísimas curvas de la vida se dispersaron en universos paralelos. Había que corregir el vergonzoso error de no haber sabido de la bella Helena, la hija de Héctor, durante quince años. Orestes tomó un avión a la ciudad de México, otro a Oaxaca y alquiló un helicóptero para viajar a Ayautla, en el corazón de la Sierra Mazateca.

Llena la luna de luz, Helena. Los abuelos Wise esperaban, ahora con ansia, a su nieta. En la fase menguante de su vida, la idea de conocer a la hija de Héctor los llenó de una excitación que reactivaba sus procesos vitales. Tenían un nieto, pero estaba lejos y casi no lo veían. Quizá por eso cuando llegó Helena, la nieta cuya existencia ignoraban hasta hacía poco, sucumbieron ante ella y la llenaron de torpes, por tardías, muestras de cariño. Estaban dispuestos a ceder en lo que fuera y hacerla feliz, pues sentían que ella jugaría un papel especial en sus vidas. Se negaron rotundamente a que viviera con el tío Orestes y la llevaron a la famosa casona de Washington Street, en el viejo Boston, "para que se llenara del sentimiento más profundo de la ciudad". Orestes protestó ruidosamente, pues de pronto perdía el asidero que lo había sostenido desde que salió de la clínica; pero su padre le explicó: Hijo, déjanos a esta muchacha, sólo será un rato; tu madre y yo no vamos a durar, y dentro de poco la tendrás el tiempo que te corresponda. Es un encanto, ¿verdad? Su madre, por su parte, no dijo nada, como acostumbraba, pues era célebre su laconismo, pero le dedicó una de sus miradas más intensas.

Boston le gustó a Helena; después del frenesí del Distrito Federal, le cayó muy bien una gran ciudad, no tan desbordante, con un río y la bahía. El mar fue un descubrimiento inesperado en el que se mezclaba admiración, sorpresa y escrutinio. Sólo había visto los océanos en las películas, y aunque ahí el agua pareciera helada y oscura, a causa de las embarcaciones e instalaciones marítimas, la impactó profundamente. Y, atrás, qué inmensidad de edificios, apiñonados a partir de los muelles. La parte vieja, donde vivía, cerca del mar, del río y del gran parque, le fascinó. Era lo más antiguo y señorial entre las luces destelleantes y la *high tech*. Todo tan distinto, se decía Helena. Oaxaca fue diferente a Ayautla, México a Oaxaca y ahora Boston al Distrito Federal. En un mes. En realidad, como lo descubrimos conversándolo muchos años después, ella se dejaba guiar por fuerzas superiores, actuaba instintivamente, abierta para asimilar lo nuevo. Miraba las cosas asombrada, novedad tras novedad, pero por fuera parecía que ya conociese todo.

El tío Orestes, como prometió, le consiguió una escuela de tendencias liberales, abiertas, The Rita Tushingham High School; Helena fue admitida sin hablar inglés sólo por la insistencia y la influencia del señor Wise, y ella asistió a clases excitada pero sin temor, guiada por la pura intuición y el sentido común. Y por su inteligencia, porque su agilidad mental le permitía unir puntas y atisbar un tejido total. Quién sabe qué le decían pero ella entendía por el lenguaje de los tonos y los gestos, la comunicación del cuerpo, que a fin de cuentas es la buena, pues las palabras qué traicioneras son, "bruja cochina", por ejemplo, o al menos eso se decía Helena en la escuela, donde llamó la atención al instante por sus hermosos y distintos rasgos físicos, porque era una Wise y por su propio magnetismo; ella eludió a casi todos en un principio por el desconocimiento del idioma. Nadie hablaba español ahí. Parecía retraída, inmersa en sí misma, pero asimilaba la nueva realidad sin darse cuenta y sin ningún esfuerzo.

No decía ni una palabra, ni en inglés ni en español, y algunos creyeron que había heredado los silencios de su abuela, pero a los seis meses se soltó hablando con pronunciación exacta, con la fluidez, naturalidad y desenvoltura de quien usa su lengua natal. Para entonces, en la Tushingham High ya se habían acostumbrado a ella y Helena se desenvolvió sin dificultades. Se ponía al día en los estudios con rapidez. Leía y leía. Todo le interesaba: ciencias, humanidades, artes. Sus abuelos la pusieron en una escuela de manejo, obtuvo su licencia y le regalaron un Beetle convertible, precioso, que la hizo recorrer la ciudad y aventurarse más allá del río. E intensificar su vida social.

Pronto supo que los muchachos le decían "la india bonita", así en español, porque un maestro de Harvard especializado en historia de México que tenía a su hija en la Tush vio a Helena y la comparó con la bella indígena de Maximiliano en Cuernavaca. Cuando le preguntaban sobre México y su familia, ella decía lo mínimo indispensable y a nadie le contó de la brujería de su abuela materna y que ella la conocía muy bien. Usaba las uñas muy cortas. Continuamente la invitaban a salir, y lo hacía, pero prefería ir a casa, con sus abuelos; sentía que debía estar con ellos lo más posible. Tanto la abuela Helena como el abuelo Homero eran notablemente lúcidos para su edad. No olvidaban lo inmediato, como sería común; al contrario, continuamente se lo recordaban a los demás. ¿Qué estaba diciendo?, preguntaba el tío Orestes, distraído. Hablabas de un vestido perfecto de Dorléac para la Pequeña Helena que viste en New Sudbury Street a dos mil dólares.

En las tardes, desde que la niña habló y entendió inglés, los abuelos le contaron la historia de la familia y con ella mucho de la de Boston, que era la de los primeros Estados Unidos, dado el papel tan importante que la ciudad desempeñó en la independencia desde la famosa

Fiesta del Té. Era como si tuvieran prisa en transmitir todo a la Nieta Inesperada, crepúsculo de vida, belleza y amor en el final de su existencia. La joven Helena amó a sus abuelos desde un principio. La empatía era total, como con su tío; seguía hechizada con Orestes, a quien de cualquier manera veía casi todos los días y la llevaba a los lugares que a su hermano Héctor le gustaban. Con él Helena conoció los buenos rincones del gran parque, el Boston Common, que quedaba a un lado de casa; y paseó por el río Charles y la bahía. Cambridge con la universidad de Harvard y el MIT le gustaron mucho. También el Old Cape Cod.

Los abuelos Wise le inspiraban una gran ternura. Comparados con su abuela Doña Lupe parecían decrépitos, pero el sentido común le hizo ver que se trataba de cosas totalmente distintas que para nada debía comparar o, peor aún, mezclar. Nunca revuelvas modos de vida, todo a su tiempo y su lugar, le solía decir su abuela Lupe, a quien extrañaba mucho, aún más que a su madre. Pero seguía sin querer pensar en ellas, bueno, no mucho. Las cosas eran tan nuevas y veloces que no había tiempo para los recuerdos. Helena oía con gusto a sus abuelos en las tardes que pasaban en el jardín, si el día lo permitía, porque pronto llegó el frío. Empezó duro en octubre, pero a fines de noviembre Helena sintió por primera vez las heladas con todo su cortante filo y pensó en segundos que no iba a poder aguantar ese húmedo frío asesino, pero como Ayautla se hallaba en lo alto de la Sierra Mazateca, se acostumbró.

Los abuelos, más bien él, porque ella sólo asentía y hacía sentir su poderosa personalidad, la hicieron entender que los laboratorios eran más que un mero negocio.

Desde que se fundaron, hacía casi doscientos años, la preservación y después la sintetización de plantas medicinales había sido el marco o la puerta hacia un espacio íntimo, una habitación secreta en los laboratorios, llamada el recinto, donde cada uno de los Wise había jurado lealtad a la familia y a la misión humanística de los laboratorios. Todos eran representados con grandes y bellas velas, que cuando estaban vivos siempre se conservaban encendidas con su luz intensa iluminando y refulgiendo en las paredes de bronce del cuarto abovedado, donde una galería de grandes cirios apagados simbolizaba a los ya muertos. En ese momento se hallaban encendidas las velas de los abuelos, los tíos Ulises, Ifigenia y Orestes, y las del nieto Jasón. Y la de Héctor, pero el viejo Homero la apagó y al instante colocó una nueva, la de Helena, que encendió tan pronto apagó la del padre. Después la hizo repetir el juramente ritual, iniciático, de la familia. A mi viuda le gustó jurar, ser Wise, y le encantó el recinto, como le llamaban, porque de alguna manera la hacía recordar la choza que su abuela Lupe había construido en el sótano de la Casa Gringa. A partir de esa primera ocasión, o rito de iniciación familiar, numerosas tardes los tres se trasladaban a los laboratorios. Entraban por una vía especial, exclusiva, por la parte trasera, que los conducía hasta el recinto sin pasar por las instalaciones donde se afanaban cientos de trabajadores y donde Orestes tenía sus oficinas, a las que, por cierto, casi nunca iba, pues arreglaba todo por teléfono desde su auto o en sitios o casetas públicas. En el recinto, se instalaban en los comodísimos sillones, aunque Homero prefería una silla rígida porque si se relajaba demasiado tendía a entumirse; bebían un poco de vino o champaña y los abuelos descargaban en la nieta la máxima información posible sobre los Wise y Boston. Pronto Helena se dio cuenta de que querían decirle algo más, pero esto sólo aparecía en pedazos sueltos, como partes de rompecabezas.

Helena y Homero se habían casado a los veinticuatro años, los dos eran médicos en vías de doctorarse pero, como los Montesco y los Capuleto, sus familias se detestaban. La de ella era dueña de la Farmacéutica Lee, una poderosa empresa que también sintetizaba plantas medicinales y era rival de los Laboratorios Wise desde principios del siglo diecinueve, cuando las dos se instalaron con la idea de ser las pioneras en ese campo. En realidad había sitio para las dos, porque el mercado interno y las exportaciones a Europa eran estables y con excelentes márgenes de ganancia neta. Sin embargo, todo el siglo diecinueve fue de guerra sucia. Jerry Lee introdujo en el mercado un gingseng con una base de cocaína y lo presentó, mediante hábiles falsificaciones de etiquetas, envasado y papelería, como si fuera el popular Ginsengwise de sus competidores. Hubo muchas protestas y tras una investigación los Wise demandaron a los Lee, demostraron el dolo y recibieron una suma enorme por daños y perjuicios. A partir de ahí, aunque ya nadie se atrevió a hacer trampas groseras para eliminar al otro, la feroz competencia llevó a las dos compañías al espionaje industrial, en el que fueron pioneras. El encono aumentó cuando uno de los Lee fue gobernador de Massachusetts y por vías legales hostilizó y casi sacó del mercado a los rivales, pero al poco tiempo a un Wise le tocó la gubernatura y la situación se invirtió. Desde principios del siglo veinte las dos empresas cesaron los golpes por debajo del cinturón, salvo el espionaje, pero seguían enconadas, y toda relación entre ellas era gélida. Para su desgracia, ambas eran de las familias más antiguas, ricas e influyentes del estado, así es que por infinidad de razones tenían que estar en contacto continuo.

De la misma edad, Helena y Homero estudiaron en escuelas distintas pero coincidieron en la de medicina, desde entonces reputada como una de las mejores del mundo, de la vieja universidad de Harvard; aunque en un principio los dos jóvenes tuvieron choques muy fuertes, pronto pasaron al polo opuesto y fueron presas de un amor abismal, al grado de desafiar la ira de ambas familias a las que hicieron ceder; la historia de Romeo y Julieta estaba bien en Shakespeare, dijeron, pero en los años mil novecientos treinta las vendettas familiares eran signo de primitivismo atávico y de profunda inmadurez; con todo y eso, añadieron, si se empecinaban, ellos seguirían fielmente la leyenda y mediante "el dulce veneno" se acogerían a la *liebestod*, la muerte por amor. Los familiares comprendieron que los jóvenes eran capaces de hacerlo y capitularon. Eso sí, después estaban muy contentos porque como buenos archirrivales tenían grandes afinidades y curiosidad por conocerse, no nada más en el plano industrial. Helena y Homero se casaron y el conflicto cesó; las familias no llegaron a fusionarse como Wise & Lee, pero sí colaboraron intensamente a partir de entonces. Lo que nadie sabía era que los accidentados inicios de su amor inflamaron el romanticismo de Helena la Silenciosa y de Homero, quienes, en la cúspide del pleito entre las familias, pactaron que aunque todo se arreglara de cualquier manera para ellos la idea de que el amor venciera a la muerte era irrenunciable y bien valía demostrarlo con los hechos, por lo que se envenenarían juntos ritualmente y como sacrificio al amor cuando una señal se los indicara.

Durante más de cuarenta años Helena y Homero Wise vieron crecer a sus hijos y después de los sesenta lograron que sus caminos, para entonces paralelos, no perdieran los puentes esenciales. Cuando la pequeña Helena llegó, trayendo consigo la sierra y la tradición mazateca sin darse cuenta, a la vez que mostraba una asombrosa capacidad para integrarse y asimilar la nueva cultura, cuando la vieron moverse con facilidad en la escuela, en Boston, llamando siempre la atención por el exotismo y la inteligencia, los abuelos decidieron que la nieta era la señal que esperaban. Así como a Orestes le dio un sentido para vivir y vencerse a sí mismo, a los abuelos les dio la razón para cumplir su juramento.

Escucha, Helena, le explicaron una tarde en el recinto, ya sabes cómo surgió nuestro pacto de muerte por amor y que estamos dispuestos a cumplirlo escrupulosamente. Creemos que llegó el momento. Ya vivimos lo necesario, como lo indican los achaques y el imbatible deterioro físico. Pero nuestras mentes están intactas, y tu abuela y yo pensamos que tú eres lo que esperábamos para morir en paz. Tú eres la señal. Nuestra señal. Te hemos castigado con nuestras historias porque no creciste aquí y llegaste en el último momento, pero tenías que compenetrarte con la parte que tienes de nosotros porque sabemos que te será útil. De hecho, la necesitas, aunque ahora tú no lo sepas.

Sí lo sabe, a su manera, comentó la abuela Helena, lo cual sorprendió mucho a mi viuda, quien por otra parte, estaba de acuerdo. Claro que intuía lo importante que era todo eso para ella.

Por suerte, aprendes con una rapidez inaudita, siguió Homero. Bueno, pues todavía tendrás que saber algo de lo que ya te hemos sugerido en algunos aspectos y que más tarde podrás conocer con detalle cuando abras ese escritorio y descubras el cuaderno que te dejamos. A ti te corresponde tenerlo. Esta llave abre el cajón inferior. Ahí está. En momentos creímos que, muerto tu padre, ninguno de nuestros hijos entendería, y por eso nos hizo tan felices ver que tú fueras lo que esperábamos. Dios bendiga a tu madre y a tu abuela. Que lástima que no hayamos podido conocerlas. Deben ser maravillosas. Y bendito sea nuestro hijo Héctor que fue hasta Oaxaca para procrearte. Tardamos mucho en entenderlo. Ahora tú serás la invitada de honor en el cumplimiento de nuestro pacto. Te pedimos que seas testigo porque sabemos que puedes hacerlo y sacar las conclusiones debidas, sin ver esto como un acto insano o truculento. No tenemos otro modo de mostrártelo. Helena, ya dispusimos todos los incontables e insoportables detalles que implica nuestra ida, porque hasta morirse es caro y complicado en estas épocas, pero ahora todo está listo, ¿quieres acompañarnos hasta el final?

La muchacha dijo que sí. Se hallaba pasmada, levemente excitada, pero bien consciente de la situación, lo cual la ponía solemne, bien atenta, como en los rituales más profundos de la abuela Doña Lupe en la choza del sótano. Helenista a fin de cuentas, el viejo Homero tenía raíces de cicuta acuática, y los dos las comieron ahí mismo. Después se desnudaron sin ningún rubor ni vergüenza por la extrema vejez de sus cuerpos. Pero Homero Wise tenía una erección con todas las de la ley y su miembro parecía muy saludable. Lo bañó de una jalea lubricante y en medio de caricias y besos muy dulces, lentos, penetró a su esposa, quien lo recibió con mucho gusto y familiaridad. Era evidente que, incluso en la senectud, no habían dejado de hacer el amor. Le pidieron a la nieta que les leyera a Allan Poe, *it was many and many a year ago in a kingdom by the sea that a maiden lived whom you may know by the name of Helena Lee*, cambió el verso la nieta y los viejos sonrieron, enlazados, más enlazados que copulando, *my darling, my darling, my wife and my bride*, antes de caer en dolores y convulsiones que ya ni sintieron porque habían entrado de lleno en la muerte. Helena los vio, inmóvil, casi con el corazón paralizado, con una mano en la boca como si quisiera cubrir un grito inminente.

The snake, when it walks, holds its hands on its pockets. El pacto suicida de los Wise fue comentadísimo en Boston y noticia nacional que Orestes logró manejar y contener con la máxima discreción posible. A través de una carta se supo de la decisión de morir juntos, porque, don Homero se permitió añadir, "hay que morirse en el momento que corresponde, no antes ni después". Helena, mi viuda, siempre pensó que ésa había sido una de las cúspides de su vida; de alguna manera le dedicaron su muerte como acto de amor y como una forma bastante persuasiva de transmitirle el cuaderno y los libros que efectivamente después encontró en el cajón inferior del escritorio del recinto.

Los tíos Ifigenia y Ulises, su esposa Margaret y su hijo Jasón, viajaron a Boston al sepelio y conocieron a la sobrina. Simpatizaron sin dificultades. Les pareció bella, exótica (Helena cada vez más detestaba las constantes alusiones al exotismo, "vil eufemismo de prieta", le escribía a su madre), sencilla pero digna, muy inteligente, educada, quizá demasiado segura de sí misma, esas miradas repentinas parecen penetrar y horadar la mente por micras de segundo, tiene algo raro, bueno, su abuela es bruja, ¿no? Qué cosas. *Such is life in tropical countries.* Se leyó el testamento ya que estaban todos los hijos, y los bienes fueron repartidos equitativamente, pero el viejo Homero alcanzó a modificar el texto y agregó una renta anual de por vida de doscientos mil dólares para Helena, quien se sorprendió y después pareció no dar importancia al asunto, pues jamás le había interesado el dinero; más bien trataba de mostrar el grado justo de dolor y a la vez el afecto feliz que sintió desde un momento por los hermanos de su padre. Nunca se imaginó que sólo los vería una vez más.

Helena se mudó con el tío Orestes, quien no cesaba de expresar la horrible y bendita fortuna de llorar la muerte de los padres y al mismo tiempo de ser feliz por la llegada a su casa de la hija, bueno, sobrina. Orestes recuperó la bonhomía que estaba desvaneciéndosele; había vuelto a tomar unas copas, aún ocasionales pero que le generaban deseos cada vez más fuertes de beber y que se coaligaban con la tentación de "darle una probadita a la coca", *rush rush to the yeyo*, o de visitar a Amphetamine Annie. Pero la llegada de Helena desactivó esa perspectiva y le devolvió el sentido de que había misiones en la vida que lo rebasaban a uno, duras responsabilidades, pero por eso mismo también una bendición. Darle sentido a la vida era lo más importante para no nadar siguiendo las corrientes, cada vez más frías como las del río Charles, que no llevaban a Newfoundland sino a Nowhereland. En verdad le dolió la muerte de sus padres, pero era algo esperable; por suerte, la felicidad que llegó con Helenita desvaneció todo lo demás, le quitó la compulsión de la bebida, atenuó las voces y le reintegró el gusto por la vida.

Ella, por su parte, tan pronto como pudo abrió el cajón inferior del sólido escritorio de roble del recinto. Había libros y, empastado en piel y con un papel tan grueso que parecía corteza, un cuaderno titulado *Maithuna y Afrodita*. No tenía autor, pero estaba escrito con dos distintas caligrafías de bellas letras grandes con capitulares muy elaboradas. Además en cada página había diseños geométricos y abstractos o lineales de distintos colores llenos de sensualidad. También dibujos notablemente bien hechos de mundos fantásticos, místicos, que recordaban a los simbolistas. Lo escrito eran notas extensas, citas de libros que en ese momento Helena no reconoció, habría que leerlos todos, uno por uno; sin duda varios de ellos, o la mayoría, estaban ahí. Helena encontró frases extrañas que parecían refranes y que aparecían por cualquier parte de las páginas con tinta de colores: "El tercer zapato es el mejor para caminar", "La sombra por delante en la mañana, atrás en la tarde", "cuando se abre, no tiene fin", "la verdad siempre está en las flores del lodo y la basura", "la salvación verdadera sólo es pareja", "la muerte es el amor más placentero", "sólo juntos hay liberación". Helena leía con una sonrisita nerviosa porque cada sentencia encendía arreboles en su mente y parecía que todo se iluminaría y un significado especial se haría visible. Todo eso le resultaba sumamente familiar, pero no ubicaba por qué. Tenía que ver con aquello que había olvidado y debía recordar.

De pronto leyó: "La primera vez fue horrible", y su experiencia con Alberto se le fue encima, la hundió en profundos dolores y al punto lloraba profusamente, sin parar. Lloró hasta perder la noción del tiempo, y después suspiró y sonrió, distinta, descargada, de hecho contenta, hasta entonces se daba cuenta de que casi nunca lloraba, no no, jamás lloraba, ésa era la primera vez que el llanto la bendecía desde hacía quién sabe cuánto tiempo. Pero claro, comprendió al instante, esos textos los habían escrito los abuelos mismos, juntos, para exponer o dejar constancia de un camino de iluminación y salvación vía la pareja y el sexo, una idea del amor que englobaba lo divino, lo humano, lo justo, lo apropiado y la eternidad. No, ni remotamente se trataba de dichos, sentencias crípticas o refranes extraños, tipo koan, sino de frases parabólicas más semejantes a las del *I Ching*, la bitácora de un desarrollo espiritual mutuo a través del amor y el placer sexual, orgasmos extáticos, lo religioso en el placer más intenso y desintegrante. Algo así como un Juan de la Cruz más concretito. No sabía bien por qué llegaba a esas conclusiones pero sí que en su mayor parte eran correctas y que le daban mucho sentido a la muerte por amor de los abuelos. Después, con el tiempo, y muchas lecturas, sólo penetró más sutilmente y con mayor detalle en las premisas centrales.

Pero todo esto la enfrentaba con el incómodo tema del sexo. Helena había sentido atracción por varios jóvenes de la escuela, pero los desalentó cortés, incluso graciosa y afectuosamente cuando se le acercaban. Aceptaba salir pero los contenía desde el primer momento porque no podía dejar de tener réplicas de las sensaciones de su desfloramiento, pero si había sido apenas unos meses antes, y eso de entrada congelaba cualquier relación que hubiese podido desarrollarse bien. Sin embargo, por estar pendiente en no caer en la seducción de los jóvenes, que la atraían fuertemente, no se dio cuenta de que en su trato con las mujeres no presentaba defensas, así es que, cuando menos lo imaginaba, una de sus compañeras de la escuela la invitó a pasar una noche en su casa y en la madrugada la asaltó impetuosamente. Tomada por sorpresa, ella reaccionó con curiosidad. Seguía, según ella, "de observadora", cuando un pequeño remolino de placer brotó en su bajo vientre, creció y estalló en un orgasmo, que en ese momento a Helena le pareció monumental y que después más bien le daba risa.

La experiencia se repitió unas cuantas veces más y después fue desvaneciéndose paulatinamente sin que las muchachas perdieran la amistad. Eso hizo pensar a Helena que en realidad debería dar más atención a la vida afectiva y sensual, pues hasta el momento había estado absorta en los abuelos, el recinto, el tío y los estudios. Había disfrutado mucho hacer el amor con una mujer, pero con los hombres de alguna manera seguía vivo el trauma. El ojo. Guardado en la caja de las plantas. La caja de las plantas. En un cajón de su recámara. No, no era momento de traer nada de eso a la superficie. Nada de Tlázul y sus llamaradas. No usar mal las plantas, no usar mal las plantas. Más bien debería probar fortuna con los muchachos en la forma normal. Y lo hizo, selectivamente, en los tres años de estudios intermedios. Por lo general le fue muy bien, pasó momentos muy agradables en restaurantes, bares, discotecas y antros. Viajó a

Nueva York, Filadelfia, Baltimore, Washington. Aprendió a bailar y a hacer la vida social de la adolescencia en Boston. Probó mariguana, cocaína y éxtasis, pero no le interesaron. Tampoco el alcohol, que tomaba ocasionalmente, en comidas, reuniones o fiestas. A veces le sabían rico una margarita o vino, pero en general tendía a la austeridad, incluso en la comida, en la que había poca carne y abundaban las legumbres y frutas. Sólo cuando se hallaba bien relajada hacía el amor, pero si cualquier detalle mínimo se interponía, Helena se desinteresaba, suspendía todo con dulce autoridad inapelable, y después optaba por abstenerse. Le gustaba el sexo, pero nunca llegaba ni a presentir un orgasmo. Una vez, sin embargo, cuando menos lo esperaba, quizá por la sorpresa, un joven con sentido de la oportunidad de hecho la arrinconó con tácticas impecables y logró cogérsela en una fiesta, en un rincón del patio trasero, donde la gente entraba y salía, lo cual resultó más *kinky*; de pronto, arrimada contra la pared con las piernas en el aire, se vino, sin pasar por nieblas ni nada; simplemente tuvo un orgasmo muy intenso que durante un rato la dejó muda, estupefacta. ¿Qué pasó? ¿Dónde estuve? Después encendió un cigarro y se dijo, con su aire de Casandra: un día voy a conocer a un hombre con el que hacer el amor será un bien y, quizá con el tiempo, exploraremos los misterios de mis abuelos. Con que la pareja, ¿eh…? Claro que sin saberlo se refería a mí, pero las cosas se fueron por donde menos imaginábamos.

Seguía yendo al recinto de los Wise y leía los libros que le habían dejado, primero los referentes al culto de la espumeante Afrodita, nacida de los testículos de Urano que Cronos arrancó y tiró al mar. Después de los textos sobre el lado erótico del tantrismo y la iluminación vía el sexo en la India (Eliade, Masperò, Dasgupta, Koppers, Anangavajra, Battacharyya, Indrabhuti, La Vallée Poussin, Gisenap, Chou Yiliangh, Bose) y de las novelas de Cazotte, Hoffman, Huysmans y especialmente de Gustav Meyrink (*El gólem* y *El rostro verde*), entró en los demás libros, una pequeña biblioteca de temas sagrados, religiosos, esotéricos, adivinatorios y de ocultismo, entre los que destacaban Madame Blavatsky y Gurdieff; Helena encontró las memorias de Yeats y poesía de Blake, Poe, Baudelaire y Rimbaud; también a Freud, Stekel, Reich y Jung, Bataille y Henry Miller, libros con ilustraciones de arte erótico y novelas porno como las de Olympia Press de París. Todo lo fue leyendo a lo largo de años, en los que se interesó primero y se especializó después por las distintas y casi infinitas vías esotéricas. Le resultó fácil y natural la astrología, pero también quiromancia y cartomancia, numerología, runas, hatha yoga, tai chi, meditación, koanes, mantras, mandalas. Leyó y consultó el *Libro de los cambios* infinidad de veces. Y a través de Jung se metió en la alquimia.

Las instalaciones de los Laboratorios Wise le fascinaron desde que en vez de salir del recinto por la puerta privada que llevaba al exterior lo hizo hacia el interior, la empresa. Las instalaciones eran muy grandes y ella pasó por todas las secciones, desde las grandes máquinas, donde los compuestos se envasaban y etiquetaban, hasta los departamentos de síntesis y preparación, de investigación, de relaciones públicas y las áreas administrativas. Le atrajo en especial un "laboratorio de historia", donde bien pagados doctores revisaban y buscaban los textos antiguos de cualquier cultura para ver qué tan operables serían los métodos o las sustancias en la actualidad. El tío Orestes, encantado, vio que Helena también mostraba un gran interés por la manera cómo se negociaban los productos y la organización de la empresa. De hecho, estaba fascinada y pasaba varias horas a la semana en los distintos departamentos, por lo que entabló muchas relaciones y amistades. Se creía que estaba preparándose para suceder al tío en la dirección cuando llegara el momento, lo cual no le parecía mal a nadie. En el fondo Orestes también lo creía, o lo deseaba.

Pero entonces vino la necesidad de volver a a México. Mi viuda me contó que una vez, al comprar un sándwich, se puso a platicar en español con dos mexicanas que trabajaban como afanadoras en un Lizzie's del centro. Descubrió que tenía dos años sin hablar español y que era una delicia volver a él; en ese momento la asaltó el deseo de estar en Ayautla, con su abuela y su madre, y hablar zapoteco. Helena y las paisanas se hicieron amigas y la invitaron a una fiesta en donde vivían, en las afueras, donde había una buena cantidad de mexicanos, la mayoría ilegales. Comió un molito nada malo aunque muy distinto al oaxaqueño, tortillas que le supieron a cartón y la hicieron extrañar las de buena masa y recién salidas del comal; cantó canciones de José Alfredo Jiménez que jamás supo que se sabía, *y volver volver volver*; claro, bebió tequila y cerveza negra Dos Equis.

Después soñó que se casaba con un estadunidense, tenía hijos y los veía crecer mientras ella engordaba y se volvía líder de un movimiento de reivindicación de la minoría obesa del país. Fue un sueño muy desagradable, de hecho irritante. Le pareció burdo, cruel. Casi sin proponérselo al día siguiente asistió a una conferencia de un escritor mexicano en Harvard quien habló sobre la situación en el país y le reforzó la conciencia de ser mexicana. En Ayautla, el país era una entidad más bien abstracta a pesar de la historia oficial en la primaria y la secundaria. Después vio Oaxaca y la ciudad de México un poco con los ojos del tío Orestes, es decir, fugazmente y como turista adinerado.

Entonces decidió volver. Después de todo, gracias a sus abuelos, ahora tenía recursos para vivir y estudiar en donde quisiera. Además, ese año cumplió los dieciocho, la mayoría de edad, y no había manera, ni sentido para hacerla cambiar de opinión. Orestes logró convencer, con muchas dificultades, a su hermano Ulises para que se mudara con su familia a Boston y tomara las riendas de los Laboratorios, después se inventó una filial en la ciudad de México y se autonombró director, así es que pudo acompañar de muy buen ánimo a su sobrina en el retorno a México.

Allá en Ayautla las yerbas llueven. Antes de instalarse en la ciudad de México, Helena y su tío viajaron a Oaxaca, donde él insistió en pagar un helicóptero para llegar a la Sierra Mazateca. Recordaba con gran satisfacción la notoriedad de su llegada la vez anterior, pero ahora había lluvias intensas, difícil navegación y nadie presenció el aterrizaje. Tuvieron que caminar a la Casa Gringa, que emergió desdibujada fantasmalmente.

Pero dentro se hizo la luz. Primero fue un estallido. La joven entró corriendo por la lluvia, impregnada ya de una atmósfera familiar, tan entrañable que dolía, y encontró que Santa y Doña Lupe se apresuraban a recibirla. En segundos las tres fueron fulminadas por un poderosísimo impacto luminoso, como si se paralizara el tiempo bajo la luz cegadora de un resplandor súbito que las unificaba más allá de la razón, el tiempo y el espacio. Era la verdadera realidad, la de la eternidad, decía Doña Lupe, y ellas siempre estaban ahí bajo esos fulgores, unidas desde lo más hondo. Inmediatamente después se abrazaron, tocándose las caras con intensa suavidad, entre besos y risas. Todo estaba bien pero todo era distinto, y las tres eran capaces de entender y asumir las nuevas condiciones.

Orestes se sintió consolado, incluso conmovido, al presenciar el amor de las tres mujeres. Volvió a admirar la impactante belleza de Santa que en esos cuatro años había llegado a la plenitud. Doña Lupe seguía recia, sabia, misteriosa, aunque quién sabe por qué, pues era toda naturalidad y sencillez combinadas, eso sí, con una autoridad incuestionable e incluso reconfortante, transparente y a la vez hermética. El tío estaba anonadado y empezaba a comprender la decisión de su hermano Héctor de quedarse en Ayautla con su Santa bellísima. Durante cuatro días las tres hablaron en los distintos estados de ánimo que entrañaba el parentesco, la sangre que pasaba de los estallidos y confrontaciones hallaba la más perfecta armonía. Cuando de pronto les daba por hablar en zapoteco, Orestes mejor las dejaba.

Primero revisó la casa que, era claro, su hermano Héctor había hecho muy bien, al estilo viejo de Estados Unidos, de madera por supuesto. Se asombró al bajar al sótano y ver una gran choza *indígena*, de ramas y palmas, en vez de las tripas de las instalaciones eléctricas, hidráulicas y del gas, o una habitación o estancia para aprovechar ese espacio si en ese pueblito no había las comodidades domésticas, modernas, de su país. Entró en la choza y se sorprendió al ver que esa austeridad era sumamente cálida, estaba llena de vida, de hecho se salió corriendo de ahí porque sentía que las voces interiores de su legión querían hacerse oír, y pensaba: pero si la abuela de mi Helenita en verdad es *bruja*. En el gran patio trasero, casi una huerta, vio un bello enrejado estratégicamente cubierto por distintas enredaderas, unas con flores llamativas y otras más ásperas, con bulbos espinosos. Pero qué será eso, se dijo y entró en "el jardín botánico". Maravillado al ver tanta planta, lo recorrió despacio, reconociendo especies, pero si esta señora tiene ginseng, valeriana, ginko biloba, muérdago, artemisa, angélica, caléndula, abango, damiana, pasiflora y otras plantas que Laboratorios Wise sintetizaba con distintos vehículos. Orestes sentía una paz interior, una plenitud jamás experimentada. Qué lugar. Cuántas plantas que no conocía y que podrían industrializarse para que la gente recurriera menos a los químicos. Los investigadores de Boston se volverían locos aquí. Y Doña Lupe podría ser una gran asesora de la filial mexicana de los Laboratorios Wise. En ese momento una flatulencia inesperada emergió rectamente y Orestes salió apresurado de ahí, en verdad "para no mancillarlo". Pero fue a dar a otras rejas cuyas enredaderas formaban sólidas paredes y tras él la pestilencia lo golpeó, pues era un depósito de estiércol e irreconocibles materias en descomposición entre las que habían brotado algunas plantas oscuras y fétidas.

Después exploró el pueblo, ya muy cerca de ciudad, y los bosques circundantes, aún casi intocados en medio de la deforestación generalizada en el país, lo cual hablaba del buen karma o del poder intrínseco de esos bosques. Recorrió los espacios por donde trabajó feliz su hermano Héctor. Un viejo se acordaba del "joven doctor Guais", pero si era rete buena gente, decía, y lo guió al sitio donde encontraron el cadáver, un estanque bellísimo con luces atenuadas por la densidad del follaje que variaba incesantemente y en donde crecía una flor azul de belleza abrumadora que, le contó el viejo, tenía su leyenda. La flor existía, sin duda, aunque en ese momento no hubiera; muchos la habían visto surgir con su propio ciclo desigual, pero también era tan peculiar, rara de hallar y tan hermosa que quintaesenciaba la puerta más bella al bienmorir y por eso le decían la Dulce Muerte. Y suponía que todo aquel que, física o visionariamente, contemplaba la flor, era bendito, y aunque podía pasar al merecido Mundo de la Realidad, como las *bodhisattvas* optaba por quedarse e inmaterialmente ser útil en el valle de lágrimas ahora y en la hora de nuestra muerte. Yo a mi manera, sin haber visto la flor azul de la Dulce Muerte, desde que decidí morir y ser otro para llegar a Helena y a mí mismo, a mi manera hice algo semejante. Onelio, el Bodhisattva, amén. Helena sólo podía autorrealizarse a través de mí. Ella lo sabía y no lo sabía, o más bien: no quería reconocerlo. Orestes lamentó no haber visto la flor y en esos días repitió sus paseos por el bosque, sin reconocer tantas variedades bótánicas como su hermano, pero henchido de la "divina quietud de la naturaleza"; siempre llegaba al estanque donde veía la planta pero no la flor.

En la Casa Gringa, Santa le pidió a Helena que hablara en inglés, pues su dominio de ese idioma había mejorado y no dejaba de practicarlo con las revistas y libros que su hija le enviaba desde Boston y luego de la ciudad de México. Helena tuvo un estremecimiento fugaz cuando se descubrió diciendo el poema "Annabel Lee" con el que murieron sus abuelos Wise, a Santa le pareció maravilloso, amor y música. Está bonito, comentó Doña Lupe. Entonces Helena les contó, con detalles y sin omitir nada, sus años en Boston, la ciudad, la bahía, el río, la gente, y sobre todo los abuelos Wise, los laboratorios, el recinto, el pacto de amor suicida y la herencia del cuaderno y los libros, *Afrodita y Maithuna*, el camino del matrimonio sagrado de Meyrink. Santa y Doña Lupe la escucharon con atención creciente, con preguntas motivadas por el interés hacia algo casi inimaginable pero que a su manera entendían muy bien.

Ellas la pusieron al día de los acontecimientos en Ayautla, es decir, le hablaron de Alberto, quien había estudiado preparatoria en Oaxaca y estudiaba derecho. Allá vivía. Un tiempo volvió a Ayautla y tácitamente las había asediado para que le dieran información de Helena. Por qué se había ido. Cómo. A dónde. Con quién. Cómo localizarla. Esto no duró mucho porque se fue y no había regresado desde entonces, pero todos sabían que no desistía en vengarse de alguna manera…, o quizá sólo quería verla, pensó Helena, para que le explicara todo lo ocurrido cuando perdió el ojo y que nomás no entendía. Por qué, por qué había hecho eso. El alma de Helena se oscureció y por segundos estuvo al borde del pánico. Entonces Doña Lupe le dijo que iba a hacerle una limpia. Más bien, las tres se limpiarían mutuamente. Helena primero sonrió con una tenue amargura, cómo me verá si le urge limpiarme, pero después se mostró más que dispuesta, mi abuelita Lupe *sabe*, se dijo. Santa tampoco quería, pero su madre la persuadió sin dificultades y después invitó a Orestes Wise, pero él, nerviosamente, dijo que pasaba por esa vez.

En el temascal las tres se desnudaron y mutuamente se pasaron distintas ramas sobre los arroyos de sudor que producía el calor. Helena las recordó en el acto: romero, eucalipto, manzanilla, ruda, aloe, boldo, yerba de las abejas, albahaca y angélica, pues a Doña Lupe le gustaba la angélica para muchas cosas. Aunque las tres se limpiaban mutuamente, Helena comprendió que Doña Lupe hacía un esfuerzo especial con ella: le tallaba los codos, rodillas y axilas con las ramas, le masajeó el vientre con suavidad con una bolita de hojas de sávila, y todo el tiempo con murmullos cadenciosos decía *nhiljaze jati'i nheza xhen gan za'a kante-ljaze jati'i yoo wara gan noreja' nhitelja goshigo'o lhue nheda, ze xna'a*. Después dijo en español, chasqueando los dedos: Se me ponen en orden a este ritmo, me dejan a esta niña en paz, ayúdenla, consuélenla, guíenla, denle luz, que para eso están. Inmersas en una relajación profunda se cubrieron con gruesas cobijas y durante media hora se tendieron en un cuarto contiguo al temascal. Aún arropadas fueron al jardín botánico de la curandera y Helena se emocionó vivamente al ver el intrincado tejido de plantas que conocía muy bien y que amaba tanto. Las tres lloraban, pero de pronto un júbilo luminoso las llenó de excitación. Salieron al bosque y encontraron a Orestes, quien se asombró al verlas tan radiantes y felices, y pronto él también se llenó de la dicha de ellas. Pasearon entre los árboles, asombrados como si los vieran por primera vez. Sin darse cuenta llegaron al estanque de luz difuminada donde había muerto el joven doctor Héctor Wise, el vínculo para que esas cuatro personas estuvieran ahí. Todos lo recordaron a su manera; Santa con una felicidad sosegada, Doña Lupe como a un hombre bueno, de conocimiento, Helena con la nostalgia de no haberlo conocido pero de sentirlo tan vivo, y Orestes con un amor fraternal que lo inundaba de emoción, tengo los ojos lacrimosos, Dios mío, o*h brother, where art thou.*

Después vinieron las despedidas. Helena renovó su caja de plantas y encontró viejas cosas: vestidos, huipiles, sandalias que miraba como impregnándose de ellas, aretes y collares de semillas muy bellas, un cofrecito de madera tallada, cuadernos y papeles, y una muñeca de trapo, porque mi viuda también fue niña. Orestes y Helena invitaron a Santa y Doña Lupe a vivir con ellos en la ciudad de México, pero de antemano sabían que no aceptarían; las dos estaban inmersas en el corazón de la sierra y su espíritu en cierta forma sostenía a Ayautla, así como el pueblo las llevaba a ellas. Entonces Helena prometió que volvería cuantas veces pudiese, pero la abuela la atajó: Mira mhija, no nos hagamos pendejas, tú y yo no nos veremos más, hasta que estemos en la realidad. Ya los seres sagrados me dijeron que sufriría más aún, y tanteo que ya no me queda mucho de vida. Y a tu madre la verás poco, pero ustedes dos están juntas, tan conectadas que la Santa que hay en ti te ayudará mucho, y la tú que hay en ella le dará más vida para alegrarla y hacerle más completa su vida. Es más, si en verdad lo desean, y lo intentan, van a llegar a conectar sus pensamientos y a platicar de mente a mente aunque estén muy lejos.

Helena sonrió escépticamente ante esta posibilidad telepática y mejor le preguntó a su abuela por qué los seres sagrados habían dicho que sufriría más aún. Ay mi niña, pues no sé, pero creo que los he defraudado, ellos esperaban algo de mí que no pude dar. Y es que todo se desbarajustó desde que llegaron los primeros gabachos, aunque con ellos vino la bendición de tu padre, Héctor, qué hombre más bueno y bonito. Pero después, ay hija, me costaba más trabajo conectarme con los seres sagrados, cuando antes yo era su consentida y los veía a cada rato. Necesitaba comer más niños santos, hacer más dengues y decir más versos, y aun así no siempre los encontraba. Pero lo peor fue que me empezaron a fallar algunas curas; me distraía en momentos importantísimos y yo me decía bueno, pues sí, les tocaba morir, que ni qué, pero yo no tenía por fuerza que ser la carreta. Entonces como que ya eran muchas cosas nuevas, y ya no las entendía. Estaba perdiendo el poder y eso me acongojaba mucho. Fue cuando empecé a penar. Y a tomarte tus mezcales, no te hagas, dijo Santa. Pero lo peor vino cuando ya no me pude curar a mí misma. Antes siempre me aliviaba de cualquier cosa con unas cuantas yerbas bien escogidas y combinadas, pero de pronto sentí unos horribles dolores primero en el pecho y luego en todo el cuerpo, ya ni sabía dónde, no los aguantaba, mi niña, y no encontraba cómo pararlos, luego me metían como en delirios, como si estuviera hongada pero sin control, loca, tú sabes, loca loca. Mejor Santa encontró los remedios para ayudarme, y eso que nunca quiso meterse en las plantas, así es que me dije: es una vergüenza que mi hija haga lo que yo no puedo.

Después supimos que en realidad Doña Lupe tenía un cáncer de pecho. Pasó dos años toreando el dolor, cuando finalmente encontró un remedio a base de vul-

canaria, acedera, borraja, cebolla, amapola, limón, melisa, toloache y lo que vendrían a ser unos quince microgramos de silocibina; así se le amainaba el sufrimiento y luego otros, porque el dolor siempre reincidía, pues el cáncer avanzaba. Con todo, Doña Lupe nunca suspendió las consultas y las veladas. Seguía lucidísima pero se extinguía visiblemente. Un día le dijo a Santa: Mira, hija, me voy a morir el diecisiete de junio a las doce de la noche, así es que prepárate. Santa primero miró consternada a su madre pero casi al instante comprendió que lo que decía era cierto. Así es que las dos se prepararon. A las cero horas diecisiete minutos del día pronosticado, cuando afuera de la choza y de la Casa Gringa llovían los primeros chubascos del verano, Doña Lupe se sentó sobre las pantorrillas, muy derechita; cerró los ojos y dijo Santa, traté de ser buena madre pero tú resultaste mejor hija, que Dios te bendiga a ti y a mi Helena. Entonces guardó un silencio vibrante, como si concentrara las últimas fuerzas, y de pronto emitió un grito potentísimo que no era de dolor sino la manera feroz de expresarse, y murió, con su hija.

Helena y yo ya estábamos casados para entonces. Nos fuimos a Ayautla, a acompañar a mi Santa suegra, cuya belleza me penetró tan profundamente que a partir de entonces muchas veces la soñé como símbolo de belleza y santidad. No quería ni mirarla, pero era difícil; vestida de negro, profundamente seria, sin lágrimas, era hermosísima. Como Helena cuando yo me morí. Las exequias de Doña Lupe fueron muy concurridas y comentadas en esa parte de la Sierra Mazateca y hasta Huautla le llegó la noticia a la gente de conocimiento. Yo le compuse este corrido en forma de décimas: "Doña Lupe, curandera, conoció a los niños santos y se cubrió con sus mantos. En la vida fue una fiera, y su fama de chamana, de la bruja más humana, nos duró toda una era. ¿Cómo engendró esa belleza? ¿Cómo venció la vileza que había llegado de afuera? Pues fue en junio diecisiete. Doña Lupe la gran bruja conduciendo su carruja metió a la muerte en un brete. Si a lo que está vivo somete, ¿se va al cielo o al infierno? ¿Sufrirá el eterno invierno? ¿Gozará junios soleados? Está con los seres sagrados, digo yo, su nieto yerno".

Helena y yo casi le rogamos a Santa para que viviera con nosotros, pero se negó rotundamente. Ya lo sabíamos. Si no lo había hecho el doctor Héctor Wise, nada la movería de Ayautla. Pero, como pronosticó la buena bruja, madre e hija nunca perdieron el contacto.

Esplendorosos estallidos de estrellas. Al regresar a la ciudad de México de Ayautla, poco a poco Orestes Wise advirtió que ese cambio radical había sido lo mejor. Por más que hubiese domado, en principio, a su legión vociferante que se alimentaba de alcohol, fármacos y cocaína, de alguna manera Boston era un foro que propiciaba sus peores actuaciones y que dificultaba tremendamente la eterna lucha interior. Lo podía lograr, sabía, a través de esfuerzos y vigilancia diaria, pero a menudo se le vaciaba la energía y la victoria resultaba fatigosísima (como decía *El libro de los cambios*: "disciplina al País del Diablo; después de tres años lo conquista: es extenuante"). Sin duda un escenario enteramente nuevo, otro idioma, otra latitud, otra cultura, o subcultura, ejem, atractiva en un principio, sí sí, le facilitaría controlarse para no recaer.

Desde principios de ese año, Helena y Orestes, juntos y por separado, habían viajado varias ocasiones de Boston a la ciudad de México para organizar la filial de los Laboratorios Wise, lo cual no era difícil sino fastidioso por la burocracia, *fuckin' red tape*, y por los sobornos que era conveniente pagar, *Mexican corruption sucks*; también encontraron y acondicionaron una casa nueva. En Ayautla, Helena había renovado su caja de las plantas y le había añadido otros extractos y polvos, pero por el momento quedaron en la parte inferior del mueble de cama. Se inscribió en la Universidad Nacional. Había elegido, sin dudarlo, la carrera de comunicación. El tío Orestes insistió en que ingresara en "la mejor institución privada", pero si Helena rechazó Harvard era imposible que le atrajera una universidad "particular" mexicana. No le interesaba la cultura de la riqueza e inconscientemente anhelaba sentir el país que le siluetearon las paisanas de Boston y el escritor conferencista en Harvard: a fin de cuentas de alguna manera buscaba lo más semejante a la Sierra Mazateca que acababa de reencontrar, un México profundo. Orestes, por su parte, se sintió muy a gusto al sur de la frontera y desde Ayautla revaloró a su hermano Héctor, quien no sólo se quedó en México sino que supo elegir ese pueblito mágico perdido en las altas montañas, la utopía al alcance.

A mediados de año se arreglaron todos los incontables preparativos, tanto en Boston como en México, y después del viaje a Ayautla los dos se instalaron en Coyoacán, en una casita comprada y amueblada a precios fuera de toda proporción que Orestes insistió en pagar a pesar de la oposición tenaz de la sobrina, desapegada del dinero pero práctica en cuanto a su uso. Orestes Wise era magnánimo, casi despilfarrador, pero además de colmillo tenía talento innato para los negocios, así es que encargó una investigación discreta de varios jóvenes que destacaban. Escogió finalmente al que le latió más, lo contrató con un salario irrehusable y la elección fue perfecta. Víctor Perezalonso, descendiente de una familia de grandes influencias, connotada desde dos siglos antes, como los Wise en Boston, conocía bien el inframundo legal, los laberintos de las negociaciones, la munición de las guerras sucias, el espionaje industrial, las leyes no escritas, las carreteras correctas, además de que estaba bien conectado con las altas esferas gubernamentales. Como los Laboratorios Wise eran prestigiados internacionalmente aunque no se tratara de un monstruo transnacional, y como México era virtual colonia de Estados Unidos, las cosas se les facilitaron a Orestes y al joven Perezalonso, y Laboratorios Wise de México se instaló en grande, aunque con sobriedad y sin ostentaciones. Orestes tuvo mucho quehacer, y conoció a tanta gente que con su sexto sentido asimiló rápidamente el nuevo medio.

A los seis meses, Orestes ya conocía los atajos para evadir el tránsito insoportable y tenía a Ángela, una atractiva divorciada treintañera que Víctor Perezalonso contrató desde el principio para relaciones públicas y a quien Orestes conquistó a través de un asedio persistente durante los primeros cuatro meses de trabajar con ella. A Helena le pareció perfecta para su tío, así es que lo asesoró y además se hizo buena amiga de ella, lo cual facilitó aún más las cosas.

Helena daba acelerados pasos de independencia desde Boston, pero especialmente a partir de que regresaron de Ayautla y se instalaron en Coyoacán. Orestes y ella casi siempre desayunaban juntos y, si no, era porque alguno de los dos no había llegado en la noche a dormir, así es que no había problemas por eso. Pero durante el resto del día ya no sabían de cada quien y en la noche uno llegaba cuando el otro dormía ya. En un principio Orestes no se preocupó, pues escasamente lo advertía, pero después empezó a comprender, con deslaves de tristeza, que su sobrina ya se encontraba en un mundo foráneo para él. Pensaba que eso era lo normal, pero ocasionalmente se consentía hondas melancolías porque la Pequeña Helena ya había crecido, con el inevitable, necesario, egoísmo inherente al proceso. Pero entonces Ángela y los Laboratorios Wise de México llegaban al rescate y le devolvían la buena disposición. Ángela sostenía que los ascetismos estrictos no eran buenos, ya ves que el mismo Buda se fue a echar unos tacos antes de seguir meditando, decía, y Orestes aprendió a tomar algunas copas sin despeñarse en la compulsión. Al año, el menor de los Wise descubrió que le gustaba vivir en México, y mucho, con todo y el inframundo que ya no cabía debajo de la alfombra y aterrorizaba por doquier.

Helena, por su parte, entró en la universidad y le gustaba el ambiente rayoneado y grafiteado a pesar de la extrema vigilancia; ahí encontró un humanismo cada vez más escaso y tan necesario en ese momento de su vida. Se trataba de seguir la línea de menor resistencia. Ya ni protestó cuando su tío le compró un carísimo ZX4 deportivo. Y si el dinero servía para algo, mejor arregló la instalación de teléfono en la casa de su madre y a partir de entonces conversaban casi todos los días. Oír la voz de Santa estimulaba y estabilizaba a mi viuda, quien, como el tío Orestes, estaba feliz de haber vuelto a México.

En la escuela de comunicación conoció a Natalia y a Jacaranda, las amigas más cercanas de toda la vida. Se entendieron al instante porque coincidían en que pudiendo estudiar en escuelas privadas, indispensable en esos tiempos si no se quería acabar de empleado o técnico de bajo sueldo, con plena conciencia prefirieron la Universidad Nacional. Los medios no son el mensaje, decían, el mensaje es el mensaje es el mensaje es el mensaje. Natalia Vargas Chapman Espinoza-Ramos, guapa, muy bien formada, era introvertida a extremos de taciturnidad. Su intensa vida interior le donaba sueños laberínticos que contaba muy bien, pero siempre se cuestionaba su conducta y la de los demás, es que eres Piscis con ascendiente Virgo, comentaba Helena, y su imaginación la llevó a escribir cuentos que, después de pasar por el taller literario de Enrique Serna, se convirtieron en textos reflexivos, poético-filosóficos, con intención literaria, pero que ya por ningún motivo los mostraba casi a nadie; no seas pendeja, Nati, esas cosas son muy buenas, te las publicarían en cualquier revista literaria, la de la universidad, por ejemplo, le decían Helena y Jacaranda. Sus padres trabajaban juntos en una gran tienda de ropa, Blossoms, en Polanco, que dejaba de ser la zona más rica a causa de los asaltos, secuestros y retenes; él administraba y la madre dirigía; vivían en Fuentes del Pedregal y siempre tuvieron a Natalia en caras escuelas conservadoras, pero desde niña ella se alió con su tía Roberta, quien la introdujo en el mundo de la lectura y del arte. La inteligencia de Natalia podía refulgir, pero a veces parecía en la luna y no le importaba cultivar las apariencias y se afodongaba, qué importa, de cualquier manera siempre te ves lindísima, le decían sus amigas. No parecía ver a los hombres, pero su alta sensualidad la hizo muy noviera y la llevó a ejercitar el sexo desde los trece años. Es putérrima, decía, más bien justificándola porque la quería mucho; tiene a Venus en Piscis. No pos sí, admití. Me constaba.

Jacaranda, por su parte, no era una belleza ni mucho menos, Helena y Natalia se la llevaban de calle, pero atraía y sus senos eran perfectos, ni chicos ni grandes, bien firmes, paraditos, picudos. Era sobrina nieta de Emilio, el Indio Fernández, gran personaje del cine mexicano del siglo. Algo le habrá heredado Jacaranda porque salía con los más extravagantes actos inesperados; hablaba sin parar con una gracia desbordante y llena de energía, es lo Aries, decía Helena; estaba llena de buenos ideales, el ascendiente Sagitario, precisaba mi viuda, y emprendía constantes actividades. No se podía estar quieta, era como si no le cupiera tanta vida. A ella se le ocurrió la agencia de publicidad, cuando estaban en cuarto de la carrera, poco antes de que yo reencontrara a Helena.

La naciente agencia de publicidad fue financiada en gran medida por los Laboratorios Wise, que, muy bien aspectados, tuvieron éxito en México porque podían penetrar mucho más a fondo en el mercado local, y con una publicidad que resultó efectiva por consistente pero discreta, los productos, "complementos nutrititivos" se les seguía diciendo, se establecieron firmemente en el país. A los cuatro años, de hecho eran autónomos de la matriz en Boston y Orestes ya había empezado a sintetizar las plantas en la ciudad de México para no tener que traerlas de casa, y además contrató jóvenes investigado-

131

res para que exploraran la infinita flora de México y sus potencialidades para sintetizarlas industrialmente, ya que Doña Lupe por ningún motivo quiso saber de asesorar o lo que fuera, esas cosas estaban más allá de su comprensión. Por tanto, transferir fondos para invertir en la agencia de publicidad fue perfectamente posible y esperable. Helena además contaba con sus propios recursos, que se acumulaban; Natalia tenía muy buenas relaciones con inversionistas; Jacaranda también, además de que envolvía con su gracia e ingenio, y las más de las veces conseguía lo que buscaba con cualquier tipo de gente, en especial alguna de dinero, cuya incultura le impedía percibir los matices de las cosas y sucumbía. Así se creó Wise, Chapman y Fernández.

4. Lo que está encima de esto

Yo es otro. En mi nueva casa me esperaban sorpresas desagradables. Ver a Helena tan cerca y tan lejos, tan bella e incomprensible, me hizo encerrarme durante días. No podía creer que se acostara con Emiliano. Las imágenes del Sapogordo delirante porque jamás había tenido algo como mi esposa me dolieron y me crearon una sensación de repugnancia y desilusión profunda. No lo podía entender. A Helena nunca le había gustado Emiliano, y por lo que vi era la primera vez que se acostaba con él. Tenía que tratarse de una especie de inmolación, un sacrificio que conllevara ser mancillada. O un castigo *a posteriori* muy retorcido, como cuando el Flaco Bustillo. En todo caso, alguna razón habría tenido, había una explicación, sin duda, pero por lo pronto que chingara a su Santa madre.

Tenía todas las intenciones inconscientes de dejarme ir en la depresión, de consentir la autolástima al máximo, de flagelarme con la idea de que había perdido a mi esposa y a mis hijos, pero no pude evitar el enfrentamiento con mi nuevo yo e indagar quién era Kaprinski. Fuera como fuera, al intercambiar identidades también me eché encima el karma de ese cabrón. Y parecía oscuro y espeso, por decir lo menos.

Conocí al sirviente de la casa, un hombre de unos treinta años. Buenos días, señor, me dijo. Contesté con un gruñido e inmediatamente se fue a sus quehaceres. Ya no lo vi en el resto del día. Después de revisar el departamento panorámicamente en todos los rincones, encendí la computadora, un modelo flamante, superior a la mía. Tenía todo: lectura neural, disco AV3D, conexión inalámbrica a todas las redes, holoproyector. También una contraseña. Claro. Pensé que, como tanta gente, incluyéndome, sería su fecha de nacimiento. Pero no. Combiné entonces las letras de su nombre con datos de los papeles que había en el escritorio. Nada. Me pasé horas en eso.

Había que buscar bien, era probable que León Kaprinski hubiera salvado sus contraseñas en alguna parte. No encontré nada, pero en anotaciones, fotos y cartas con cierta frecuencia se mencionaba "La Legión", y eso escribí. Tampoco. Tecleé "Legión" nada más. No. "LL", tampoco. Suspiré, abatido. Pero no cejé, estaba seguro de que por ahí era. Legión, legión. A ver. Busqué en una enciclopedia. Un cuerpo militar, lo inventaron los romanos, compuesto por cohortes; llegó a ser muy numeroso, de miles de soldados. La Legión Extranjera, mercenarios y fugitivos, allá tendría que ir si todo seguía así, pero no aceptaban mayores de cuarenta años. La Legión de Honor de los franceses no era militar sino honorífica, la fundó Napoleón. En las iglesias cristianas eran frecuentes las afinidades con lo militar y había Ejército de la Salvación, Compañía de Jesús y Legión de Cristo. Legión, decía un diccionario, también era un número indeterminado y copioso (¿copioso?) de personas, de espíritus e incluso de animales, como una legión de niños, una legión de ángeles… O de demonios, como en el evangelio. Había una vez un demonio que se llamaba Legión. A ver el *Nuevo testamento*. "Legión es mi nombre porque somos muchos." Según Marcos, un endemoniado (Mateo dice que dos) eso contestó cuando Jesucristo le preguntó su nombre. Jesús después accedió a sacar a la legión de demonios del pobre loquito y la trasladó a una piara de dos mil cerdos que se tiraron al mar desde un precipicio entre chillidos de horror. Pobres puercos. Y pobre precipicio: así se hacen los lugares malditos. Pues ésa resultó la contraseña; la dije en voz alta y la computadora se abrió.

Pasé un buen tiempo revisando archivos, de hecho durante varios días casi no salí del cuarto y sólo escuchaba a veces al sirviente en su trabajo. Valió la pena, porque pude tener una buena idea de mi dopelgangriento. Con los datos de muchos archivos, cartas, documentos y otros papeles, pacientemente hice hebras de los hilos enredados y pude armar un esqueleto de su historia.

León Kaprinski Hurtado, nacido en la ciudad de México, pertenecía a una familia rusa que huyó de la revolución a principios del siglo veinte a través de Sebastopol. Tenía cincuenta y dos años, como yo. Bueno, yo también soy capitalino, pero las coincidencias llegaban hasta ahí. Él estudió en escuelas distintas y se graduó en administración de empresas en el Tec. Su familia tenía una poderosa empresa que distribuía vinos, principalmente españoles, con oficinas en Madrid. Después de recibirse, León fue a la filial madrileña y ahí pasó diez años. Nunca se casó, aunque encontré fotos de mujeres, muchas desnudas, bellas, un cuadro de honor de conquistas femeninas. Había varias de la ahora enigmática mujer cuya fotografía llevaba cuando murió en mis brazos.

135

De Madrid pasó a Marsella, y en esta ciudad loca su vida cambió, porque recibió una carta de su padre; en ella le decía que era el momento de revelarle la existencia del Club de la Buena Vida y de La Legión. Desde siglos antes los Kaprinski habían pertenecido a esta organización, que en Marsella tenía una de sus más sólidas ramas. Le indicó a quién contactar y León ingresó primero en el Club y después en La Legión, una sociedad secreta de gente sumamente rica y en altos puestos políticos, industriales, militares y eclesiásticos, con ramificaciones en varios países, incluido México. En un principio no me quedó claro a qué se dedicaba La Legión y creí que era algo esotérico-político, como antes los masones. En todo caso, León hizo una gran fortuna gracias a los legionarios y regresó a México cuando sus padres murieron. Heredó el negocio, pero con el tiempo se aburrió de administrarlo y delegó la dirección en gente de su confianza. Él entonces se dedicó a ¿qué? No había datos, salvo que La Legión estuvo muy presente en ese periodo. Dos años antes había sufrido un síncope porque sus triglicéridos y el colesterol aumentaron a un punto alarmante sin que él se diera cuenta. Lo atendieron con rapidez y un eficaz tratamiento lo dejó bien, al menos por un tiempo. Pero el refrigerador y la alacena estaban llenas de comida de alto contenido de grasas, dulces, postres, muchos vinos y licores, latería fina. Su buen apetito al parecer lo hizo descuidar la dieta. Bueno, con eso ahora sí me resultaba claro que había muerto en mis brazos de un segundo infarto por arterioesclerosis.

Todo eso me enchinó la piel de cualquier manera porque ya una vez yo mismo había tenido altos los triglicéridos famosos, pero Helena preparó un compuesto a base de sus yerbas, y yo disminuí mi adicción a las fritangas, así es que bajé a los niveles normales en menos de dos semanas. Era buenísima mi viuda como curandera, sus remedios nunca fallaban y eso fue, precisamente, lo que la llevó a las consultas. Pero desde entonces yo no me había checado nada: glucosa, ácido úrico, colesterol, triglicéridos, próstata. Me sentía bien en general, claro, pero con una sucesión interminable de pequeños males: dificultades de digestión, dolores que desaparecían por sí mismos después de meses, dermatitis ocasional, rigideces musculares. Era la edad, pensaba, la bola de años, la fiebre de las canas, que sin duda se incrementará casi sin percibirse. Como todo. A qué carajas horas suceden las cosas; de pronto ya estaban allá, en el fondo del paisaje. A partir de entonces fui consciente de la edad, o eso creía, lo cual me moderó algunos hábitos y me hizo hacer ejercicio: bicicleta, caminar, además del yoga. Ni remotamente disminuí el ejercicio sexual, porque me complació mucho enterarme de que era bueno para la próstata y de que Casanova inició sus grandes conquistas a partir de los cincuenta años.

Después de que me cansé de exprimir a la computadora, estudié los estados de cuenta y, como todo indicaba desde antes, corroboré que León Kaprinski disponía de sobrados recursos económicos. Los puse aparte para una revisión más exhaustiva y emprendí la revisión del cuarto en el que obtuve el disfraz para mi velorio, el de las armas, los instrumentos de tortura, los juguetes sexuales, los disfraces; en verdad el lado oscuro de mi doble. Sentí deseos de examinar todo con detenimiento, pero eso sería después: en ese momento quería saber más de Kapris y de su Legión no precisamente extranjera. A don León le gustaba el misterio, así es que me concentré en buscar escondites. Revisé detenidamente por las paredes, sintiéndome un Dupin del siglo veintiuno. El personaje de Allan Poe indicaba buscar en lo más visible, en algo tan obvio que ni siquiera se tomara en cuenta. La intuición me llevó a los apagadores eléctricos del cuarto. Los accioné repetidas veces y no pasó nada, pero de nuevo sentí que andaba por la ruta correcta. En un clóset había un apagador digital. Lo iba a oprimir cuando vi en el fondo una caja fuerte de buen tamaño. ¡Estaba abierta! Sentí un gran alivio porque el siguiente problema hubiera sido hallar la combinación. Pensé que o Kaprinski quiso sacar algo importante de la caja cuando se sintió mal, reconoció los síntomas y el pánico lo hizo salir a pedir ayuda, o simplemente buscaba algo cuando empezó el infarto.

En la caja encontré legajos de papeles, dinero en efectivo y en diferentes denominaciones, un pasaporte mexicano, otro ruso y uno español; también pistolas, cigarreras, encendedores, leontinas, cadenas, gemelos y otros objetos de oro con piedras preciosas incrustadas. Muchas y grandes onzas de oro, los antiquísimos centenarios. En una bolsita había diamantes, más de cincuenta. Pero lo principal eran los microdiscos apilados en el fondo. Tomé unos y fui de nuevo a la computadora, coloqué el primero en el proyector y entonces aparecieron numerosos niños y niñas desnudos que fluctuaban entre los seis y los doce años de edad, aunque también había más pequeños e incluso bebés con números y claves de identificación con sus correspondientes *links*.

Otro microdisco proyectó entonces a uno de los niños de diez años que me pareció haber visto entre los del anterior. Estaba desnudo y drogado. Entró en cuadro un hombre mayor con una capucha de inquisidor o de kukuxklán, desnudo, muy velludo, con barriga incipiente y el pene flácido. Tomó la cabeza del niño y lo llevó a que lo felara. El niño lo hizo un largo rato mientras el hombre le daba tironcitos de orejas, hasta que su miembro se irguió y pudo sodomizarlo, en momentos con tanta violencia que el niño aullaba de dolor, lo cual era seguido por duros golpes en la cabeza. Cuando logró eyacular, porque tardó más de media hora que yo abrevié con el avance rápido, se retiró y se recostó jadeante, aún con el pene semierecto, vibrante, con gotas de semen y sangre, junto al niño que quedó tendido bocabajo, como muerto.

El encapuchado se estiró y fuera de cuadro obtuvo un largo puro que procedió a fumar con delectación mientras aquietaba su respiración, como en la pélix *Irreversible*. Cuando las brasas del puro refulgían al máximo, el hombre las pegó en la piel del pequeño, quien recuperó parte de la conciencia, gritó y se contorsionó. La punta ígnea del puro siguió quemando distintas partes del cuerpo entre fumadas para conservarlo bien encendido. El encapuchado le abrió las piernas con fuerza, fumó largamente el puro, saboreándolo, y después lo introdujo de un golpe en el ano del niño, quien aulló estremecedoramente y se desvaneció. Yo me retorcí por la impresión. El hombre le dejó el puro incrustado, se levantó, se puso con detenimiento unas botas de soldado y durante media hora dio de puntapiés salvajes en todo el cuerpo del pequeño hasta que lo volvió una masa sanguinolenta. Se colocó entonces en el cuello un collar con crucifijo de joyas y bendijo el cuerpo solemnemente. Después retiró el puro del ano, lo volvió a encender y fumándolo la proyección holográfica se disolvió lentamente.

Los demás microdiscos, o los que aguanté en esa sesión, eran parecidos o peores. El patrón siempre era la violación violenta de niños y niñas a cargo de adultos, perros e incluso burros o machos cabríos, seguidos de asesinatos brutales con variaciones infinitas. Cambiaban los escenarios y las maneras de la pederastia. A veces eran parejas de niños o grupos que morían golpeados, canibalizados, quemados, picados, envenenados, sobredrogados, ahorcados, asfixiados, ahogados, desangrados, aplastados, decapitados, tasajeados, desmembrados, descuartizados o de otras maneras crueles e inauditas. Los violadores, desnudos, siempre con capucha o máscara, eran hombres y mujeres de edad madura; más o menos los mismos, pronto descubrí, unos doce. Cuando vi un cuerpo idéntico al mío supe que Kaprinski también participaba. Nuestro parecido era tal que los miembros eran casi iguales. En algunas sesiones, los violadores no se desnudaban sino que se disfrazaban como en un baile. Además de las máscaras llevaban trajes de vaquero, de payaso, de caballero andante, de policía, de piloto, de pirata, de sacerdote. En algunos microdiscos había mujeres muy bellas, obviamente prostitutas de lujo, que se retiraban en un momento dado o que también eran asesinadas después de las prácticas sexuales.

En otras proyecciones, al final el grupo, desnudo y encapuchado, se reunía en torno a los niños muertos y llevaba a cabo un ritual extenso y elaborado muy semejante a una misa. Uno de ellos conducía, con encantaciones y cánticos de palabras extrañas e incomprensibles que los demás respondían cuando correspondía. Después resultaron rezos empezados por el final y con las palabras al revés. En todo caso, los oficiantes lo hacían con soltura y conocimiento de causa, probablemente era gente de iglesia, auténticos sacerdotes, quizá obispos y cardenales.

Entre todos los microdiscos encontré uno en el que después de la violación, el asesinato y la misa, los legionarios se quitaron la capucha y se les vio el rostro. Varios se me hicieron conocidos, los había visto en algún periódico o noticiero, eran funcionarios, gente prominente, sí, claro, ahí estaba el procurador de las Fuerzas Federales de la Paz; desnudos con todos sus colgandijos era difícil reconocerlos, pero sin duda podrían identificarse. Yo casi reconocía a otros. Uno de ellos, el más anciano, se dio cuenta, se puso furioso y paró la grabación. Ese disco era un potencial escándalo político, un arma poderosa, y lo guardé aparte.

Ah qué La Legión. Yo seguía pasmado; no tanto porque no pudiera haber cosas como ésa, sino porque me tocaran a mí. Pésimo había resultado adquirir el karma de León Kaprinski. Posiblemente esos ricachones pervertidos se dedicaban a otras cosas, quizá peores, pero una de sus aficiones favoritas, rito, sacrificio o acto propiciatorio, era grabar violaciones a niños drogados que concluían en asesinatos. Si los registraban era porque los veían después para su simple diversión o quizá también con fines rituales, o las dos cosas. En tantos años en el cine creía haber visto todo, pero jamás hubiera imaginado esos discos. ¿Quién se encargaba de las producciones? Estaban bien hechas, edición e iluminación correctas, obra de profesionales. Alguien del cine, quizá conocido mío, era legionario.

Estaba de lo más inmerso en las proyecciones de las cintas y me sorprendió tremendamente, de hecho me asustó, que alguien llamara con insistencia a la puerta. No sabía ni qué hora era. Primero traté de ignorarlo pero después opté por cerrar el cuarto secreto, apagar los aparatos y ver quién tocaba.

Oye, por qué no abrías, me dijo una mujer alta, bronceada, bonita, bien formada, de unos treinta años, que se metió tan tranquilamente, me dio un beso en la boca y se instaló en un sofá, ¿no me vas a invitar una copa o qué?, añadió, cruzando las (muy bonitas) piernas. Obviamente era muy cercana a Kaprinski. Su amante, quizá, y mis genitales se estremecieron.

Sírvetelo tú, le dije, en parte para calarla y también porque aún no sabía quién era ni dónde estaban las cosas.

Ella me miró sorprendida, con una leve sombra de temor que apagó casi al instante con una sonrisa, se levantó y de un mueble sacó una botella de XO y copas.

Qué más quieres ahora, ¿eh?, me dijo.

Alcé los hombros, mirándola fijamente. Ya tenía varios días de abstinencia y la rubia se me antojaba mucho, pero quería andarme con mucho cuidado.

Ella me miró como la vez anterior, una punzada de temor incontrolable, y acabó riendo.

León, dijo, no has contestado el servidor.

¿No?, le pregunté.

No has con-tes-tado. Desde hace dos semanas, además de que hablaste con Daniel Escamilla. Por tanto, añadió tras tomar aire, se me ha indicado que establezca contacto contigo para informarte. La reunión es el miércoles en el restaurante Lévi Strauss. A las veintiún horas, las nueve. *Drinks and dinner first*, la acción más tarde, en

Yasabesdonde. ¿Por qué no has contestado?, ¿qué has estado haciendo? Mira nomás cómo andas, tú, *of all people*, deberías verte, hombre. Estás *fatal*.

Hundido en fotos y cartas, decodificando búnkers informáticos, leyendo archivos, papeles y documentos, no había salido. Me bañaba y me ponía la ropa de León, pero cuando llegó la güera yo andaba en bata, sin rasurar, sin bañar, muy perturbado por los discos, no los podía creer y proyectaba otros esperando algo distinto. No me veía muy galán que digamos.

De cualquier manera, me desplacé con lentitud, me senté junto a ella, sin verla. Tomé su bolso y lo abrí confianzudamente. Entre muchas otras cosas traía una pequeña pistola y credenciales. Se llamaba Sandra Pellegrini. Dejé la bolsa y la miré. Ella me observaba con curiosidad.

¿Por qué no me has hablado? Te dejé varios mensajes.

Perdóname. Ocurrió algo de repente.

Ella volvió a mirarme sorprendida, pero luego sonrió.

Bueno, ya estás enterado, me dijo.

Gracias.

Piensa bien lo que les vas a decir porque no tienes contento a nadie.

A ti sí.

Bueno, a mí sí, en parte. Estás muy rarito, ¿eh? *Qu'est-ce qu'il y a?*

Nada.

De cualquier manera: ponte antorcha.

Acabó de un trago su XO, se puso en pie y me dio un largo y delicioso beso. Tuve que contenerme para no echármele encima. Se fue. ¿Ponte antorcha? *Qu'est-ce que cela veut dire?* Esta Sandra, además de detalle de Kaprinski-Kaprinski, era legionaria. Las comunicaciones se establecían a través del servidor. Quién sabe cuál sería. Posiblemente un programa oculto en la computadora o un aparato receptor especial. Este León se hallaba muy metido en la electrónica sofisticada.

Encendí otro cigarro de tabaco cubano de Vueltabajo, casi imposibles de encontrar en el mercado negro, pero a la cuarta o quinta fumada me supo textualmente a mierda y lo tiré, asqueado. Me desplomé en un sofá y me serví una copa de XO. Finalmente comprendí que antes de enfrentarme a La Legión tenía que conocerla. Por ahí andaría algún disco, manual o texto impreso que dijera más de ella, algo así como un reglamento, declaración de principios y hasta lista de miembros. Quizá los legionarios, al fin gente de poder, tenían otras actividades, pero sus rituales que vi me deprimieron no sólo por lo *ultragore* y *snuff*, sino porque era como los fascistas de *Saló*, que hacían comer su propio excremento a los niños; pero lo que más me disgustaba era que todo eso ocurría en torno al sexo, una de mis especialidades en la que tenía ideas propias y específicas.

5. Lo que está detrás de esto

Primeras lecciones de Onelio de la Sierra. Mis padres fueron
Onelio de la Sierra Cruz y Amanda Fuerte Castillo, médicos los dos; él era un buen gastroenterólogo, dicen, y
mi mamá se especializó en ginecología; eran profesionistas respetados y vivían sin estrecheces. Sin embargo, a
los treinta años, cuando yo tenía dos y mi hermana Ciénaga unos meses de nacida, de pronto quién sabe qué le
dio a mi padre. Un domingo estaba muy contento; el lunes amaneció con fiebre y dolores. Ya no se pudo parar.
Al día siguiente lo llevaron al hospital y se murió casi al
llegar en medio de dolores y delirios. Nunca supieron de
qué falleció porque mi madre se negó a que le hicieran
una autopsia.

No habían pasado seis meses cuando mi madre conoció a un médico argentino, en realidad residente, y se
enamoró irremediablemente de él. Nos dejó a Ciénaga y
a mí con su hermana, mi tía Juana, con dinero, papeles
de seguros y pensiones de mi padre; le endosó unas casi
inútiles acciones del Sistema Mexicano de Televisión
que había heredado y se largó con el argentino, supone-
mos que a Buenos Aires. Nunca más supimos de ella.
No escribió ni una sola carta; al parecer, su galán era un
guerrillero y quizá vivía en la clandestinidad o con nom-

bres supuestos. Vaya uno a saber, el caso es que desapareció de nuestras vidas en el plano físico, porque en mi mente siempre estuvo viva. De niño pasaba noches sin dormir inventando historias de la que podía ser la vida de mi madre, en las que ella más bien era como personaje de película. Otras veces lloraba porque sentía un dolor muy vivo al pensar en mi mamá, y también la maldije en voz muy bajita, con la cabeza bajo las sábanas.

Pero como de hecho no la recordaba, me acostumbré con facilidad a vivir con mi tía, a quien adoraba. Miles de años después vi una soberbia puesta en escena de *El círculo de tiza caucasiano*, de Bertold Brecht, y hasta entonces pensé que para fines prácticos mi tía Juana equivalió a mi madre, pero no del todo, bueno, aparte de la cuestión física, porque tanto ella como Ciénaga y yo siempre pintamos nuestra raya para no verla como madre. En realidad, ella lo impuso, pues nos recibió cuando éramos bebés, en pleno paraíso terrenal, y nos fue dosificando la manzana. Desde que tengo memoria, estableció con claridad que era la tía. Nuestra madre quién sabe dónde andaba y ella sabría lo que hacía.

Como quiera que fuese, mi madre nos abandonó feamente con mi tía Juana y ella nos recibió de buen grado porque enviudó sin hijos. Su esposo Arnoldo murió de un accidente cuando apenas tenían dos años de casados. Andaba cerca de los treinta años de edad. A Ciénaga y a mí siempre nos llenó de amor. Era seca pero a la vez cariñosa. Según ella, se ponía severa, pero no se lo creíamos. Más que autoritaria, trataba de ser justa. Mi tía, química de profesión, enseñaba en la Universidad Iberoamericana. Después fue directora de la escuela de Química durante casi una década. Se fajaba porque en la

Ibero no le pagaban un sueldazo a pesar de su doctorado, los méritos curriculares y la experiencia, pero mi tío Arnoldo y ella tenían a su amigo Manuel, quien le consiguió una asesoría en el ministerio de Educación en la que casi no tenía que hacer nada. De vez en cuando le enviaban proyectos para revisar y en realidad era una "aviaduría", como le llamaban entonces a cobrar en el gobierno sin trabajar. Con eso mi tía ya pudo tener mayor tranquilidad en su casa de la colonia Lindavista, que empezaba a ponerse tormentosa.

Juana Fuerte vivía en paz con sus clases y después con la dirección de la escuela. Manuel la visitaba con frecuencia porque estaba enamorado platónicamente de ella. Juana, Arnoldo y Manuel, muy amigos desde niños, casi siempre andaban juntos, eran el Famoso Trío de Tres. Casi desde el principio mis tíos se hicieron novios. Manuel lo aceptó sin celos, con serenidad, y conservó la amistad íntima con los dos, a pesar de que ellos estudiaron medicina y él historia. Mis tíos se casaron, y Manuel al poco rato lo hizo con Matilde, una señora muy bonita. Pues con todo y la belleza de su mujer, Manuel siguió enamorado de mi tía Juana; era un secreto a voces, pero nadie decía nada porque se estimaban y actuaban con toda corrección. Y discreción, elemento fundamental. Ya viuda, mi tía Juana siguió cerca de ellos, quizá más aún que antes porque Matilde y Manuel se preocupaban de que se hubiera quedado sola. La ayudaron mucho cuando tuvo que digerir con dificultades monumentales que mi madre Amanda nos abandonara a Ciénaga y a mí, y nos trataron con afecto, por lo que desde niñitos nos acostumbramos a decirles padrinos. Casi a los diez años de casados Matilde se murió de un cáncer de matriz que por prematuro no detectaron a tiempo y que por suerte la aniquiló en pocos meses porque los dolores del final fueron terribles. Ya viudo, después de un tiempo prudencial Manuel reanudó el culto y las devociones a mi tía, lo cual nos pareció normal a todos.

Mi tía (y mi madre) tenía dos hermanos: Alicio Fuerte, contador público, casado con mi tía Berta; y Lucas Fuerte, solterón que más bien se dedicaba a sobrevivir: vendía cualquier cosa gracias a su facilidad de palabra: coches, casas, ropa y aparatos electrónicos de fayuca, pistolas, drogas, lo que fuera. Anduvo un tiempo de ilegal en Estados Unidos y al regresar tuvo una agencia de viajes y una revista política de temporal, de las que sólo salían cuando las elecciones. Luego fue funcionario administrativo de la Procuraduría General de Justicia gracias a sus relaciones peligrosas que después lo mandaron a la banca, así es que Lucas se mudó a Salina Cruz y puso un burdel con sus enclenques ahorros. No le fue mal, regresó a la ciudad y se hizo de antros de baile, uno en la colonia Obrera y otro en Reforma Norte, cerca de Tepito. Los dos fracasaron y Lucas perdió todo.

Cuando nos visitaba, siempre estaba en la miseria y medio sobrevivía mediante transas y operaciones chuecas. Para entonces la Lindavista se volvía un avispero de drogas, atracos y bandas, minicárteles. Mi tío Lucas vivió en varios departamentitos y cuartos de la colonia, pero en ocasiones pasaba temporadas con nosotros, lo cual no hacía enteramente feliz a mi tía, pues aunque lo quería mucho sabía que no ponía ni quinto. Eso sí, él siempre se las arreglaba para darnos regalitos. A mi tía, a mi hermana Ciénaga y a mí. Cuando tenía dinero era muy espléndido. El máximo regalo que me hizo fue una cámara usada de video VHS, quién sabe cómo la consiguió, probablemente chueca, pero a mí me fascinó y me puse a grabar todo lo que podía. Mi tía Juana y mi hermana Ciénaga se enojaban cuando las agarraba recién levantadas, sin arreglarse y con los pelos parados. Pero yo ya andaba grabando otra cosa, pues borraba cada videocaset que ya había terminado y lo volvía a grabar. Mi tío Lucas decía que yo estaba como Manuel con su investigación sobre los jesuitas de fines del siglo dieciocho, que era el cuento de nunca acabar, el de los pies de trapo y los ojos al revés, ¿quieres que te lo cuente otra vez?; es decir, como el coronel Aureliano Buendía y los pescaditos de oro; éste a su vez descendía en línea directa de doña Penélope, quien de noche deshacía todo lo que había tejido de día.

Mi tío Lucas era lo máximo. Se ponía a dibujar con Ciena y conmigo, y también desplegaba un gran talento que no entendíamos: imitaba casi a la perfección a todo tipo de gente, sólo que nosotros no sabíamos quiénes eran. Sólo nos tiraba de la risa cuando imitaba mi tía Juana. Lo hacía perfecto. A ella no le causaba ninguna gracia, así que le decíamos en secreto ¡Lucas, haz como mi tía, haz como mi tía! En vez de eso, él entonces se convertía en hombrelobo, Lucas Lucántropo, con gestos y gritos horripilantes, nos correteaba por toda la casa y en verdad daba pavor; Ciénaga lloró varias veces, pero entonces Lucas se volvía toda dulzura y en segundos otra vez nos tenía risa y risa. Yo grabé varios de esos numeritos con mi fabulosa cámara de video.

A los siete años de edad me enamoré durísimo de una niñita de la escuela que se llamaba Lilia y que no sabía de las leyes del amor. Yo tampoco, claro, pero antes de conocerlas, las adiviné, sí, *llegaron en el momento en que las espe-*

raba, no hubo sorpresa alguna cuando las hallé. Aunque apenas sabía escribir, por inspiración no quedaba, y le dediqué largas cartas encendidas, te amo con locura, eres el diamante más bello de los cielos, quiero besar tus labios y mirar tus ojos hasta morir. Cosas así. Mi tía Juana no daba crédito y me veía entre pasmada y divertida. A mi hermana Ciénaga le daba risa. Yo flotaba. Un día la niña Lilia fue conmigo a la azotea de mi casa y le di un beso. Se rio antes de irse corriendo. Pero entonces, oh fatalidad, su familia se mudó de casa y la escuincla pasó a otra escuela. Yo no sabía qué hacer en esos casos. Como que había que llorar, pero no me sentía triste. Nada más me gustó mucho besarla a pesar del saborcito de chicle. Fue *muy emocionante.*

Mi tío Lucas se dio cuenta de mi estado de ánimo y le conté mis desventuras. Entonces, muy serio, me dijo: Es mi deber de tío enseñarte todo sobre las mujeres. Empezaremos mañana, cuando las clases de la tarde de Juana, y tu hermanita se va al inglés. Pero no le vas a decir nada de esto *a nadie,* ab-so-lu-ta-men-te a nadie, ¿entiendes?, esto es entre tú y yo nada más, ¿lo juras? Júralo. Sí lo juro, respondí, muy serio. Casi hice el saludo a la bandera. Pero yo no me había dado cuenta de que mi tío Lucas era un *vecchio satiro,* el libertino-transa-oveja-negra de la familia, incluso un tiempo iba a esas sesiones de Erotómanos Anónimos donde los calenturientos se reforzaban los ánimos para vencer los demonios de la lujuria y del priapismo. A mi tío le encantaban las mujeres y casi todas las posibilidades del sexo.

Al día siguiente sacó una revista de encueradas y me la enseñó. Me quedé estupefacto. ¿Te gustan?, me preguntó. No supe qué decir, pero no paraba de ver los desnudos. Entonces se rio y disertó: las cosas del sexo eran Muy Importantes en la Vida y, como lo prometió, me iba a enseñar para que en la escuela no me vieran como menso que no sabe nada, sino que, al contrario, yo fuese el Jardinero que Corta las Mejores Flores. La revista era de esas gringas "ginecológicas", creo que un *Hustler*, que enseñaban todo el rosado túnel hasta la matriz, y él me identificó y me fue explicando la función y operación de la vagina, la vulva, el clítoris, los labios mayores y menores; en fin, todo el peludo (o rasurado) misterio.

Después me habló sobre el pene y los órganos reproductores masculinos, y como en esas revistas todavía no había hombres en traje de rana, sin ningún pudor pero también sin ninguna idea turbia ni la menor intención incestopederástica, de hecho muy serio, casi como un riguroso académico, se bajó el pantalón, los calzones, y me enseñó sus genitales, que me parecieron enormes. Después me hizo que yo le mostrara mi pitito, todo es igual, ¿ves?, me dijo, sólo que tú estás chiquilistrín aún y esa lombriz con el tiempo se va a convertir en La Poderosa Serpiente de las Cavernas donde Nadan las Sirenas. También te van a salir pelos, como a mí, ¿cómo la ves? No, pos bien, contesté, sin saber qué decía, pero me había puesto rojo, rojo. Nunca sabía qué decir. Bueno, ahora te voy a enseñar cómo se para esta onda, me informó, y con unas cuantas sobadas logró una erección en segundos. Me enseñó entonces "la técnica correcta de la masturbación", y después de un rato de briosas manipulaciones estiró las piernas, murmuró ay Dios ay Dios y aventó chorros de semen. Esto se llama venirse, o eyaculación, me explicó con un aire docto más bien jadeante. Después me mostró libros de anatomía y de arte con ilustraciones y fotografías de los órganos femeninos, más intrigantes que en las revistas. Me pasaba horas viéndolos. En especial me dejó hipnotizado el cuadro de una mujer con las piernotas abiertas y todo el matorral por delante que se llamaba *El origen del mundo*.

En la siguiente ocasión mi tío y maestro llevó revistas más peludas y libros que ilustraban gráficamente el acto sexual en sus numerosas posiciones, mientras él me indicaba las más ricas y las de acróbata. Me explicó la felación, cunilingus, culilingus, escrotolingus; sesenta y nueve, sodomía, las formas de amor de los y las homosexuales, consoladores y juguetes sexuales, afrodisiacos, además de sadomasoquismo, bestialismo, paidofilia. Pero nada de eso le gustaba, él era un pervertido, pero decente; le gustaba la anarquía, pero con orden. Y ahí estaba yo, a los siete años, anonadado con el gran espectáculo del sexo que entendía a medias, pero que mi intuición recibía como propio. En esas tremendas e ilustradas lecciones mi tío también me indicó cómo tocar, acariciar, rozar, presionar y mover la verguita con ocasionales apretones y pulsiones al glande y los testículos, que en mi caso entonces eran casi invisibles.

Al poco tiempo de prácticas empeñosas de pronto se me paró. Creo que antes alguna vez había tenido una erección, pero ahora ocurrió porque yo la había convocado a través de evocar "el origen del mundo" y de la manipulación de mis genitales tal como me enseñó mi tío. A partir de entonces empecé a tener erecciones casi a voluntad, lo cual era insólito, pues sólo a algunos de los niños les había ocurrido una que otra vez, cuando menos se lo esperaban y sin saber qué pasó, es decir: de balde. *No fun*. Un día les enseñé a los chavitos cómo se me paraba y se quedaron idiotas. Y mi tío Lucas se tiraba de la risa cuando le mostré cómo lograba aprestar mi calibre 4cm. ¡Bravo, bravo, mhijito!, es increíble que se te paralice tan fácil, no hombre, me dejas pendejo…, ¿pues a qué edad se me habrá parado a mí?, se preguntó después. Yo cumplía con todo el rito masturbatorio y me lo apretaba suavemente de arriba abajo. No me salían los chorros de semen de mi tío y de hecho no me salía nada; sentía rico, pero tampoco era algo del otro mundo, o al menos en ese momento.

Una vez mi tía salió de viaje un fin de semana; dijo que a una excursión de la escuela pero ya sabíamos que se iba con Manuel. Y Ciénaga aprovechó para pedir permiso de dormir en casa de una amiwita. Como nos quedábamos solos, mi tío Lucas dijo: A toda madre, ora nos vamos de putas. Esa vez tenía dinero. Como a las nueve de la noche, cuando ya me estaba durmiendo frente a la tele, Lucas me sacudió, me dio un café con leche y me dijo vámonos muchacho, hay que cumplir con el deber.

En un taxi llegamos al cabaret La Concha de Afrodita, donde el de la puerta le dijo: Nhombre, Lucas, ¿y ora? ¿A poco quieres que te deje entrar con esta mirruña? Te presento a mi sobrinito Onelio de la Sierra. Es un niño muy avispado y le estoy enseñando cómo es la onda con las mujeres, respondió afable pero serio mi tío Lucas. El portero nos miró un buen rato, sopesándonos. Bueno, pásenle, pero a ver si no nos acusan de perversión de menores, dijo. Y entramos. Estaba lleno. Una orquesta tocaba música tropical ensordecedora y en unas plataformas, como terrazas, cuatro chavas bailaban en bikini con luz muy baja en momentos y potentísima en otros.

Lucas conocía a mucha gente. Me presentaba: Éste

es mi sobrinito Onelio, no me lo van a creer, tiene siete años y ya se le para. Todos reían y me frotaban la cabeza porque no sé quién salió con la jalada de que "traía buena suerte despeinar a un niño que ya se le para". Yo estaba contentísimo porque era como la mascota de la bola de borrachones y pirujas. La gente bailaba en la pista y de pronto casi se me salieron los ojos cuando las chavas de las plataformas se quitaron el brasier y siguieron bailando con los pechos al aire. Están bien buenas, ¿verdad?, me deslizó el tío Lucas, con los ojos chispeantes.

Se la había pasado platicando con medio mundo pero después nos fuimos a un apartado nada menos que con dos de las bailarinas, Fulgencia y Alborada. Como todos ahí, ellas también me hicieron muchos cariños y se rieron al enterarse de mis hazañas eréctiles. Lucas les explicó que me estaba dando clases de sexualidad y las invitó a un hotel para ilustrarme. Ellas dijeron que no, qué pasó, cómo creía, jamás irían a un hotel con un niñito, era una desvergüenza *contranatura*. Pero él les dijo que yo estaba enteradísimo; en esta época, argumentó, los niños ya saben *todo*, éste les puede dar clases. Pero no va a participar, nada más va a aprender en vivo, en directo y en caliente, lo que ya ha visto en libros o que yo le he explicado.

Total, las convenció, y ahí te vamos a un hotel que estaba a media cuadra y se llamaba, palabra de honor, El Pisotón. En el cuarto siguieron bebiendo, se quitaron la ropa y las dos se besaban con mi tío, quien dijo: A ver, muchachas, enséñenle a mi sobrino lo que es una buena felación, o mamada; él pasaba de una a otra hasta que las dejó solas en la cama, se sentó en el suelo junto a mí y me dijo: Ahora vas a ver el amor entre mujeres. Ellas se trenzaban más divertidas que otra cosa por las instrucciones didácticas de mi tío, quien nunca perdía de vista que se trataba de un trabajo de campo. Un sesenta y nueve, por favor muchachas, indicaba; ahora muéstrenle a este niño cómo se frotan las cucas. Ellas lo hicieron y él no aguantó más, así es que regresó a la cama y se cogió a las dos.

Yo presenciaba todo con la impresión de un sueño delirante y enmudecedor. Realmente me gustaba verlos, me quitaba el aliento, no podía decir nada y sólo sentía mucho calor, no lo aguantaba; supongo que por eso tuve una de mis para entonces prestigiadas erecciones precoces, lo cual motivó las risas y el relajo de las muchachas, pero mira a éste, deveras se le para muy bien el pirulí. Fulgencia estaba ocupada con mi tío, pero Alborada fue conmigo. Sonrió con ternura antes de tocarme el peneque, está bien duro tú, y tan chiquito, duro, duro, le dijo a nadie; suspiró y después me revolvió el cabello. Este niño va a estar muy bien de grande, comentó. Sin dejar de moverse encima de Fulgencia mi tío sugirió: Déjalo que te toque las teclas, nomás pa que sepa cómo se siente. Ella sonrió, tomó una de mis manos y la frotó contra su seno, suave y duro a la vez. Ahora el pozo de los secretos, indicó mi tío. Mi mano entonces conoció las insondables humedades vaginales mientras el corazón me latía con campanillazos locos y de nuevo no aguantaba el calor. Ya con eso, no vayan a decir que a mí me gusta con los beibis, dijo, y mi tío, sin dejar de taladrar a Fulgencia, respondió sí, sí, esto no es paidofilia sino una seria, rigurosa y científica investigación sobre sexualidad. Todos rieron. Después Lucas les pagó, se dieron de besos siempre entre risas, ah qué cosas tú, todos contentos y yo también. Nunca olvidé esa noche y lo único que lamenté fue no haber llevado la cámara de video, porque hubiera realizado mi primera producción tres equis. Cuando llegamos a la casa seguía alucinando, con la cabeza llena de luces y una sensación intoxicante, febril, desfalleciente pero deliciosa. Apenas me pude dormir y tuve puros sueños eróticos.

Primeros experimentos de Onelio de la Sierra. Todos sabíamos que iba a ocurrir, pero de cualquier manera fue una sorpresa cuando la tía Juana nos comunicó que pensaba casarse con Manuel. Lucas tenía que buscar otro sitio y se acababan las clases del rocanrol. Al poco tiempo vino la boda y nos mudamos a la colonia del Valle, a una casa que compraron entre los dos y que estaba mil veces mejor que la de la Lindavista. Mi vida cambió, pero del aprendizaje con mi tío Lucas no le dije nada a nadie. A Lucas después lo vi mucho menos, porque a Manuel le caía mal, siempre le pedía prestado, y la Del Valle le quedaba lejos, o eso argüía él, porque el metro lo llevaba sin transbordos. Nunca más repetimos la incursión a La Afro de Conchita y a El Pisotón. Después, cuando lo veíamos, Lucas andaba lleno de tics, hablaba sin parar, a veces puras incoherencias, y daba la impresión de que no sólo estaba muy metido en alcohol y drogas gruesas, sino de que ya se le estaba rayando la mente. Siempre quise muchísimo a mi tío Lucas. Cuando yo ya era director de cine y estaba casado con Helena me visitaba de vez en cuando, decía o fingía incoherencias, y yo le daba una lana. Ni hablar. Me dolió cuando murió a balazos en una redada.

De niño me había llevado muy bien con Manuel, pero chocamos cuando pasó de padrino virtual a tiastro real. Nomás no nos podíamos comunicar y toda relación era tensa. En cambio, Ciénaga y él siempre se llevaron muy bien. Como mi tía, Manuel y Matilde no tuvieron hijos; ella no quería, y ése era su punto de fricción, pero nada grave, porque Manuel cedía con facilidad y rehuía los problemas lo más que podía. Y, hasta donde era visible, su relación con mi tía era estable. Por mi parte, yo nunca tuve padre, conocía a Manuel desde siempre, fue "mi padrino" y sin duda lo quería, así es que después nos volvimos a acercar. Me enseñó entonces a jugar ajedrez, me llevaba al futbol y a pasear en bicicleta. Entonces se estaban poniendo de moda las de carrera y las patinetas. Pero me mató cuando también me regaló mi segunda cámara de video, ésta sí nuevecita, con macro, súper *zoom*, *fader*, *backlight*, subtitulador y otras vainas. Por tanto, definitivamente me hundí en el vicio del video.

A mi tía Juana le cayó bien el matrimonio. Se volvió más firme sin perder la suavidad y, como resultado, de la asesoría en Educación, más bien simbólica, la ascendieron a una dirección técnica; resultó muy eficaz, así es que de pronto salía de viaje, aparecía en la tele y los periódicos, daba conferencias de prensa, iba a desayunos y la veíamos menos. Todo eso le encantaba, parecía otra, pero a Manuel a la larga no le gustó, porque mi tía Juana pasaba mucho tiempo fuera y, lo peor, al igual que Matilde, no quería tener hijos; ya estaba pasadita, aducía. En cambio Manuel tenía la ilusión de ser padre, era muy hogareño, un anti-Lucas, jamás bebía ni mucho menos se iba con las pintadas. Daba sus clases de historia y era un católico abierto, serio y culto. Muy tierno en el fondo. A veces Ciena y yo le decíamos el Osito. Toda su vida se la pasó escribiendo una investigación que nunca terminó sobre los jesuitas del fin del siglo dieciocho. Con el tiempo me pasó buenos libros, primero *Tom Sawyer* y *Las aventuras de Huckleberry Finn*, del gran Mark Twain, después *El arte de amar*, el de Ovidio y el de Fromm; *Sobre el amor*, de Stendhal; los *Cien poemas de amor* de Neruda; la *Breve historia del mundo*, de Wells; *Izquierda y derecha en el cosmos*, de Gardner, y *El hombre que confundió a su mujer con un sombrero*, de Sacks. También novelazas: *Lolita*, de Nabokov, los *Claudio* de Robert Graves, el terceto de John Franklin Bardin, las históricas de Amin Maalouf, que le fascinaban, y su matriz: *Las mil y una noches* con sus cuentos dentro de cuentos, ¿quieres que te los cuente otra vez?

Como si cambiar de casa y escuela me diese una nueva manera de ser, ya no me enamoré perdidamente como antes, pero sí me gustaban las niñas. A los diez años no me costaba ningún trabajo llegarles y casi sin falla se dejaban besar y tocar. Además, les fascinaba que las grabara y después verse en la pantalla del monitor o televisor. Yo seguía el puro instinto, me movía por instrumentos, que, por fortuna, funcionaban bien. Tuve una infancia erótica intensa, como para los anales de los doctores Freud, Stekel y Reich, pero nada anormal o que preocupara, porque en lo demás era como todos: jugaba, estudiaba y hacía vida de familia. Y grababa videos. Tenía mis amigos, pero ya no le anduve enseñando mis erecciones a nadie. Con los cuates le daba al fut, al beis y al voli. En la escuela siempre me gustó la anatomía, especialmente después de las elocuentes enseñanzas de mi tío Lucas; y la historia, supongo que por influencia de Manuel. Mi tía Juana y Manuel eran católicos flexibles y nunca nos impusieron la religión, que por lo demás no me seducía, a pesar de que estudié en escuelas de jesuitas y me atiborraron de cuentos de terror sobre el Pecado, sobre todo en la primaria. Ya en prepa leí *Por qué no creo en Dios*, de Bertrand Russell, y con ese lecho filosófico me declaré escéptico, hasta que Helena me introdujo en el tantra. Pero lo que más me gustaba de todo eran las niñas y grabar videos, con ellas, lo más porno que se dejaran, o con minihistorias que se me empezaron a ocurrir.

Desde el cambio de casa también se intensificó mi pasión por el cine y pasaba gran parte del tiempo viendo todo tipo de películas en cineclubes, salas comerciales, en la tele y en videocasets, que aparecieron por esas fechas o un poquito después. Aún faltaba para los DVD y para los VD3. Era la época de los videoclubs piratas, con sus copias malísimas, de quincuagésima generación, copias de copia de copia de copia de copia de copia. Uno se quedaba bizco con los casets ultraimpresionistas, casi monetianos, de *Caracortada* o *Los cazadores del arca perdida*. A los doce años de edad, cuando dejé de ser virgencito y regar las flores, también decidí dedicarme al cine.

Ciénaga se llevaba bien con Manuel porque se llevaba bien con todos. Destacaba por inteligente, rápida, ingeniosa y simpática. Se parecía a mi mamá, o al menos a las fotos que teníamos de ella. Ya grandecita se volvió no espectacular, pero sí se puso muy bien. Mi tía también tenía buen cuerpo, como mi propia madre, decían. Como Ciena y yo nos llevábamos año y medio de niños jugamos mucho. Éramos cuatísimos, nos gustaba rolar en patineta, se nos juntaban otros chavos y éramos la minibanda de patinetos autodenominada La Bandilla Salvaje, pues había una película que así se llamaba (bueno, era *La pandilla salvaje*) y que por cierto nadie de nosotros había visto. Realmente éramos unos chamacos caguengues e inocentones, un poco más avezados que los demás, pero siempre niños a fin de cuentas aunque nosotros nos sintiéramos Muy Malditos. Éramos los Patinetos Malditos; los Patinetos Darketos o la Bandilla Salvaje.

Más tarde me di cuenta de que la Ciena me tenía un poco de miedín porque desde chiquita supo de mis ligues; después de todo muchas de mis *mattressmates* eran sus amigas o compañeras de escuela, y el chismerío era casi obligatorio. Acababa de cumplir doce años cuando una vez, muy callada pero con aire de tensión eléctrica, llegó con su amiga Patricia, una chavita aventadísima que después se volvió Putricia y que esa vez sin pútridos prólogos pusilánimes me dijo que nunca había visto el sexo de un hombre. Yo te lo enseño, le dije al instante. Para entonces había crecido y también mi penélope, por supuesto, y como ponerlo tieso era una de mis facultades, pronto estaba ahí, a la vista, duro y un tanto palpitante, expectante. A Patricia se le salían los ojos, y a la Ciena también, aunque luchaba por no mostrarlo. ¿Lo puedo tocar?, me preguntó Patricia. Sí, claro, consentí como lo más normal del mundo, como en las Rigurosas Investigaciones Científicas de mi tío Lucas. Ella se acercó y lo palpó con firmeza y seguridad crecientes. Le acariciaba ya las nalgas de coyotito, como quien no quería la cosa, cuando de repente Ciena tomó a Patricia del brazo y se la llevó de ahí en segundos. Pinches viejas. Me dejaron todo alborotado, así es que procedí a la turbación plus, en la que era viajero frecuente; aún no eyaculaba, pero me calentaba tanto que a veces me iba a otros mundos de intensidades insospechadas. Eran orgasmines incipientes, pero entonces me parecían monumentales, mágicos y misteriosísimos, de hecho *sagrados*, y a la vez lo más común y corriente.

Ciénaga destacó mucho en la escuela; era una chavita muy bien aspectada y la vida se le deslizaba con fácil gentileza. Pero podía ser canija y no convenía tenerla de enemiga. Nosotros por lo general nos llevábamos bien y éramos rigurosamente cómplices, pero en varias ocasiones nos peleábamos por estupideces y venían las temibles venganzas. Ciénaga cultivaba el *destruction bit*: quemó mi primera colección de revistas para leer con una sola mano, que había robado estratégica y pacientemente del estudio de la casa de mi tío Alicio, un pornómano de clóset a quien visitábamos con cierta frecuencia; tardé, pero, por andar de metiche como siempre, descubrí su altarcito porno en uno de los cajones (inferiores, claro) de un librero. Libros, revistas, consoladores, pomadas y pastillas raras. Ciena también le dio fuego a las cartas de niñas que yo tenía desde los siete años y que eran mis diplomas, los *highlights* de mi currículum. Por último, a los quince, la culera quemó *Fanny Hill*, *Candy* y *La historia de O*. Por suerte aún no tenía ni a Aretino ni a la monja portuguesa ni al marqués de Sade ni a Bataille. Está de más decir que con los años formé una prestigiada y envidiada biblioteca erótica.

Por otro lado, Ciénaga me prestaba dinero, cubría mis escapadas y no objetaba que me besara con sus cuatitas, incluso a veces me perfilaba a ellas o me decía cómo eran, qué les gustaba y qué no, para facilitar el abordaje. Ya que se ponía de procuradora, después me pedía que le contara *detalladamente* lo que habíamos he cho y me oía con risitas nerviosas. Pero también era Pepe Grillo, la Voz de la Conciencia; siempre me amonestaba, me pedía que respetara y tratara a las muchachas con suavidad, discreción y consentimiento previo, nada por la fuerza. Pero claro, Ciena, hombre, ¿cómo crees que voy a forzar a una niña? Le quitaría todo el chiste. Las partes púbicas son muy delicadas, disertaba muy seria; se deben tratar con muchos y amorosos cuidados. Ciena, tú sabes que soy un caballero. Onelio, eres un *culero*, la amenaza de los hímenes, eso es lo que eres, císcale císcale diablo panzón. ¡Y ya deja de estarme filmando! No te estoy filmando, te estoy *grabando*. Es igual, en todo caso me estás *jeringando*.

Pero no, la verdad, siempre me porté decente con las damas. No me lanzaba al abordaje inmediato y brutal sino que me gustaba acariciar con suavidad y contemplar los cuerpitos cuando lograba desnudarlas. Podía pasarme horas simplemente viéndolas y platicando insensateces. Hombre, era un esteta. Un poeta. Un edgarallanpoepoeta. Muchas veces las niñas y yo nos restregábamos desnudos y yo les ponía el miembro entre las piernas, con gran gusto en las nalgas, y siempre trataba de meterlo pero nunca le atinaba. Aún no me correspondía. A cambio de eso, algunas niñas accedían a chupármelo, pero yo no lanzaba chorros como misiles al estilo de mi tío Lucas, de hecho no echaba nada. Mi primera eyaculación fue a los doce años, en el cine Palacio Chino. Estaba solo, hasta atrás, y pasaban una película que nada tenía de caliente, pero de súbito, solita, me vino una erección. Para entonces ya me había crecido la tartamuda y sin más empecé a meneármela hasta que sentí que todo temblaba, se me cegaron los ojos con resplandores y de pronto brotó mi primera emisión de semen en un auténtico e intenso orgasmo. Oh, dulce misterio de la vida, al fin te he hallado, casi canté, como en *El joven Frankenstein*.

En la secundaria, al cine, la tele y el futbol se añadieron las fiestas y con ellas las primeras borracheras, consuetudinarias en la prepa. Los juegos electrónicos y las patinetas se fueron quedando atrás, pero las cámaras de video nunca. Pronto tendría mi laptop y Manuel me pasaría su Little Tramp cuando se compró un auto nuevo. Motorizado, mi mundo se amplió; la actividad amorosa y las grabaciones cuasi porno se habían intensificado sin que yo me lo propusiera; no se trataba de algo compulsivo, pero después de que eyaculé en el Palacio Chino no tardó en que los juegos eróticos rebasaran el punto sin retorno. El agente precipitador fue Berta, la esposa de mi tío Alicio, el otro hermano de mi tía Juana (y de mi mamá); es decir, mi tía, pero política. A mí siempre me había gustado, no era espectacular pero sí sumamente cachonda. Tenía la comisura derecha de la boca un tanto hacia abajo, lo que le daba un aire aristocrático y depravadón, un poco de sorna y desaire. Era una *bitch* con todas las de la ley, pero no lo sabía ni lo aprovechaba, para fortuna de mi tío Alicio.

Una vez fuimos con ellos a nadar en Itzamatitlán, Morelos, y hasta que la vi en traje de baño aprecié su cuerpo. Mi erección fue dolorosa. Al poco tiempo, en una reunión de los grandes, se puso un asesino vestido entallado; yo, después de saquear la colección de revistas de desnudos de mi tío Alicio y de esconderlas en la cajuela del coche de mi tiastro-padrino-papá Manuel, de repente fui a dar a un rincón de la sala y desde ahí veía a mi tía con sus amigotas; ella tenía el aire absorto, no oía mucho lo que decían, no se fijaba en nada en especial, la mente a la deriva… Pero estaba buenísima. Pronto tuve la consabida erección, y se notaba. Yo creí que nadie se daba cuenta, veía a Berta ensoñadoramente y con la mano en la bolsa me frotaba con languidez, además de cierta y placentera resignación ante los suplicios tantálicos de la vida. Pero entonces me sacudió la sorpresa cuando seguí la dirección de la mirada de ella y vi que a través de un gran espejo me observaba con una sonrisita. Ay, hija de su pinche madre. Me fui corriendo y me senté en la banqueta de la calle. Cuando salía con mi tío Alicio, como quien no quería la cosa, Berta se me acercó y me dijo en voz apenas audible: Ven a verme mañana a las doce del día. Me dio un beso maternal en la mejilla, que hizo sonreír al baboso de mi tío Alicio, se fue y me dejó alucinando.

Al día siguiente yo no quería pensar en nada, menos en que mi tía Berta me podría dar un estreno de gala, aunque lo deseaba intensamente. Su marido estaba en el trabajo y ella, sola en casa, al poco rato de decir quién sabe qué, me inició en el acto sexual con gusto y buen humor. Mi tía (política) estaba tan buena que eyaculé rapidísimo, pero no se me bajó la erección, lo cual la satisfizo enormemente y lo mostró con un contento suspiro; en silencio, siempre sin hablar, incluso se mordía los labios para no emitir sonidos, me fue haciendo cambiar de posiciones, movía mis piernas, los brazos y el cuerpo entero, me ponía arriba o abajo, me llevó a un sillón, me puso de pie, nos fuimos al suelo, se colocó en cuatro patas, se arrimó a la pared, se empinó en la mesa del comedor, y así nos pasamos horas, yo bien sumergido en una profundidad letárgica, hipnotizante, como si soñara, como si fuera una fantasía muy real. Eyaculé dos veces más pero seguí firme, hasta que de pronto ella se salió y dijo: Ya ya, tengo cosas que hacer, Dios mío. Ay muchachito, no sabes qué feliz me hiciste, con tu tío *nada* en más de seis meses, ¿tú crees?, dice que la vida sexual debe moderarse para no caer en el Pecado Capital de la Lujuria. Pero bien que él se va con quién sabe qué viejas, lo he cachado con tarjetas de prostis y oliendo a perfumes baratos, con manchas de bilé en la camisa o el saco, y además tiene escondidas revistas pornográficas. Y *cosas*. Y conmigo no quiere, el chistosito, pero si todos sus amigos se mueren de ganas, todavía estoy bien, ¿no? ¿Verdad que sí? Y él, nada. Muy mal, tía. Estás de pocamadre, mi tío es un pendejo.

Me dio un beso largo, me hizo vestir y cuando ya salía de la casa me regaló cien pesos, lo cual me pareció el colmo de la buena suerte. Me vienes a ver dentro de un mes, cuando esté bien cargada como hoy, me dijo al final. Seguí visitando a mi tía Berta durante mucho tiempo y descubrí que mi tío Alicio nos espiaba. Quién sabe desde cuándo. Una vez practicábamos el viejo y ampliamente recomendable coito anal con gran gusto cuando oí ruidos y alcancé a verlo antes de que se ocultara detrás de la puerta entreabierta. Si se fue, nunca lo supe, porque yo le seguí y Berta no se dio cuenta de nada. A lo mejor Licho (¡así le decían a mi tío Alicio!) ya sabía, y él y mi tía estaban de acuerdo.

Perder la virginidad a los doce años tan adecuadamente me dio más seguridad con las chavas de mi edad. Casi sin darme cuenta me fui fumando a muchas de las que conocía. Ocurría de una forma natural, con calor y afecto pero sin el romanticismo del Gran Amor, algo más desmitificado. Nos decíamos novios, me daban sus fotos, nos escribíamos cartas, que en mi caso eran como orgasmos fingidos, y las guardaba como expediente curricular. Me volví experto en terminar sin dramas e incluso con buen humor. Logré conservar la amistad con la mayoría. Fui iniciador frecuente, por lo que alguna vez ellas mismas, muy contentas por lo demás, me proclamaron Desflorador Invicto. Era casi prestigioso haber dejado la virginidad en mi penextepango. Muchas veces grababa las sesiones, con o sin el consentimiento de ellas (pero por lo general estaban de acuerdo; de hecho, les encantaba) y así me fui haciendo de mi coleccioncita porno que tenía que camuflar o esconder con grandes cuidados, porque mi síster Ciénaga era una metiche y revisaba mis cosas con absoluta impunidad. Quién sabe cuántas cintas mías habrá visto, pero creo que muchas, si no es que todas.

En secundaria, como a los catorce años, tuve mis contactos homosexuales. Una vez me agarré platicando sobre mi tío Lucas con el Pato Rodríguez, un cuate de la escuela, y sin darme cuenta salió lo de las clases del chachachá; bueno, la parte de las revistas triequis y de cómo propiciar la erección con la masturbada correspondiente. Podríguez quiso que le enseñara y yo fui por una de las revistas del tío Licho, después me la saqué, se me paró y para mi definitiva sorpresa el Pinche Pato se lanzó a chupármela. Nunca lo habría imaginado, pero sentí rico y luego me gustó lo apretadito de su anís. Me lo eché varias veces, pero todo se desvaneció por sí mismo. Realmente ni él ni yo éramos gays. Pura curiosidad e indefinición puberta. De cualquier manera, por esas fechas también fui, solo como acostumbraba, al entonces existente cine Gloria, en la calle de Campeche, con sus largas extremidades, pretensiones de palcos, en los costados de la planta alta. Pasaban *Naranja mecánica*. Y ahí me cayó un galán otoñal, iluminador o algo así, de Televisa. Me invitó a su casa, a cuadra y media, y ahí fue en serio; empezó mamándomela, pasamos a un sesenta y nueve y después cogimos. Yo me lo eché, pero después él dijo que la onda era de ida y vuelta. Bueno, dije, ya picado. Me dolió horrores, ¡sácamela!, grité, pero luego le agarré el gusto y al final meneaba las nalgas como loca desatada. El buenhombre me regaló *quinientos pesos* y dijo que si me la seguía mamando se me iba a poner más grande. Pero nunca regresé, aunque la efervescencia de sensaciones me duró toda la noche y nunca las pude olvidar, casi como cuando fui con mi tío Lucas y las nobles Fulgencia y Alborada al Salón para Familias La Concha de Afrodita y al hotel El Pisotón.

Descubrí asimismo que atraía a señoras más grandes, a veces porque, como a mi tía Berta, sus maridos no les hacían caso; a otras sí las atendían bien, pero eran hombreriegas y en especial les gustaba la variedad. Y los jovencitos. Había las que de plano se lanzaban, como mi tía Berta; también las que se rendían con rapidez, y a las que había que quitarles el miedo, los nervios y la sensación de culpa a base de persistencia continua en besos, caricias y susurros jadeantes. Como a chavitas pudibundas. O era simplemente el juego, que fácilmente se vuelve la guerra de los sexos: me muero de ganas pero resistiré lo que pueda. Cama de campo, campo de batalla. Ándale pues. En todos los casos tenía éxito porque cogía muy bien gracias a mis queridos tíos mentores, Lucas el Gran Masturbador y especialmente Berta, Cuerpo de Paraíso y

Cara de Purgatorio. Burla burlando, como decía Manuel (que sacaba frases de quién sabe dónde), entre los doce y los dieciocho años me fumé a varias vecinas y a conocidas de mi tía Juana que andaban entre los cuarenta y los setenta años de edad. También aprendí a deshacerme de ellas cuando se emocionaban más de la cuenta, pero a la mayor parte de la Hora del Recuerdo sólo le interesaba la emoción del sexo y por ningún motivo querían poner en peligro a sus familias o su reputa reputación.

Naturalmente me hice un prestigio de donjuán que no cultivé e incluso desalenté lo más que pude porque, de veras, no me gustaba banalizar el sexo. Para mí, inconscientemente, se trataba de algo muy especial. De iniciados. Los misterios de Afrodita. Yeah! Por tanto, jamás presumía y opté por el ligue discreto, casi furtivo. Sin que fuera condición, les pedía que no hablaran de nuestras relaciones, lo cual era perorar en el desierto pues a todas, adultas o jóvenes, cultas o ignorantes, inteligentes o estúpidas, de una manera u otra les encantaba hablar de relaciones amorosas. Es decir, la Emoción del Chisme. A los hombres también, chance hasta más, a nuestra manera.

En la preparatoria me fui orientando hacia el cine. Manuel me regaló una nueva cámara de video, con muchos más recursos, y para entonces, además de las películas "caseras", grabé también varias con seudoargumentos y actuaciones. Todo mundo participaba con gran gusto. En verdad es insuperable, mítica, la seducción del cine y la televisión, de verse uno en cualquier tipo de pantalla, aunque sea la del circuito cerrado de vigilancia en una tienda. Con trabajos y anfetaminas aprobé los exámenes. Era difícil estudiar porque nos la pasábamos en fiestas y reuniones, bebiendo ron, fumando mota, periqueando coca, tacheando, a veces hasta piedras, quién quiere, dónde quedaron mis calzones, oye wey no te metas con mi vieja, bailando, platicando hasta enronquecer.

Me dio por el rock. Fuerte. ¡El rock estuvo a punto de desbancar al Cine! Increíble. Compraba todos los discos que podía y después equipo con el dinero que Manuel me daba sin demasiadas presiones y más bien con el que yo empecé a ganar. ¿Cómo? Pues cobrando por tirarme a las amigas de mi tía, varias eran platudas. Todo empezó sin querer, porque a mi tía Berta le gustaba regalarme dinero después de que me la cogía. Cuando me conectó a una de sus cuatitas le dijo que no se le fuera a olvidar darme para mis dulces, y la ñora se acordó, así es que me fui acostumbrando a recibir dinero de las venerables cabecitasblancas y no sé cuándo lo pedí yo ya por mi cuenta. Pues no me iba mal y a veces me quedaba pasmado al ver que se mochaban con *miles* de pesos.

Ya metido en la confesión, y en espera de ser absuelto, je je, también saqué dinero padroteando. De plano. Empecé con Berta. Le conté a mi amigo Bustillo, presumidísimo pero muy rico, que una señora muy muy buena me las daba por dos mil pesos, un dineral en esa época. El Bus me creyó y Berta aceptó ampliar el menú sexual, discreción mediante. Nunca supo que pagaban por tirársela, porque no se lo dije. A Bustillo le expliqué que me diera el dinero a mí porque a ella le gustaba pensar que se la echaban por gusto, es decente, decía yo casi con solemnidad, y no quiere ni pensar que está haciendo cosas malas, aunque claro que lo sabe, y eso es precisamente lo que le gusta, hacerse pendeja sin hacerse pendeja, la pendejada controlada. Tú síguele la onda. Pero Bus no entendía; él nada más quería llegar, coger, venirse y ver tele; al contrario, mi buen, le dije entonces, trátala con mucho respeto, con cuidados, suavemente, el sexo de la mujer es algo delicadísimo, sagrado, decía mi hermana Ciénaga a través de mí. Es *The holiest of holiests*, como le dicen en *Pulp fiction*, agregué, para retomar el control. ¡Fuera, Ciénaga! Ya sabes, primero te vas muy muy despacito, sabroseando, explorando, después más cachondón, como a ritmo de samba, luego te lanzas rápido y duro, pero le paras y combinas con suave y delicado; la onda es de dulce y tierno a cabrón y ojete, pero sin patrones fijos, entiendes, tienes que dejar que te fluya la inspiración. Nada de coger al compás del *Bolero* de Ravel. Relájate, olvídate de todo, déjate ir, goza a la ruca, está bien buena, así vas a durar mucho más tiempo en venirte. Bustillo me oía pasmado con todos los pasmos, pero no era pendejo y después se tiró muy rico a mi tía y la gozó mucho más que cuando cogía nerviosa y apresuradamente con la inevitable eyaculación precoz. Precoz, si puedes tú con Dios hablar. La verdad la verdad, nada de eso me gustaba, me causaba remordimientos inesperados e inoportunos, pero entonces pensaba que las cosas habían salido así, yo no me había propuesto nada; ahora ocurrían. Era la voluntad de Dios, o del Destino, dejaba dinero y así era la cosa. De cualquier manera fui prostituto poco tiempo y no padroteé mucho, sólo con mi tía y dos tres nenas muy ponedoras (y buenisísimas). Dos de ellas se enteraron y entonces les di mil pesos por acostón. Yo, el Justo.

El rock, pues, me llevó a la prostitución y al johnlenonato. Pero así tuve guitarra, amplificador, sintetizador, tornamesas, mezcladora y demás chunches para convertirme en Estrella. Apenas empezábamos a conocer los instrumentos, pero yo y cuatro de la prepa, el Ramón, Martínez Ascoaga, Freddy y la linda Marcelita, formamos un grupo que, inspirado en *Las mil y una noches*, bautizamos El Zib, la Raja y los Compañones. Marcelita resultó una Chelita Bien Helada, porque nunca se dejó; tocaba la batería. Ramón era el bajo, el más viejo (y más pendejo); el Fredispuesto requinteaba, y Martínez Ascoante, bastante marranito, era el de los teclados. Yo cantaba, componía, tocaba la lira de acompañamiento, dirigía, producía y administraba. No cargaba los bafles, pues para eso teníamos a Édgar Cancholita, un pobre niño para quien encargarse del equipo era el tesoro del dragón Smaug. Un tiempo ensayamos duro y pescamos tocadas; la más importante fue echarnos covers (muy buenos) de The Clash, Police y Dire Straits en una fiesta de niños ricos que pagaron bien. Yo me sentía soñado con mi voz negroide, ronca, rasposa, tipo Joe Cocker o Ray Charles o Tom Waits, pero como después me ardía la garganta mejor le paré, y El Zib, la Raja y los Compañones se fue de muerte natural, sin que se notara. Hasta ahí llegó mi ambición de *rock'n roll star* y el cine reocupó el Sitio de Honor Que Le Correspondía. Uno de sus buenos resultados fue que conocí a Eva, una gringa que estudiaba en la extensión defeña de la universidad de California. Era una pelirroja con todas sus pecas, sumamente bien hecha, simpatiquísima; duré con ella como un año, hasta que se regresó a su pobre país, no sin antes enseñarme inglés. Como buena gringa pasó un año en México y casi no aprendió español. Hablaba casi siempre en la lengua perra. Primero nos entendíamos casi por pura intuición y con lo poco que ambos sabíamos: pasar el touquéi, queirrido; what a loco ass you've got! Cosas así. Pero al final aprendí inglés con extrema facilidad y casi sin darme cuenta podía hablar con ella fluidamente. Así descubrí que tenía facilidad para los idiomas.

Además de la cámara, también me puse a escribir. En realidad siempre lo hice en las cartas a las chavas; un tiempo dizque me echaba mis versos, pero se me paró el vuelo (y la verga) cuando leí a los verdaderos poetas del amor, como Neruda; de cualquier manera escribía con alguna frecuencia o me plagiaba versos para nenas desinformadas pero románticas y sensibles que se sintonizaban con esa frecuencia. Después me gustó llevar un diario, que escribí con interrupciones durante muchos años. A Ciénaga le gustaba revisarlo de vez en cuando.

Mi hermanasha iba a pasar a segundo de preparatoria. Era muy popular y se volvió feminista; estuvo para huirle durante la Fase Infantil. Quería ser sicóloga y con razón, porque intuitivamente conocía a las personas y sabía cómo tratarlas, las hacía sentirse apreciadas sin darles por su lado en ningún momento. Era muy lista, *meine kleine Schwester*. Para entonces Manuel estaba cerca de la cincuentena y vivía en paz sin meterse con nadie y con su libro de nunca acabar, pues más que terminarlo y publicarlo le gustaba escribirlo. A lo mejor ya nada más estaba repitiendo páginas y páginas de "no por mucho madrugar amanece más temprano", como Jack Nicholson en *El resplandor*. Mi tía Juana ascendió a oficial mayor de Educación y cada vez más se metía en la política. Le gustaba, podía, no se estresaba demasiado, no se neurotizaba y nos trataba como siempre, así es que nadie decía nada. Al contrario, en el fondo nos enorgullecía verla cada vez más arriba, a la buena, a base de efectividad al trabajar, sin politiquerías. O eso creíamos. Ignorábamos que la política era "lavarse las manos en agua sucia". Ya no daba clases.

Cuando terminó la prepa me tuve que preparar para el ingreso en la escuela de cine, pero era imposible, sólo entraban dos de siete millones de aspirantes. Mejor me inscribí en comunicación, por ahí podía brincar a las películas. Manuel y Juana eran muy apreciados entre los jesuitas de la educación en México y además tenían dinero, así es que daban por sentado que pasaría a la Universidad Iberoamericana, pero yo ya no quería seguir con los jesuitas después de la primaria, secundaria y preparatoria; estuvo a punto de ganar la inercia o quizás algo en mí sabía que estudiara donde fuese a la larga adquiriría lo que me hiciera falta, pero de pronto de plano dije no y me inscribí en la Universidad Nacional. Ahí los ingresos eran cada vez más difíciles, al parecer en México ya no querían profesionistas, pero sin que yo lo supiera mi tía Juana y Manuel movieron sus influencias y me admitieron. En ésas andaba cuando mi ex cliente y siempre riquísimo amigo Rafael Bustillo, el Bus y a veces el Magic Bus (al final, el Culero Bus), me invitó a acompañarlo cuando lo aceptaron en la escuela de medicina de la universidad de Harvard.

Ese viaje a Boston fue mi primera salida del país. La ciudad me gustó muchísimo con su equilibrio entre lo viejo y lo nuevo, lo tradicional y los grandes rascacielos, además del río y el mar. El inglés me salía más que aceptablemente. Comimos bacalao y langostas, nos pusimos hasta atrás primero en New Sudbury Street y después en las tabernas de los muelles, que eran no-desodorante.

Mágicamente conocimos a dos mujeres afines, nos emborrachamos con ellas y acabamos a todo volumen en su *flat* en Cambridge. Las nenas eran *freshpersons* de Harvard y al día siguiente nos dieron un tourcito. Toda la estancia resultó perfecta y yo regresé muy contento a iniciar mis estudios universitarios, sin saber que había estado muy cerca, quizás a metros (pensamos después al comparar notas), de la India Bonita, *the witchy lady*.

Primeras decisiones de Onelio de la Sierra. Le metí las ganas al primer año de comunicación; me aloqué lo menos posible, hice a un lado a las mujeres, hasta donde pude, y estudié. Sin embargo, de pronto comprendí que todo eso estaba bien, pero para otro. Y entonces me urgió abandonar los estudios. Yo quería hacer películas y ahí perdía el tiempo. En ese año no paré de grabar mis historias, conseguí mejor equipo y mandé dos cortometrajes a concursos; con el primero, *Cuando pasa echando chispas el camión*, me dieron mención (es que eres muy mencio, me decía Ciénaga; no no, replicaba yo, más bien soy confucio; no, eres Onecio, remataba ella), pero con *Asalto chido* gané el primer lugar en un concursito pequeño sin malicia todavía de lo que quedaba de la sección de directores del sindicato de directores y guionistas; esto me permitió conocer al legendario Jorge Fons; le caí bien, le gustó mi *Asalto* y me prometió llevarme de asistente cuando volviera a dirigir.

En vía de mientras seguí filmando, ahora mi tercer mediometraje *La línea de la vida*. Era sobre un chavito de doce años que se suicidaba cortándose las llamadas "líneas de la vida" de las palmas de las manos. Así se desangraba. Los cuates de la escuela fueron los actores. Montábamos las escenas, iluminadas con auténtica *keylight*, pues simplemente ponía focos de mayor wattaje en las lámparas y sóckets que ya estaban en la locación, y es que en verdad no había para rentar estudios o sets, además de que locación hace al ladrón, porque nos robaron tres cámaras. Luego editaba en la computadora y sonorizaba con la música que me diera la gana, pues yo me pirateaba todo y al carajo con los derechos de autor. Pero después conocí a Rubén Canales, un compositor joven muy bueno, sólo que borrachísimo, mariguanísimo y coquísimo. Pero yo no cantaba mal las arias. Ya con vuelo nos valía madres lo que decíamos y los desórdenes que armábamos. A las cuatro de la mañana abríamos las ventanas del dépar de Rubén y nos poníamos a gritarle a los vecinos: ¡chinguen a su madre, bola de ojetes, despierten, borregos! ¡Chingueeeen a su maaaadreeee! Pero nunca se despertaron, porque cuando menos nadie se quejó y no fuimos a dar a la jaula grande. Bueno, Rubén compuso la música de casi todas mis películas a partir de entonces. Con el tiempo fue reconocido como un gran compositor, un Philip Glass que trabajaba música clásica, etnojazz, cine y rockhop. La hizo internacionalmente, pero a los treinta y seis años de edad, bien borracho en Nueva York, su coche se salió del Puente de Brooklyn, y ahí quedó, en las heladas aguas del Hudson.

Un tiempo yo anduve muy atarantado. Sentía una desolación inexplicable cuando estaba solo. Y me gustó estar solo. Me ponía unas tremendas borracheras de buró, y finalmente Manuel se dio cuenta. Me preguntó qué me pasaba y me sorprendí abriéndome enteramente ante él, algo que sólo había hecho con mi tío Lucas y con mi hermanita Ciénaga. Yo andaba hundido en la depre, ultradark como por otra parte correspondía a la época. Primero le solté que la escuela era para idiotas, y la vida una mierda inútil, broma cruel, grotesca, incomprensible, ilusión, ficción, sombra, sueño, frenesí, quiero que vivas sólo para mí, no no, para qué vivir, no valía la pena, Sartre estaba mal y Dostoievski bien. El suicidio como una de las bellas artes.

Manuel me oyó con más respeto y atención de lo que yo merecía. Sirvió copas de coñac. Era la primera vez que me invitaba algo de beber. Guardó silencio un buen rato y después me contó: una buena costumbre vieja era que en un momento dado los jóvenes talentosos, ¡y con recursos!, suspendieran los estudios y emprendieran un largo viaje al extranjero. Era útil salir del país, verlo con perspectiva y redefinir proyectos después de descubrir alternativas.

Sin duda Manuel había conquistado mi atención y me borró el estado de ánimo suicida. El rescate emocional fue la oferta de un viaje al extranjero. Me puse feliz y le di de besos, lo cual lo incomodó notablemente. ¿A dónde te gustaría ir?, me preguntó, limpiándose la mejilla. Respondí sin dudar: Amsterdam, Hamburgo, Copenhagen y París; después Creta y las islas del Egeo. De ahí a Cuba, Brasil, y por último, Bagdad, India, Sri Lanka (la capital, Colombo, está en la misma latitud de Acapulco), Japón Tupadre y China Tumadre. Éste era un itinerario por capitales de la calentura que fantaseaba en realizar alguna vez. Manuel me miró con una sorpresa no exenta de admiración, eso es carísimo, tú sabes, dijo, absolutamente imposible, pero la parte europea quizá sea realizable.

Al cabo de unos días manifestó entonces una profunda sabiduría natural, además de generosidad, y decidió costear una versión austera de mi tour. Yo también tenía una lanita, no mucha, pero, como dijo el filósofo chino Sun Sun: todo sirve hasta lo que no sirve; y la tía Juana no sólo puso unas lucas, sino que quién sabe cómo arregló que el ministerio de Culturas me proporcionara una dizque beca de estudios que en realidad cubría los transportes. Además, mi querida tía Berta, que para entonces había dado el viejazo, sacó de sus guardaditos e hizo una colecta con sus amigas, mis viejas clientas.

Arreglé las cosas en la escuela, porque no quería dejar los estudios definitivamente, y entonces sí me lancé al Mundo. Eran principios de año, después de las festividades, cuando las tarifas aéreas resultaban más accesibles. Primero fui a Amsterdam y me hospedé en un cuarto minúsculo de un albergue para estudiantes que me conectaron en la escuela. Apenas cabía al bañarme. Me fascinaron las vitrinas con mujeres suculentas y los cafés con mariguana de todas las clases. Probé distintas variedades, lo cual me hizo andar rezumbando por calles y canales, como las primeras veces que me aticé en la preparatoria. Y en las tres noches que pasé ahí me eché a una africana suculenta, a una rubia europea alta y de cuerpo inmenso, y a una sensualísima árabe de técnicas muy refinadas. Trataba de estirar el dinero, pero vi, para mi absoluto terror, que no me iba a alcanzar. Todo era carísimo.

De Ams viajé en tren a Hamburgo, donde al menos no pagué hospedaje porque mi buena estrella refulgió otra vez. Mi hermana Ciénaga tenía una amiwita de la escuela, Flor se llamaba, Flor era ella, muy guapa, que conoció en Cancún a un alemán, Heinrich Zeppadiegabber o Algoasí. Se casaron ahí mismo y se fueron a vivir al afamado puerto del río Elba, de donde era él. Heinrich en realidad se llamaba Broch, resultó un cachondómano y como su depa era muy pequeño me invitaron a dormir en su propia cama. No, cómo creen, yo me quedo en el sofá. Estás loco, hace mucho frío y en la cama los tres nos calentamos mejor… Bueno, si de calentarse se trata…, dije, viendo a Flor que se había quitado la ropa interior para ponerse un camisón. Al poco rato de habernos acostado ellos se pusieron a hacer el amor. Obviamente el ajetreo de la cama y los gemidos eran muy perturbadores, por lo que agradecí que una mano, ah, la de ella, de pronto me explorara hasta que llegó a mi pene, para entonces francamente erecto. Flor le dijo algo a su marido en alemán, se salió de él y sin más se acomodó encima de mí, con *timing* perfecto. Esa noche entre Hein y yo tuvimos muy ocupada a la Flor. Después me llevaron a conocer la ciudad, incluyendo, claro, su distrito sexual. Conocían a medio mundo, así es que, condón mediante, no fue difícil llegarle a varias teutetonas sin tener que pagar ni un marco. Bebimos cervezas y aguardiente de trigo de sesenta grados alc. vol., muy apropiados porque hacía un frío carajiento. Toda la ciudad, nevada, estaba preciosa. Desde entonces amé a Hamburgo y volví siempre que pude, como Helena a Boston.

Heinrich, o Quique como le decía su mujer, ocupó varios días en alfabetizarme en la computación y en especial en la navegación por la red, que entonces apenas empezaba a extenderse como gran telaraña mundial. A los veinticuatro años él era un loco apasionado de las computadoras, un protohácker que se metía en los sitios que se le antojaban y andaba de mirón o haciendo distintas travesuras: cambiaba cosas de lugar, subía o bajaba cifras, cosas así. Años después se volvió hácker con todas las de la ley, su vocación anarca lo llevó a inventar virus y gusanos para infectar la internet, que a fines del siglo veinte y principios del veintiuno era ominipresente e indispensable en todo el mundo. Supo retirarse muy a tiempo, nunca lo descubrieron y obtuvo una alta posición en una empresa alemana especializada en programas. Desde ese primer viaje nos hicimos amiguísimos y nunca dejamos de estar en contacto, en Alemania, en México y en el espacio cibernético.

En esa primera vez en Hamburgo, Flor me conectó con la Dama que Transmutó mi Suerte. Era Charlotte Schneider, una señora alemana que se conservaba muy bien, de hecho muy guapa, seguramente de joven había sido algo espectacular. Era viuda y muy rica, incluso auténtica baronesa. Para entonces ya andaba cerca de los setenta años pero se conservaba fogosa gracias en buena medida a los cambios cosméticos que le hacían periódicamente en el cuerpo y el rostro, y que le costaban un dineral. Daba un long shot sensacional, pero el close up develaba su verdadera edad. Pero a mí eso nunca me importó. Con Carlota congenié muy bien casi al instante. Ya relajados, le platiqué mis intenciones de viajar a Copenhagen y a París antes de regresar a México; bueno, si me alcanzaba el dinero, lo cual veía cada vez más difícil. Pero eso no se lo dije. Acabo de estar en Dinamarca la semana pasada, replicó ella, pero a París sí te llevo con mucho gusto cuando quieras. Nos podemos pasar unos días muy divertidos, si no te molesta ser mi *mantenutto*.

Claro que fuimos a París, pero ahora en Gran Turismo. La Carloca invitó también a Heinrich y a Flor. Los cuatro lo pasamos sensacional, sexo incluido, por supuesto. Nuestros cuartetos eran mejores que los de Beethoven. Durante esos días de auténtica fiesta parisina le platiqué hasta el cansancio de cine, mis películas, mis grabaciones de niño, mis modestas contribuciones al video porno, mis Laureados Mediometrajes y de lo difícil que era ya no digamos filmar, sino simplemente estudiar cine en México. Ella asentía sin decir nada. ¿Y qué película te gustaría hacer?, me preguntó después, cuando atacábamos un cous cous en Chez Bébert. ¿Quieres que te la piche? Ahí te va. Se llama *Zona masacrada* y trata de una mujer joven que ama el amor, lo encuentra pero sigue solitaria. También se podría llamar *Soledad, mi marido*. La idea me salió de un sueño tremendo que tuve. ¿Cómo las ves? Cerró los ojos, como si algo se hubiese abierto en ella. Después me miró pensativa y sonrió con ternura. Salió entonces con que le gustaría viajar a México conmigo, conocer el país y luego regresar a Hamburgo. Pues vamos, dije yo, encantado. Para nada me molestaba regresar con ella, en primera clase además, así continuaría disfrutando la lengua alemana.

Mi hermana Ciena, mi tía Juana y Manuel se quedaron bizcos al verme vestido con trajes carísimos y del brazo de la vieja baronesa Charlotte Schneider, quien se instaló en el hotel Four Seasons. Y la sorpresa de mi familia, ¡y la mía!, no tuvo límites cuando comentó, como si nada, que pensaba producir mi primera película profesional *Zona masacrada*, que por cierto después se llamó *Mi corazón es el que siente amor* y tuvo el suficiente éxito de crítica y de público para producir la segunda. La estancia de Charlotte en México duró doce meses, los necesarios para mi debut cinematográfico. Hubo que crear Producciones Schneider-De la Sierra. Y escribir la historia, porque nada más la había pensado; producirla sin pausas. Llamé a los amigos que ya habían trabajado conmigo y que deveras amaban el cine, como Emiliano el Sapo Gordo, Rubén Elpédocles Canales y el Guti Ibarrola. Necesitaba una actriz joven sumamente hermosa de tipo mexicano. Y rápido. Contraté a una directora de *casting* que me recomendaron, Aurora Segura, quien empezó a buscarla.

Yo no podía creer mi buena suerte, que me cayó literalmente sin buscarla, de casualidad, o porque así estaba predestinado en el *Schicksal Buch*. Como yo no deseaba nada, salvo filmar, me resultó lo más natural que Carlota me pagara. Era una forma de padroteo, pero no me importaba, porque tenía con qué y ésa nunca fue mi intención. Todo salió de ella. Por eso nunca sentí cargas de conciencia cuando cobré por fornicar o lenonear a mi tía y algunas de sus amigas. Fueron cosas que no me propuse, todo se concatenó de la forma más natural. ¿Iba yo a dejar pasar esa oportunidad única? No, qué va, por supuesto acepté que produjera mi película y en ese año me acosté con Charlotte con más ganas y con verdadero amor, sí, sí, amaba su desprendimiento, su capacidad de dar sin esperar nada a cambio, amaba que me amara y nunca la vi vieja ni parchada. Veía lo hermoso en ella. Ni siquiera quise andar con otras chavas en ese año. Palabra de honor. Bueno, casi. Sabía muy bien que Charlotte era una parte, fundamental, de mi vida. Después regresaría a su casa y a sus asuntos en Hamburgo. Como fue. Hasta que murió cinco años después, anualmente me pagó un viaje de una semana a Hamburgo. Y ella también volvió a México dos veces y fuimos a las playas, que aunque casi todas eran consideradas zonas de desastre ecológico, aún había algunas más o menos limpias.

Pero antes, cuando empezábamos a preparar la película, regresé a la universidad para que no me dieran de baja; no sé por qué sentí que debía, si podía, hacer la carrera, que ahora me parecía fácil. Estaba en los trámites cuando de pronto vi pasar a una increíble mujer morena con unas amigas. ¡Es una diosa, una visión!, me dije, como Richard Dreyfuss en *American graffiti*. Dejé la cola que estaba haciendo y corrí tras ella. La alcancé en los jardines y me puse delante. Se detuvieron. Perdóname, le dije, ignorando a sus amigas, yo sé que no me conoces pero tengo algo muy importante que decirte. Ella, acostumbrada a los asedios, me miró con una de sus Congelantes Miradas Duras. Pero yo pensé tiene los ojos azules, es hermosísima, y seguía diciéndole que era director de cine a punto de iniciar mi primera película profesional y me urgía una actriz para el papel principal, no era broma, sino *the real thing*. Ella encarnaba lo que yo quería, lo que había soñado (eso dije), estaba perfecta para el personaje de mi película. O ella o nadie, concluí. Melodramático Onelio.

La alucinante morenaza, por supuesto, creyó que yo practicaba el viejísimo truco de te-voy-a-hacer-famosa-si-le-tundes-al-colchón-conmigo. Casi se enojó y ya se iba. Volví a ponerme frente a ella. Espérate, por Dios, esto es en serio. Mira, mira. Le enseñé el guión de la historia que siempre cargaba para hacerle ajustes y correcciones, y en el que por suerte llevaba varias de las notas periodísticas que habían salido sobre la baronesa alemana que produciría el debut de un joven cineasta mexicano. También le mostré mi identificación oficial y mi licencia de manejo para que viese que yo era el autor y director del libreto. Ahí empezó a sonreír. Deveras hago cine, yo tengo tres cortometrajes, uno ganó un premio y otro soñaba que era rey, le decía mientras ella dizque revisaba el libreto y de pronto vi que apenas aguantaba la risa.

Entonces me vio de lleno, penetrantemente, ya sin desconfianzas. Muchas gracias, me dijo, pero yo no soy actriz, ni me interesa el cine. ¿Cómo te llamas? Helena Wise. Yo soy Onelio de la Sierra, ¿qué estudias? comunicación. Yo también. Por fin, ¿haces cine o estudias comunicación? Bueno, ya me eché un año de la carrera, pero la suspendí por un viaje y porque me salió la oportunidad de debutar. El cine es lo principal en mi vida, pero si puedo, quiero hacer la carrera también. Se llevan, ¿no? Por eso vine hoy a Ciudad Universitaria. Además, ya sabes, es de rigor un título para que no obtengas trabajo. Bueno, no. Perdóname, pero ahora sí voy a sintonizarme. Vine porque el destino me mandó para conocerte. Tú tienes que ser el personaje de mi película, está claro. Y yo te digo que no, pero también, acuérdate de esto, vas a tener mucho éxito pero cuando estés más maduro para el cine ya no podrás filmar.

Me quedé pasmado mientras ella me miraba con una perturbación que anunciaba el humedecimiento de sus ojos (azules) y que controló. Oye oye, pero tú qué te traes, ¿eres el oráculo de Belfos o qué?, al fin pude decir, pero, antes de que respondiera, una de sus (estúpidas) amigas terció: Ay mana, ya vámonos, ¿no?

Y se fueron.

Las seguí. Haz mi película, le decía. Pero no quiso, por más que insistí en todos los tonos. Varias veces la hice reír y creí que acabaría convenciéndola, pero no. Ni siquiera me dijo dónde vivía ni me dio su teléfono. Pinche Helena. Como preparatoriano babeante las seguí hasta el estacionamiento, donde ella se subió en un excelente ZX4, ah qué carrito se trae la morena, me dije cuando arrancó y se fue sin escuchar mis peroratas, que para entonces ya eran franco relajo. Durante todo ese día no cesaba de recordarla y me prometí averiguar dónde vivía y qué armas portaba. Esa mujer no se me iría por nada del mundo, me dije. Pero el proceso de preparación de la película me absorbió enteramente y sólo en momentos, antes de dormirme, me acordaba de Helena. ¿Cómo es eso de que cuando esté en mi mejor momento ya no podré filmar? Qué ideas. Un día la voy a encontrar, me decía.

Onelio y Helena se aman. No fue la India Bonita, pero, como siempre, hubo una muchacha, Jazmín Meléndez, apropiada para el papel aunque ni remotamente fuese el Ideal (la Bella Helena), pero uno acaba adaptándose a lo que hay y hace lo más que se puede. Así, rebasamos las dificultades del principio, preparamos, filmamos, posprodujimos y en enero pudimos estrenar. La baronesa Schneider me acompañó a la primera función en la Muestra Nacional Cinematográfica, a la que asistí emocionadísimo, casi alucinando, pero según yo muy *cool* y valemadres. Onelio el Maldito Patineto Darketo. Charlotte se divertía como nunca porque la prensa de sociales a cada rato chismeaba sobre su Repentina Afición al Cine, de plano hablaban de La Primavera Mexicana de la Baronesa Enamorada o del Amor Setenta-Veinte. Fuimos noticia, que ni qué, lo cual, sin esperarlo y mucho menos calcularlo, publicitó mi película.

Charlotte regresó a Hamburgo y yo, después de pasar el infierno de la contabilidad, vi que la pélix se había pagado y que, ¡milagro!, incluso dejó relativas ganancias, más útiles si se transferían a otra producción, porque en esos tiempos cobrar dinero legal y legítimo, adquirido con trabajo y con el sudor de los testícores era labor de Heracles. Por tanto, concentré mi energía en mi segundo largometraje profesional. Ya era La Joven Promesa, disponía de una infraestructura y podía conseguir dineros de distintas partes, especialmente con las palancas de mi tía Juana, que se había vuelto Protagonista de la Vida Nacional desde que obtuvo una senaduría y que, esto lo intuyo más bien, en el fondo estaba celosona de que tuviera que venir "una carroña europea dizque babonesa" a ayudarme en el cine, ella qué, ¿estaba manca? Esto, claro, incrementó mi amor por Juana la Seca y ella a su vez aprovechó para darse unos airecitos de estratégica superioridad a fin de que la respetara más, lo cual era innecesario porque amaba y entendía a mi tía desde dentro, de hecho como nadie, lo juro, quién sabe por qué teníamos una interconexión rara pero objetiva, y ella lo sabía. Eso sí, nunca le quemé inciensos cada vez que pasaba frente a mí. Todo estaba muy bien, salvo que yo no sabía qué filmar. Pero por ideas no quedaba, aunque ninguna me apasionaba lo suficiente. Me veía ante un dilema inédito para mí, aunque común para muchos estúpidos con suerte: poder hacer algo y no saber qué. Entonces se murió mi tío Lucas, a balazos. Me dolió mucho, aunque su asesinato quizá fue lo mejor; mi Luquitas ya estaba muy lastimado. De cualquier manera, a mí me pegó en especial porque de tío favorito se había vuelto Mi Personaje Inolvidable, y finalmente, lo admitiese o no, simbolizaba ciertos principios *underground*, libertarios, anarcoides, contraculturales, qué sé yo, pero irrenunciables si se quería conservar un mínimo de humanidad y amor por la vida.

Mi tío Lucas fue el Gran Detonador de una parte esencial de mi vida y de pronto vi que un personajazo así podía ser columna vertebral de una historia que homenajeara su espíritu pero que me expresara a mí y a todos también, qué chingaos. Entonces se me ocurrió el argumento de *El gran masturbador*; pensé en Dalí, claro, porque me legitimaría, pero más en mi tío Lucas; esta comedia negra, inconscientemente, daba la razón a Woody Allen: masturbarse no sólo es sano sino que sirve para mejorar la copulación. Me prendí duro con este proyecto, que por su extrema sexualidad causó problemas desde el principio: mi tía Juana entró en crisis pero decidió apoyarme, en buena medida gracias a san Dalí; algunos inversionistas se retiraron y la Dirección de Libertad de Expresión, encargada de la censura, no lo rechazó, porque "en México no había censura", pero puso tantos condicionamientos que lo hacía imposible.

Parecíamos desahuciados cuando, por suerte para mí (pero no para los jehovaístas que se masturbaban en la oscuridad del ropero), en esas fechas fue noticia nacional que una mujer de la Séptima Secta Los Todopoderosos Miembros de Jehová asesinó a sus tres hijos al descubrirlos masturbándose juntos; ella vio una abominación en lo que al parecer era una competencia pueril para ver quién eyaculaba más lejos. La señora tomó la metralleta, "que tenía para protegerse" y que quién sabe cuándo y cómo consiguió, y con una ráfaga irrebatible acabó con sus hijos. Ante los medios después argumentaba que la masturbación era el peor de los peligros, ¿no estaban ya sus mismísimos descendientes-carne-de-su-carne refocilándose *juntos* con desvergonzada depravación? Eso llevaba al vicio, a la delincuencia, no digamos a la condenación eterna. Y dicen que salen pelos en la palma de la mano, agregó un reportero, revisando de reojo, sin querer, su propio mapa quiromántico; pero, señora, dijo después, usted ejecutó a sus hijos pero ellos de cualquier manera ya se habían condenado, ¿para qué precipitarlos entonces al infierno? Imperturbable, la multifilicida afirmó axiomáticamente: Dios lo ha ordenado: mátese al que se masturbe. Pero dónde, en qué textos, dé las citas de las escrituras. Pues yo no sé, pero el que hace eso se muere.

Además de infinidad de chistes, surgió un debate en torno al sexo y así se creó una coyuntura que, mediante declaraciones a la prensa, obligó a la Dirección de Libertad de Expresión a reconsiderar y a autorizar la película, justo a tiempo, porque ya sólo nos quedaban los circuitos de distribución subterránea, o más bien: "independiente", que sin duda tenían su chiste, nada subestimable, pero era la *via longuissima* y nada mejor que una proyección internacional por las rutas normales. Bueno, con gran gusto y un mínimo de justicia, dediqué mi pélix a mi tío Lucas; era una comedia con momentos de risa loca, y bastante perturbadora pues presentaba sexo explícito, de frente, con humor y humanidad, pero también con una absoluta seriedad. Sabía que patinaba en hielo muy frágil e instintivamente procedí con grandes cuidados. Hombre, era la lección de Las Rigurosas Investigaciones Científicas de Lucas Fuerte, quien se metió en lo más recóndito, delicado y peligroso del sexo. Pero, como él, lo expusimos de tal forma que aun los puritanos más fundamentalistas no podían objetarme fácilmente sin delatar su enfermedad sectaria. En *El gran masturbetas* había excitación sensual, franca y sin eufemismos, pero sin ánimos comerciales o escandalizantes, lo cual le daba una honestidad rarísima, incluso pureza, dijeron algunos críticos después. Yo era fan del cine porno y no quise ocultarlo, y me permití parodiar-homenajear con discreción algunos clásicos antediluvianos, como *El diablo en la señora Jones* o *Garganta profunda*, así es que parte de mi película fue indiscutiblemente *hardcore*, pero, bueno, en el nombre llevaba la fama, y cuando supe que autorizaban el título me dije: ya chingué. Pero faltaba mucho; en esa época se intentaba controlar por todos los medios las vías culturales del país, así es que el gobierno "que no censuraba" y sus operadores trataron de impedir la proyección con una campaña satanizadora mediante artículos, cartas, correos electrónicos, telefonemas, volantes, carteles y declaraciones de la ultraderecha, pero ya era tarde, porque hicimos un preestreno para la gente pensante de cualquier área de la vida nacional; la película les gustó y los intes presionaron para exigir el estreno, no tanto por mí sino para contener un poco los afanes retardatarios del régimen. La campaña en contra funcionó al revés y *El gran masturbador* fue un exitazo que en semanas llegó a Estados Unidos y Europa.

Yo tenía veintidós años y había entrado en el cine por la puerta grande. *El gran masturbador* nos reportó ganancias inimaginables, nos consolidó como productora y pudimos pensar en auspiciar obras de otros, de los cineastas que finalmente fuimos llamados el Nuevo

Aliento del Cine Mexicano (algunos chistositos nos dijeron la Misma Vieja Halitosis): Emiliano, Norberto Benítez Juárez, Celestino Orozco, alias el Chatanuga, por chato; Lucha Prendes y Argelia Argento, buenas camaradas, un tanto ladillas a veces pero siempre disfrutables también en la cama sutra o en la mitra. Todo el Nuevo Aliento fue lanzado por nuestra productora.

Por cierto, en uno de los viajes a Hamburgo para ver a Charlotte, traté de restituirle una buena parte inicial del dinero que había invertido, pero ella no quiso ni oír hablar de eso. Para entonces mi baronesa padecía una extraña enfermedad neurológica, como para los archivos de los doctores Oliver Sacks y Jesús Ramírez Bermúdez: inesperadamente creía que no tenía esqueleto, ningún hueso en el cuerpo, y entonces reptaba, se arrastraba por el suelo y los muebles, como alguna vez lo hizo doña Borola Tacuche de Burrón; le dabas una patada en las espinillas y no sentía dolor alguno. Pero al rato se le pasaba y con su legendario aplomo Charlotte seguía como si nada. Al año falleció de una embolia, en pleno sueño y en cama. Para entonces yo me había casado con Helena y con ella fui a visitar por última vez a mi baronesa, esa vez en el cementerio.

Había reencontrado a Helena de pura casualidad. La productora, que se quitó lo Schneider y nada más fue De la Sierra, estaba de moda gracias al éxito del *Masturbador* ("yo soy el chaquetero, que sí, que no, el chaquetero") y pronto obtuvo pedidos de documentales, presentaciones y comerciales. Los cinco del Nuevo Mal Aliento trabajamos con gusto y creatividad, éramos jóvenes y no nos importaba el dinero, bastaba con el oficio que se adquiría. Creo que fue la Argento quien conoció a Natalia

Chapman, quien tenía poco de haber formado una agencia de publicidad con sus amigas Helena y Jacaranda; para sostenerse, en un principio los Laboratorios Wise de México inyectaron dinero a la agencia y encargaron una campaña publicitaria sin reparar en gastos. Argelia y Natalia se conocieron en una fiesta, simpatizaron, se contaron sus historias y proyectos, y con el tiempo, no mucho, hicieron pareja (Natalia claramente el señor de la casa) y vivieron juntas toda la vida. Pero al día siguiente de que Argelia y Natalia se conocieran Wise, Chapman y Fernández nos contrató para realizar la campaña de los laboratorios. Esto me pareció auspicioso, por la nobleza de los productos Wise, y quién sabe por qué me dio por encargarme personalmente de la realización de los comerciales, que ya venían con guión y *story boards* bastante buenos. Muy profesionales y eficientes las chicas. De cualquier manera modifiqué detallitos y le eché ganas. La verdad, la verdad, los comerciales salieron muy buenos, a pesar de mi inexperiencia en el mundo de la edición frenética de la publicidad.

En el principio sólo trataba con Natalia, quien me pareció apreciable, sensible. Y guaporrona, *who knows what tomorrow may bring*, me dije, oh onecio, porque aunque ella bateaba por los dos lados en el fondo era les. En la postproducción conocí también a Jacaranda, quien también me cayó muy bien. Entonces me contaron que la tercera socia era una oaxaqueño-gringa, Helena Wise. *¡Helena Wise?* Nunca había olvidado ese nombre, así es que me sobresalté. Para nada lo esperaba. La morenaza de ojos azules se había vuelto mítica, yo había idealizado un recuerdo ocasional que quién sabe por qué me conmovía, de hecho me dolía, como a veces duele el amor más cercano, a la esposa, a los hijos. ¿Por qué esa Wise girl no había ido a las ediciones, dónde estaba, cuándo la conocería?, pregunté, atropelladamente. Después, me respondió Jacaranda. En ese momento Helena estaba en Boston, atendiendo los asuntos de su familia. Su tío, Orestes Wise, había muerto una semana antes.

A los quince días Helena regresó de Boston, consternada aún por la muerte de su tío y por el encuentro con sus familiares de Massachusetts con la consiguiente discusión sobre negocios. Pero eso lo supe hasta después. Por tanto, no se reintegró inmediatamente al trabajo, que parecía ir bien. Pero de pronto se presentó en una salita de proyección que usábamos para ver lo que habíamos hecho. Ahí estábamos todos: Natalia, Jacaranda, Emiliano, Argelia Argento y yo. Había más gente, eso se volvió como una especie de preestreno muy privado. Yo fui temprano para no perderme la llegada de Helena; me moría de ganas de constatar si no la había idealizado en exceso.

Bueno, pues fue muy desilusionante que no se acordara de mí, o eso dijera. Cómo no, te tienes que acordar, no ocurre todos los días que un cineasta loco guión en mano te persiga por toda la Ciudad Universitaria; yo era aquel loco que se moría porque actuaras en mi película. Acuérdate. No quisiste, qué gacha, pero bien que me echaste la fortuna, como gitana. Helena me miró divertida, condescendiente, acostumbrada a la admiración. Sí sí, ya me acuerdo, hace como *tres* años, ¿no?, y en su entonación *tres años* era otra reencarnación irrecuperable. Pero, con cordial seriedad le dije: Ándale pues, pero aquí y ahora tenemos que chambear juntos, así es que vamos a revisar los comerciales.

Bien hecho, creativo, imaginativo y sin lugares comunes, mi trabajo había sido avalado, si no es que felicitado, por todos, pero entonces Helena se quejó por los cambios mínimos que le hice al guión. Bien que se fijó, la india patarrajada. Eran necesarios, expliqué, todo estaba bien pero unos detalles atiesaban y redundaban, así que lo corregí con unos cortecitos estratégicos y unos shotcitos que andaban por ahí. Helena planteó que no había quedado mal, incluso reconocía que para fines prácticos mi versión superaba la idea original, pero no estaba segura de que los comerciales reflejaran debidamente la esencia de los Laboratorios Wise. Pues chance la versión original los mostraba, aduje, pero entonces los Wise eran como cualquier otro laboratorio, no tenía personalidad propia, no se diferenciaba, y por lo mismo se quedaba en el montón. Mira, agregué, ahora que te conozco comprendo que en los Laboratorios Wise hay algo decisivo que no hemos mostrado, pero eso no estaba en tu guión.

Tú qué sabes, replicó Helena, podrás ser el director de moda pero no sabes de publicidad ni de los laboratorios. Pues sí, dije, pero yo sólo canto mi canción si me la sé bien, y si produzco, dirijo, edito y acabo un comercial es porque me gusta, pero, especialmente en este caso, sentí algo noble en el producto, además de que el contenido mismo da la forma correspondiente. Tú dices que me aparté de la idea original, pero yo nada más facilité lo que el material mismo quería, no pretendí adueñarme de él ni mucho menos convertirlo en vehículo de mis ideas o vivencias. No necesito material de otros para expresarme, para eso hago mis películas. El comercial de ustedes era muy bueno, pero no me gustaban algunos detallitos, como cuando vas a la peluquería y al salir ves que debieron cortar dos milímetros más las patillas. Entonces yo corregí, y ya. Le di lo que pedía, y a él le gustó. Ahora veo que debí consultarlas, pero cuando estás metido en el trabajo a veces pierdes el vuelo si te paras, o se te enfría el brazo.

Helena se disponía a continuar discutiendo (podía hacerlo deportivamente durante días, semanas, sólo para ejercitar las posibilidades infinitas de la razón y el intelecto, sin importarle imponer sus puntos de vista), pero Jacaranda comentó: Me gusta que hables del comercial como algo vivo. Es que está vivo, respondí. Helena, agregué, si me cuentas bien lo que son los laboratorios lo podemos corregir, o rehacer. Nosotros cubrimos los costos. Pero mi viuda me oía tangencialmente; de pronto se dio cuenta de que, al margen de mis razones, había algo distinto ahí, una conexión especial entre ella y yo, una comunicación intangible, no sólo sin palabras sino incluso sin pensamientos. Esto la hizo suspender el alegato que se relame, pero de una manera sutil, casi imperceptible, que yo jamás había presenciado, en que quedaba clara la autoridad de la princesa india. De cualquier manera yo estaba feliz, porque logré callarle la boca, y vi que los demás también. Supe entonces que la India Bonita también podía ser la India Mamona.

Revisamos el comercial, se añadieron detalles que enriquecían y todos quedamos satisfechos. Eran las ocho de la noche, bai, nos vemos mañana, y la invité a cenar. Estábamos más a gusto. La confrontación bajó los decibeles y puso las cosas en su proporción. Voy bien, voy bien, me decía, pero qué hermosa mujer, Dios mío, no se me irá por nada del mundo o mejor me mato. Palabra que me mato, yo me muero donde quera. La Helena me fascinaba, me encantaba perderme en la delicada solidez de sus facciones: la boca de labios delgados pero elegantemente sensuales; la maravilla de la nariz (me pierden las narices bellas), recta y casi a punto de pasarse de tamaño. Y los ojos, infinitos como le decía William Blake a las mentes limpias. El azul tenía matices insondables y en constante transformación. Esa Helena era muchas, pero todas las facetas se equilibraban como en un diamante. Tenía la virtud de ser consciente de su belleza en la proporción justa, y si estaba de humor y creía que no entrañaba peligros, consentía en dejarse admirar, observar bien, paladear con los ojos. La autoridad con que hablaba se debía a su inteligencia, sus conocimientos y su personalidad. Por nada del mundo permitiría que se me fuera ruidosamente en su ZX4 como la vez anterior.

No quiso cenar, y no insistí en las tres veces siguientes en que trabajamos juntos. Cuando la campaña estuvo lista la volví a invitar. Esa vez no dudó y fuimos a una restaurante de comida papúa-nuevaguinesa, para entonces el colmo del exotismo. Le pedí que me hablara de los Laboratorios Wise. Para mi sorpresa, Helena se desahogó poco a poco. Su tío Orestes acababa de fallecer y su muerte le dolía por cruel. El menor de los Wise había encontrado en México algo parecido a la felicidad con la filial de los laboratorios, Ángela, Helena y el país mismo. Bueno, hasta donde era posible en las condiciones tan negras y las arbitrarias, cada vez más constantes, intrusiones en las intimidades que se practicaban con el pretexto de proteger a la población. George Orwell, *1984*, el doble pensar y *Big Brother is watching* se quedaban chicos. Pero ésa es otra película.

Un día, Ángela, "la compañera de Orestes", cumplió

años, cuarenta, y el tío la llevó a cenar, pero él estaba tan contento que rebasó su dosis natural de dos Jack Daniels, se tomó el tercero y, eufórico, insistió en que Ange comiera una langosta thermidor que en ese restaurante era famosa. Para su sorpresa, la sirvieron casi al instante. Sabe rara esta langosta, comentó Ángela. ¿Sí?, dijo él, quien había ordenado salmón a la parrilla. A los postres, con la tercera copa de vino, como quien no quería la cosa, Orestes se tomó un viagra quinientos; ella no se dio cuenta porque no se sentía bien. Al llegar a la casa sólo quería descansar. Pero Orestes proclamaba con entusiasmo haber hallado el equilibrio perfecto entre el viagra y el alcohol; su erección rezumbaba y no admitía indisposiciones, así es que jineteó a Ángela en la sala. Vio que ella claramente se sentía mal y que algo la empeoraba con rapidez, pero los altos wattajes de excitación eran invencibles y en la recámara volvió a poseerla con frenesí. Después de eyacular por segunda vez, de pronto sintió que algo andaba muy mal. Ángela había perdido la conciencia y de la boca le brotaba una espuma casi sólida. Horrorizado, Orestes llamó a una ambulancia y al médico tan bueno que le recomendó Perezalonzo, pero fue tarde y ella murió en el hospital.

Después se supo que el gran cocinero del restaurante donde cenaron, un temperamental guerrerense prestigiadísimo por su genio culinario, adoraba a su esposa sin saber que ella le era infiel con cualquier cosa con pantalones. Llevaba años de furor extramatrimonial. Un día el cocinero encontró muerto a Vicente, el fox terrier adorado de la patrona, que se comió a dos ratas putrefactas, cuyos restos indigestos había vomitado tardíamente al sentirse morir, y buscó el rincón más oscuro y apartado;

quién sabe dónde halló esas ratas, en la cocina no, porque siempre estaba impecable. También era un enigma por qué se las comió si estaban descompuestas ya y además el fox tenía alimentos en abundancia y su ama era capaz de darle de comer caviar de boca a boca. Para colmo, ese día era el cumpleaños de la dueña del restaurante, una viuda seca detestada por todos por explotadora, fría, dura, y que además obligaba a los garroteros y pinches a acostarse con ella en medio de altanerías e insultos sibilinos, porque era inteligente la condenada. El cocinero la odiaba en especial porque no le daba su lugar y además presumía de que ella misma preparaba las langostas thermidor, la especialidad de la casa, cuyo sabor especial se lo daba un ingrediente que sólo él sabía.

En ese momento el cocinero dejó el cadáver y sus eyecciones donde estaban y buscó a la patrona para informarle de la muerte del perro, por nada del mundo quería perderse la histeria con que reaccionaría, pero ella había salido, y el cocinero, muy alterado, decidió tomarse un sedante, así es que dijo ahorita regreso, fue a su casa y encontró a su mujer en uno de sus incontables adulterios. Una furia fría lo llenó, tomó los cuchillos más grandes de la cocina y con ellos destazó a su esposa y al amante aún enlazados. Después decidió suicidarse, pero pensó en darle un aventón a su patrona. Dejó los cadáveres ensangrentados en el lecho conyugal, regresó al restaurante y preparó dos de sus afamadas langostas thermidor, pero esa vez les añadió un puré preparado, con gran dedicación y numerosas especias para que supiera bien, con el estómago y las tripas envenenadas de Vicente Fox Terrier y con los restos informes de las ratas purulentas. Terminó justo cuando regresaba la patrona. No le dijo nada del perro y en cambio le ofreció una langosta muy especial que le había hecho por su cumpleaños. Ah, qué bien, dijo la señora, y ordenó que se la sirvieran inmediatamente en su mesa preferida, ¿nadie había visto a Vichentito Lindo? El cocinero sonrió con sorna amarga, abrió una botella de vino blanco y llevaba ya comida la mitad de la cola de su langosta envenenada, cuando un mesero le pidió: Trabaja thermidor especial para la jefa. Pero cómo, dijo él, con la boca llena, si ya le hice una y ya se la llevaron. Pues sí, pero un cliente asiduo y muy platudo, un gringo ruquito, pidió una para su esposa, y la jefa, que los atendió personalmente, le dio la suya, así es que te preparas otra de volada.

Orestes no le avisó a nadie de la muerte de Ángela, ni a sus familiares, y él se encargó de todos los trámites, la veló y asistió a su cremación. Helena había ido a Puebla, pero de ahí decidió seguirse a Ayautla a ver a su madre pero especialmente para colectar varias yerbas que sólo se daban ahí y que necesitaba. En tanto, Orestes Wise esparció las cenizas de Ángela desde lo alto de la ruinosa Torre Latinoamericana. Después se encerró en la casa de Coyoacán, mandó pedir una pierna de cordero para diez personas, escamoles y gusanos de maguey, que le fascinaron desde que llegó a México, y destapó una botella de Chateau Margaux de dos mil quinientos euros. Comió con las manos, rápidamente, lo más que pudo, que fue bastante, y la botella de vino fue seguida por una de pernod. Hubiera preferido ajenjo, pero tardaban meses en conseguirse en el mercado negro. Después, ya borrachísimo y tambaleante, fue a su estudio y se tomó un frasco completo de Valium y otro de Ritalín, que deglutió a grandes tragos de pernod combinado, en el último instante, con chinchón, coñac, y una campechana de cerveza Montejo, clara, y León, oscura.

La sirvienta descubrió el cadáver, localizaron a Helena en Ayautla y ella regresó al instante. Mi viuda siempre fue una mujer recia y asimiló bien la muerte de Orestes Wise en el plano consciente, aunque le pareció un tanto operística, en cierta forma como una versión grotesca del pacto suicida de los abuelos; pero en los sentimientos fue devastada, amaba a su tío como a su madre o su abuela, él le dio su apoyo decisivo, irrestricto y sin titubeos en Boston, al volver a México y especialmente en la agencia de publicidad. Por lo que Helena contaba, Orestes ("divino, mi tío") era bueno en el mejor sentido de la palabra, como dicen que fue Héctor Wise. Qué habría sido de Helena si su tío no se hubiese ido por ella a Ayautla para llevarla a Boston. El tío significaba el padre. Y los abuelos, que sin duda eran lo mejor de Estados Unidos.

La parte anticlimática en la relación con los Wise fue con su tía Ifigenia y, en menor medida, con Jasón, quien prácticamente había tomado control de los laboratorios porque su padre, Ulises Wise, nunca mostró gran interés. Como estaban lejos, ellos nunca sucumbieron al hechizo ni entendieron el fervor de los padres y de Orestes por Helena; jamás les gustó que Orestes se fuera tan fácilmente *tras* ella, no *con* ella; además, primero al tío Ulises y luego al primo Jasón les desagradaba la filial mexicana; a Ulises porque lo obligó a meterse en algo que ya había salido de su mente; sólo accedió a regresar a Boston cuando Orestes invocó el sagrado juramento del recinto. Jasón, por su parte, envidiaba que en unos cuantos años Orestes hubiese vuelto no sólo lucrativa sino respetable la filial de la ciudad de México; con los nuevos productos a partir de viejas plantas mexicanas se había creado una revolucioncita en el mercado. Ifigenia, por su parte, resistió las fuertes tendencias de afecto que sentía por la pequeña Helena, lo cual no fue difícil porque estaban de costa a costa y después en países distintos, aunque vecinos.

Ninguno de ellos quiso viajar a México y decidieron que los restos de Orestes se quedaran en Boston. Helena no puso la menor objeción y viajó con el cadáver. Después de los ritos funerarios tuvieron una junta de negocios. Todos querían que la filial de México se desmantelara. Es absurdo, la empresa deja bastante dinero y tiene una reputación envidiable, argumentó Helena, hasta que comprendió que precisamente por eso sus parientes la querían cerrar; ella se había apartado tanto de los laboratorios, tan bien dirigidos por su tío, que no sentía autoridad alguna para discutir. Se decidió entonces que Perezalonzo iniciara el cierre de la empresa. Helena les indicó que los laboratorios ya habían echado a andar una costosa campaña de publicidad, la cual se hallaba cerca de terminarse y era imposible detener, a pesar de la broma cruel que implicara ganar clientes para una empresa que iba a cerrar. Los parientes tuvieron que aceptarlo, no te va mal a ti, pequeña Helena, ya sabemos que la campaña se encargó a tu flamante compañía de publicidad, dijo la tía Ifigenia.

Helena terminó de contarme la triste historia de su tío ya en mi casa, para entonces un condominio horizontal que rentaba en San Jerónimo. Se dejó conducir del restaurante a mi casa mientras conversaba, como sin darse cuenta. Estaba triste y a la vez contenta, "me siento bien pero me siento mal", como cantaba años antes Cecilia Toussaint. En la sala me dijo: A nadie le habría contado todo esto. Gracias por escucharme. Era el momento perfecto para besarla y entonces nos hicimos el amor lenta, suavemente, relajados, excitados pero bien conscientes de que se trataba de algo predestinado, sagrado en cierta forma a juzgar por cierta solemnidad casi ritual, impensada, en nuestros actos, que tenían la máxima delicadeza pero también el vigor necesario. Todo el tiempo pensaba que hacer el amor con ella en verdad era *hacer el amor*, en verdad crear, inventar el amor, hacerlo surgir de nuestro interior, algo que podíamos empañar con ideas o acciones erróneas. Además, con ella fue diferentísimo que con cualquier otra, pretérita o futura; sólo con ella sentía como si hiciera el amor con la tierra, con una planta o con la selva entera.

Al día siguiente, al despertar del escaso sueño, aún en la cama, antes que nada le pedí que nos casáramos. Me parecía natural, lógico e indiscutible. Helena me miró con sus ojos azules muy seguros, felices, y dijo sí, también como lo más normal del mundo, lo que evidentemente correspondía. Desnudos, sin bañar, sin desayunar, coincidimos en una boda discretísima, unos cuantos familiares y amigos, nada de show social que sería *horrible* con la muerte de su tío. Además, decidimos que en caliente y de repente. Ahí mismo Helena llamó a su mamá y le dijo que iba a casarse. Sí, ya sabemos. Hoy lo soñó tu abuelita, le dijo Santa. Pero mejor que ella te cuente. Me da muchísimo gusto, hija, que Dios te bendiga.

A su vez, Doña Lupe le contó: Soñé que te casabas con un hombre guapo, responsable pero calavera, en el Gran Templo de Santo Domingo de Oaxaca. Era una boda importante, ahí estaba mi hermana Santa, mi mamá y mi hija. Y los seres sagrados. Pero éramos todos los invitados, no había nadie más que nosotros. Tú estabas lindísima con un huipil tejido por los buenos *bixé* que te cuidan siempre. No me gustó que el novio, un hombre tan imponente, se hubiera puesto unos pantalones de mezclilla desgastada y chamarra de gamuza. No te rías, mi niña, déjame decirte una cosa. Tu matrimonio es tu carruaje, ¿entiendes? Te vas a casar pero no serás esposa y cuando todo termine es cuando va a comenzar. Eso es lo que soñé.

Helena, claramente emocionada, conmocionada, incapaz de reflexionar en lo que acababa de oír, después de un momento preguntó: ¿Y tú cómo estás, abuelita? Estoy en paz al fin, mi niña. Tu mamá es una bendición que no merezco. Primero ella y ahora entre las dos preparamos las medicinas que posponen mi dolor, dijo Doña Lupe antes de pasarle el teléfono a Santa. Empecé a comprender los alcances de Doña Lupe como bruja cuando Santa nos informó que su mamá también soñó, o quién sabe cómo supo, que Orestes Wise se había muerto. Me lo dijo de una manera muy triste. ¿Cómo se murió?, le pregunté, pero ella no supo o no me quiso decir. Se mató, pobrecito, le dijo Helena. Por amor. Ay Dios, suspiró Santa. Mamá, quiero que vengan a mi boda, va a ser una cosa muy sencilla. Pero mi inminente suegra se negó a venir a la ciudad de México a pesar de las insistencias de Helena, quien incluso le ofreció aplazar la boda para que llegara.

Yo seguía la conversación con el oído pegado al auricular y no resistí la tentación de inmiscuirme, buenos días señora, yo soy Onelio, Onelio de la Sierra, dije, y le propuse que la boda fuera en Santo Domingo, Oaxaca,

como en el sueño de la abuela, qué maravilla, o en Ayautla mismo. Santa me lo agradeció, pero de plano me dijo
que su hija y yo no necesitábamos de nadie; el matrimonio, a fin de cuentas, era cosa de dos.

En vista de eso, ese mismo día Helena y yo dejamos
todas nuestras ocupaciones y nos fuimos al juzgado civil
más cercano. Vimos que los trámites para casarse eran
muchos y se llevaban tiempo, así es que con los salvo-
conductos que nos proporcionaron varios billetes pero
en especial con la mención de mi tía, la senadora Juana
Fuerte, nos recibió el jefe. Nuestra buena fortuna volvió
a brillar porque el licenciado quería quedar bien con mi
tía Juana, quien, por alguna extraña razón que no men-
cionó, era clave para él. En realidad queríamos que nos
eximiera de los trámites y fijar una fecha para casarnos
muy pronto, al día siguiente o pasado mañana. Si es así,
pos cásense ahorita mismo, dijo el juez y nos dejó estu-
pefactos cuando mandó llamar a cuatro de sus empleados
como testigos. Helena y yo, pasmados, nos mirábamos de
reojo con mutua consternación, porque nunca espera-
mos que todo fuera a ser tan rápido. Y quién sabe por
qué, quizá porque los testigos eran unos desconocidos,
fuera de nuestros nombres dimos datos falsos de fechas
y lugares de nacimiento (hasta entonces descubrimos
que éramos de la misma edad pero asentamos ser diez
años mayores). Yo afirmé que mis padres eran mi tía Juana y Manuel, y Helena de pronto se oscureció notablemente al decir que los suyos eran Santa y Alberto Wise.
Yo sabía que su padre se llamaba Héctor y me sorprendí
al máximo, pero, cuando Helena me contó lo de Alberto con todos sus detalles, incluyendo el ojo, entendí todo
y me pareció pésimo augurio. Desde ese momento le

dije que había que anular ese matrimonio y volvernos a casar con los datos correctos. Ella estuvo de acuerdo al instante.

Como nos casamos de manera tan fácil e inesperada supusimos que se trataba de seguir impulsos y esa misma tarde, sin equipaje, viajamos a La Habana y cenamos cangrejo moro en el Floridita; después nadamos en Varadero y en los Cayos, fumamos puros, bebimos ron y bailamos son en Santiago, y a los quince días regresamos para divertirnos como enanos al ver la cara de todos cuando les informábamos que nos habíamos casado. Nos instalamos en la casa de Helena en Coyoacán, mucho más cómoda y apropiada que mi departamento, y como había pagado la renta adelantada por un año éste se lo pasé a mi cuatejo Emiliano Fuentes. El Sapo Gordo, muy talentoso, venía de la clase media jodida, apenas empezaba a ver lana y la *so-called* buena vida, como siempre la había anhelado, la celebraba en exceso. Se puso feliz con mi condo. Pero desde un principio Helena y yo supimos que construiríamos nuestra casa a nuestro gusto, como después hicimos en Contreras.

A los seis meses, Helena y yo anulamos legalmente nuestro matrimonio y nos volvimos a casar, esa vez con los datos correctos, con la presencia, por el lado de Helena, de sus compas Natalia, con todo y Argelia Argento, y Jacaranda; por el mío, Ciénaga, mi tía Juana, Manuel, mi tía Berta, Rubén Canales y el Sapo Gordo. Santa por ningún motivo quiso salir de Ayautla, tampoco Doña Lupe, que no tardaría en morir.

Para acabar pronto, Helena y yo nos casamos tres veces. Primero furtivamente, lo cual después interpreté como inseguridad o titubeo de parte mutua como mínima resistencia a un impulso invencible e imprevisible. La segunda, cubriendo las normas, fue como una confirmación. Por otra parte, tanto Helena, a su manera, y yo habíamos sido educados en el catolicismo, pero no lo practicábamos, y no se nos ocurrió casarnos por la iglesia hasta que mi suegra Santa lo sugirió como quien no quiere la cosa cuando fuimos a verla por la muerte de Doña Lupe. Ya habíamos ido a Ayautla varias veces, así es que para entonces tenía un trato muy bueno con la Santa. Decidimos darle gusto sin demora, y así como nos movimos para casarnos por lo civil, en esos días lo hicimos para la boda por la iglesia en Ayautla. El cura accedió a las dispensas necesarias sólo por Santa y por el recuerdo de Doña Lupe, quien santa no fue pero sin duda todos la quisieron, respetaron y temieron. Todo era perfecto, salvo las noticias de que Alberto Santiago, el viejo conocido de mi mujer, se había metido en la política, era diputado local por Ayautla y afortunadamente por esos días andaba de viaje. Para nada nos hubiera gustado verlo.

Nos casamos, Helena con el huipil blanco que su madre le hizo, claro, como el del sueño de Doña Lupe. Sólo nos faltó Santo Domingo, pero la iglesia de Ayautla fue lindísima con su modestia. Todos contentos y yo también. Por segunda vez nuestro matrimonio se ligaba directamente a una muerte: a la de Orestes Wise primero, y a la de Doña Lupe, la gran hechicera, después. En cierta forma esos ritos nupciales fueron como limpias. Por tanto, nuestro matrimonio tenía un triple candado de seguridad, pero aún así yo elegí la muerte y Helena fue viuda.

6. Lo que está enfrente de esto

Primeros reportes de Laura López. De pronto me exasperó estar encerrado en medio de las truculencias de León Kaprinski. Llevaba ya no sé cuántos días metido en sus tinieblas y mejor me salí, buenos días don León, a comer a un restaurante, esta vez lejano para no encontrar conocidos. Una gran satisfacción me llenó al sentir el exterior y circular por la ciudad, a pesar de la contaminación, los retenes y las obras inconclusas. Vi que un taxi atropellaba a una viejita y se daba a la fuga sin que nadie, ni yo, tratara de perseguirlo o de avisar a la policía. En un alto un grupo de jóvenes mataba el tiempo en la esquina, pero de pronto llegó un autobús camello de la policía, bajaron más de veinte guardias armados y blindados con cascos y chalecos metálicos que sometieron a los muchachos y los revisaron en medio de golpes, patadas e insultos, siempre con la punta de la metralleta en el cráneo. Un claxon me pedía que avanzara, y lo hice. Mejor que presenciar esas aventuras de la vida diaria.

En el restaurante sonó mi celular. Era la detective Laura López.

Buenas tardes, One, me dijo, confianzudamente. Tengo información muuuuy interesante. Me gustaría verte cuanto antes.

Muy bien, Laura. Estoy en un restaurante de la salida a Pachuca, así que podré estar contigo en algo así como dos horas.

Si no es que cuatro, suspiró. Bueno, yo aquí estaré.

Pero gracias al ábretesésamo de la placa de Kaprinski logré llegar en hora y media. La gorda se sorprendió.

¿Cómo le hiciste para llegar tan pronto?

Tú júntate conmigo y mientras yo te viva no te faltará nada.

Pero, ¿estás vivo, don Onelio?, o debería decir, ¿don Sepelio? Bueno. Lo primero que salió al rascarle a tu asunto fue que tú ya te fuiste a calacas, estás pelas, out, finí, kaput.

Laura, no creas todo lo que se dice por ahí.

Pero, óyeme tú, qué está pasando, por qué estás oficialmente muerto y al mismo tiempo aquí mero, enfrentito de mí.

Primero dame tus reportes y luego te cuento la historia de mi ex vida.

Laura López me tendió un microdisco, que contenía archivos y fotografías. Eran los primeros reportes sobre Helena, mis hijos y Kaprinski, y quedaba claro que Onelio de la Sierra había muerto unos días antes. También proporcionaba información abundante sobre mi familia, desde rutinas hasta estados financieros. De Kaprinski no se sabía nada, sus archivos eran inaccesibles o habían sido borrados. Tenía que ver con calma todo eso.

No es que quisiera, dijo Laura, pero los sujetos a investigar nos llevaron a enterarnos de muchas cosas del pobrecito señor De la Sierra que en paz descansa ahora aquí en mi oficina. Creo que ya huele a insepulto.

¿Cómo qué?, le pregunté, advirtiendo, efectivamente, un hedor debido seguramente a un pedo que la gorda había lanzado. Entonces ella resumió mi vida en diez minutos, con datos correctos aunque resaltaba, desproporcionadamente, mi vida amorosa. Onelio de la Sierra era un donjuán, discreto y todo, mujerómano insaciable, con fama de amador de primera división.

Que sea menos, Laura, dije, pero sentí que estaba excitada, quizá como la editora de *El hombre que amaba a las mujeres*, de Truffaut, qué peliculón, quien se cautiva y desea al autor de las memorias de donjuán que va a publicar. La Laura, de treintaitantos años de edad, morena, estatura media, complexión obesa plus, no era ninguna maravilla, aunque tenía ojos bonitos y algo atractivo. Por otra parte, yo no había cogido en varios días y después de todo las gordas tenían su chiste, como copular en cama de agua, las carnes se movían lodosamente y la sensación era bien rara. Así es que no me anduve con prolegómenos y, como el Piporro, le pedí me resolviera si acaso yo le gustaba cuando ya estaba palpando los pliegues de sus carnes; ella bajó los ojos con un supuesto rubor, abrió las piernas e hicimos el amor en el escritorio. Estaba feliz, al parecer sus telarañosas cavidades no habían sido visitadas en un buen tiempo. Pero yo me concentré en cesar los pensamientos, lo cual fue fácil porque también contuve la respiración, y de esa manera de pronto, sin necesidad de eyacular, exploté en orgasmos intensísimos que no cesaban y que ya extrañaba. Ella se vino muchas veces.

Cuando terminamos, no dejaba de acariciarme y mimarme, aun tendidos, con las pantorrillas colgantes, en el escritorio. Yo correspondí en la medida de lo posible, porque la gorda no inspiraba gran cosa.

Eres el muerto más buenote que ha existido jamás, me dijo y encendió uno de mis cigarros negros.

Yo estaba contento no sólo por los Tremendos Venidones, muy oportunos para mi salud física y mental, *orgasmus retetum venenum est*, sino porque ahora Laura López trabajaría para mí con gusto y yo podría tenerle confianza. Mis suposiciones se corroboraron cuando la oí decir, con absoluta sinceridad y en medio de placenteras bocanadas:

Nunca te voy a traicionar, Onelio, te lo juro. Me hiciste feliz como nadie. Tú tendrás tus razones para armar tanto desmadre. Si quieres no decirme nada, está bien, yo escucho y obedezco, pero me encantaría que me contaras *todo*, bomboncito.

Y lo hice (pero no tiene caso repetirlo), aunque no me gustó nada que me dijera "bomboncito". También reparé en que, tan pronto terminó de fumar mi tabaco, excelente y casi imposible de conseguir, se levantó con toda su lonjuda desnudez, bebió unos tragos de seudotequila (ella no disponía de mis conectes y por tanto de tequila auténtico, que también ya era casi inconseguible) a pico de botella y luego tomó unos pastelitos, regresó comiéndolos y se encargó de esparcir moronas. Vaya, pensé, a ésta le gustan las sesiones de pastel y semen.

Órale, éste es el caso más sensacional que me ha tocado, qué cosa más rara, y mira que en este negocio lo raro es que no haya nada raro, comentaba Laura, pensativa y con una sonrisa de pasmo mientras lengüeteaba pastelitos.

Hicimos el amor nuevamente, esa vez en su silla "ejecutiva", durante casi una hora en la que rehuí los besos en la boca porque en pleno coito, cuando se ponía arriba de mí, tomaba pastelitos y los comía; ya después, satisfecha, el baloncito playero (dijera Gabriel Vargas) mandó pedir comida oriental: arroz frito, pollo mongol, pescado a la cantonesa, rollos primavera, chow mein, chop suey, cerdo agridulce y rigurosas galletas de la fortuna. Bueno, ella se comió la mayor parte porque desde hacía tiempo yo era bastante moderado al comer. La gordis abrió la primera de las seis galletas, y leyó: "Repasa tu vida y cuenta tus bendiciones", y quizá por eso entonces me contó que de niña siempre quiso ser policía; después de la preparatoria se apuntó en la escuela de tiras, de donde pasó a profesional, siempre en medio de burlas sangrientas por gorda, aunque eso no le impedía llevar a cabo las prácticas y ejercicios; era obesa pero fuerte, además de desparpajada, desenvuelta, inteligente; tenía su gracia hipopotámica, así no le faltaron novios con los que conoció el sexo, al cual se aficionó y mucho. Después me contó que tenía una buena dotación de consoladores y juguetes sexuales, además de su coleccioncita de microdiscos tres equis. También llamaba *call boys*, prostitutos de confianza a los que pagaba bien para que hicieran su trabajo sin disgustos, porque no faltó el *escort* que al verla salió despavorido. Ah qué risa me dio. Pero su trabajo de poliducta le apasionaba. Desde el principio demostró capacidades analíticas, pues estudió bien a los clásicos de la criminología, y también a los maestros Poe, Conan Doyle y Dostoievski. Devoraba novelas negras como si fueran pasteles; había leído a John Franklin Bardin y eso nos llevó a una digresión entusiasta de dos fieles que se encontraban. A mí también me gustaban los *thrillers*, al igual que la ciencia ficción, Phil Dick en especial, de quien hice una adaptación loquísima, pero fiel, transplantada a México, qué onda, de su gran novela *Ubik*, mi quinta pélix, que no fue taquillazo como las dos anteriores pero desfiló muy bien en los festivales.

No, pus yo la ciencia ficción ni la conozco, no he leído nada, proclamó, casi con orgullo. Pero entonces, fíjate ricura (ahora "ricura", carajo), que me mandaron a un departamento de procesamiento e interpretación de datos, a donde llegaban los casos menos obvios, digo, los más difíciles. Éramos algo así como *think tanks* de la detección. Ay, yo estaba feliz ahí, me sentía la Shérlocka Holmes.

Sherloca, querrás decir.

Ella rio y siguió como si nada. Me llegaban ya los datos checados del laboratorio, las evidencias físicas y reportes prolijos. Y no es por nada, pero desde el escritorio resolví varios casos importantes, o di las bases para los arrestos pertinentes, y de pronto ahí me tienes ya medio famosona. Nunca pararon de hacerme chistes por lo gordis, pero obviamente apreciaban mi trabajo. Para entonces me llevaba bien con casi todos, menos con una horrible vieja que pusieron de subdirectora, venía de la Procuraduría, y ya sabes que la gente de las Fuerzas es temidísima por ojete, sangre fría, sin alma, así es que la vieja traía esas costumbritas. Le caí gorda por gorda y por eficiente, en especial por mi meticulosidad, porque ella siempre quería todo fácil, arrancar confesiones a chingadazos o con drogas, o sembrar dizque pruebas, y a otro cuento Ceniciento; bueno, pues me detestó, me hizo la vida imposible aplicándome toda la rigidez del reglamento, que nadie seguía por otra parte, así es que mejor renuncié. Como no soy despilfarradora había guardado una buena cantidad y abrí el negocio, con un crédito que me dio mi tío Enrique, un pinche usurero de lo peor, que a mí, como era su sobrina, nada más me cobró con cuarenta por ciento de interés. Chas gracias, tío Jodío. Desde entonces tengo esta agencia de investigaciones, no me va mal, saco gastos, le pago bien a mis chicos, tengo seis investigadores, ganancias moderadas pero buenas, al menos para mí, que en cosas de dinero no soy ambiciosa.

¿No? Pues sabes cobrar bien, comenté, sonriendo.

Bueno, no soy ambiciosa pero tampoco pendeja. Pero a ti te doy el cachuchazo, Onelio, sí, no te voy a cobrar nada por los trabajos más allá del adelanto que me diste. Y no voy a parar las indagaciones hasta que tú me lo ordenes, mi cielo. Me miraba con ojos transparentes, un tanto humedecidos, casi de súplica. Me enterneció.

Bueno, respondió el John Lenón que había en mí, en parte también porque era mejor ser cielo que ricura o bomboncito.

Me despedí de la gorda Laura y volví a la casa de San Ángel a revisar los reportes. Primero el de Héctor. Se asentaba que tenía veintiocho años, estudió economía, daba clase en la universidad y era ejecutivo de nivel medio en el ministerio de Finanzas; tenía tres años de casado con mi linda nuera Marisol, antropóloga social que acabó de ecologista de tiempo completo, lo cual complementaba con sabor humano lo tecnócrata de mi hijo. Les iba bien y tenían a Juan, un niñito de año y medio que me traía pendejo, de abuelo babeante, por gracioso y bonito, como su mamá y su papá (y su abuela y su tatarabuela).

Le pusieron así en honor de mi tía Juana, quien siempre tuvo una afinidad enorme con mi Héctor, por lo cual él la frecuentó mucho, por su cuenta, desde niño; ella influyó para que él estudiara economía y consiguió que el ministerio de Finanzas le costeara el doctorado en Harvard. Helena y yo estábamos dispuestos a pagarlo; bueno, más bien ella por el dinero y la influencia de los Wise en Boston, pero Juana dijo no no, que pague el gobierno. Y lo arregló. En Harvard mi hijo hizo una gran amistad con Jasón Wise, que ya era director de los laboratorios, lo cual le fue sumamente útil después, porque los dos, en cierta manera, hablaban el mismo idioma tecnofinanciero, además de la empatía natural de ser parientes cercanos y afines. De regreso, ya doctorado, mi tía Juana le consiguió un muy buen empleo en Finanzas. Casi al mismo tiempo Héctor conoció a Marisol, que era su antítesis: alegre, desenvuelta, sensible y humanitaria, mientras mi hijo tendía a lo taciturno, al laconismo si no es que a la hosquedad. Dicen que así era su abuelita, mi mamá. Héctor detestaba ir a Ayautla, por ejemplo, a ver a su abuela Santa, pero cuando estaba con ella se volvía otro, se derretía por completo y le hablaba horas enteras. Santa lo escuchaba abrazándolo, acariciándole el cabello, y él lloraba suavemente y luego se dormía en una paz que sólo sentía con su abuelita. Y con su mamá, a quien adoraba y admiraba, aunque claramente no entendía. En el fondo reprobaba todo lo de las plantas, las consultas, las limpias, los remedios, las lecturas de la mano y el tarot, *El libro de los cambios*, el dibujo de mandalas, las flores de Bach, las runas. ¡La astrología! Así fue hasta que Mariano Ramos, ministro de Gobernación, empezó a consultar a Helena, lo cual intrigaba a Héctor, pero, claro, le interesó; después de todo, él era parte del gobierno y no le caía nada mal relacionarse. Pronto supe que habían amistado y desayunaban de vez en cuando.

Yo lo amaba de una forma especial, lo vi nacer en el quirófano (Elio y las gemelas nacieron en la casa) en un parto sicoprofiláctico sin complicaciones que Helena controló como si ya hubiera tenido quince hijos antes. De niño, Hec o Tor como también le decíamos, andaba conmigo a todos los lados, le encantaban las filmaciones, manejaba bien la cámara e incluso un tiempo, hace muchísimo, pensé que podía ser director de cine. Pero siempre fue muy independiente de nosotros, en especial a partir de las visitas a la doctora en ciencias químicas y senadora al parecer vitalicia Juana Fuerte. Un aplauso fuerte para doña Juana. Yo respeté y procuré no interferir, mejor apoyar y alentarlo en sus decisiones. Nuestra comunicación no era fácil, porque, a diferencia de la empatía natural con su abuelita, su mamá, sobre todo con la tía Juana y hasta con su tío Jasón de Boston, él y yo éramos de naturalezas muy distintas, tipos sicológicos casi opuestos, y el *rapport* no se daba, así es que hacíamos un mutuo esfuerzo, facilitado por el amor, para comunicarnos. No me extrañó que no quisiera administrar Producciones de La Exquisita Orquesta de los Mil y me daba gusto ver que su decisión fue correcta pues se rumoraba con fuerza (y sin dolo) que sería nombrado oficial mayor de Finanzas. La tía Juana lo apoyaba, posiblemente Mariano Ramos también (por su cuenta o en todo caso sin la intervención de Helena), pero Héctor solito podía moverse bien en ese medio, para mí más esotérico que la alquimia.

El reporte sin embargo me dejó muy nervioso porque Héctor y otros altos funcionarios de Finanzas desde tiempo antes habían obtenido fondos quién sabe cómo y los tenían en un paraíso fiscal. Pero después accedieron a ser prestanombres de políticos importantes que depositaban grandes cantidades en las cuentas de mi hijo y sus socios. Había indicios de que se estaba lavando dinero y la Procuraduría ya había iniciado una investigación, discreta, de la cual Héctor no estaba enterado. Al parecer, lo habían elegido como cabrito expiatorio a pesar del manto protector de Juana y quizá de Mariano Ramos, pero si el ministro de Gobernación estaba tras él, quizá la investigación era impulsada por sus enemigos políticos, que no eran pocos, y con razón.

Me indigné. No era posible que arruinaran a mi hijo y le hicieran daño, en menor grado, a Helena. Tras pensar un rato, llamé a Laugordis a su casa.

Hola, exquisito señor, me dijo; qué bueno que me llamaste. Con sólo verte se me humedece donde te platiqué.

Calma, fiera, calma, le dije (ahora "exquisito", pensé), y entonces le dicté una nota para Héctor. Le avisaba de la investigación y de que andaban detrás de él, porque lo escogieron como el pagano. Era imperativo detener esas investigaciones. La información era correcta y debía quemar el mensaje una vez leído. "Esto te lo comunica alguien que te quiere mucho, pero que no puede darse a conocer", dicté como final.

Ay sí tú, se ve que haces películas, muy Hitchcock tú, me dijo Laura López, la Cochinita Pibil.

Ignoré el comentario y le pedí que entregaran la nota personalmente a mi hijo sin que nadie se enterase.

Fácil. Considéralo hecho Morquecho.

Me fui a preparar una maría sangrienta cargada, a lo cual recurría sólo en situaciones extremas. Me dolía en carne viva que mi hijo se hubiera metido en semejantes broncas y sólo me consolaba la posibilidad de que mi advertencia le llegara a tiempo para zafarse o desarticular esa lavandería. Él tenía que pararle a sus movidas, pero también había que congelar esa investigación. Poco a poco se fue apagando la angustia. Entonces pasé al reporte de mi segundo hijo.

Elio era soltero, siempre asediado por bello, parecidísimo a Helena pero con tez blanca y cabello castaño claro, como los Wise. Vivía por su cuenta desde cuatro años antes en un departamento por los rumbos de Villa Coapa, y era al que menos veíamos a pesar de que trabajaba con las viejas cuatitas de su madre. El reporte de la Agencia López, cuyas imágenes proyectaba la computadora, no indicaba nada alarmante, salvo que Elio me heredó lo mujeriego, lo cual le fue más fácil porque de su madre sacó lo bonito. Desde chavo las muchachas lo asediaban y él elegía displicentemente. Quién sabe cómo se enteró de mis andanzas eróticas. Bueno, yo nunca les oculté mi biblioteca y filmoteca porno. Elio tenía quince años cuando un día me fue a ver a mi oficina de la productora.

Jefe, me dijo, ya sé que eres un mujeriego.

Quién te dijo eso, le pregunté.

Un pajarito, respondió Elio; siempre sospeché del Sapo Gordo, pero resultó Jos, la hija de Jacaranda (a quien seguramente se lo oyó). Mi hijo me miraba de frente, sonriendo, con una confianza natural pero también cómplice.

Pero si tú eres el galán, mi hijito, respondí por la tangente, eres un muchacho guapísimo y ya he visto cómo te buscan las nenas.

Te lo heredé, papá, dijo, sí es cierto. Ahorita estoy aterrizando en una niña que es un sueño. Está buenísima. En el nombre lleva la fama: Gloria.

Tienes los cuidados debidos, ¿no? Siempre se lo he dicho a Héctor y a ti. Desde niñitos. No vayas a embarazar a nadie porque entonces sí te vas a meter en verdaderas pesadillas.

¿Tú nunca embarazaste a alguna?

Cómo no. De ahí saliste tú y tus hermanos. ¿Quién te anduvo contando cosas?

Para empezar, yo te vi. Tenía como once años y estaba contigo en una filmación. Todo mundo me trataba padre, así es que tú te olvidaste de mí y te metiste en la filmada. Pero en un break vi que en un rinconcito besabas y cachondeabas a una de las actrices. Se fueron al camerino, yo los seguí, y desde afuera los oí coger.

Por suerte me llamaron en ese momento, tenía que ir a los estudios y ahí quedó todo. Me sentía tentado a asumir el papel de mi tío Lucas y de transmitirle mis conocimientos en la materia, pero a mí no me favorecía la pureza y la facilidad zen de mi gurú, además de que yo deseaba ser un padre-amigo, pero Elio tenía la tendencia a querer verme más como a un cuate, supongo que desde esa vez que me siguió a los camerinos con la actriz, ¿quién sería? Creo que con el tiempo, conforme él fue creciendo, logré ser el equilibrio entre el padre y el amigo. Le hice confidencias estratégicas en los momentos adecuados y no pude evitar contarle las enseñanzas de Lucas Fuerte, su tío abuelo, a quien apenas conoció.

Elio tenía también una comunicación perfecta con Helena. No sólo se entendían sin palabras, como ella con Santa, su madre, sino que a él le fascinaban las ondas yerbero-esotéricas de su mamá. La hizo enseñarle sobre los poderes de las plantas, sus medios de preparación y combinación, las limpias y rituales, y ella lo instruyó también en las echadas de tarot, las consultas al *Libro de los cambios*, la astrología y la interpretación de cartas astrales; también en las flores de Bach, el yoga, la meditación. Le habló de los hongos alucinantes, y como insistió tanto, Helena consintió en mandarlos traer de Ayautla. Elio tenía doce años, como ella cuando se inició en los alucinógenos. Me invitaron a la velada, pero como el tío Orestes Wise años antes, preferí pasar. Ellos se metieron en la choza del sótano, que la Bruja Bonita había mandado a hacer a imagen y semejanza de la de su abuela Doña Lupe. Ahí comieron una docena de hongos cada quien y viajaron toda la noche. Las gemelas ni cuenta se dieron, pero Héctor sí; él estaba fascinado y horrorizado al mismo tiempo. Tenía catorce años.

Papá, Elio y mi mamá están comiendo hongos alucinantes.

Sí, ya sé. No hay problema, hijo. Tu mamá sabe muy bien lo que hace. Tranquilo.

Pero a mí no me invitaron.

¿Hubieras querido?

¡No! ¡Nunca!

Pero por qué.

Porque es una droga, ¿no?, peligrosa además.

No no, es algo que hacen los zapotecos y otras etnias desde hace milenios y que ha sido objeto de atención de los académicos más grandes del mundo entero. Tu mamá es heredera de una tradición ancestral y riquísima, pero eso lo sabes desde hace mucho. ¿Quién te dijo que los hongos alucinantes son una droga peligrosa?

Mi tía Juana. Dice que no le gusta para nada que mi mamá sea bruja. ¿Mi mamá es bruja, papá?

Sí, hombre, y de las mejores. Pero no como la de Blanca Nieves. En realidad a gente como ella les dicen chamanes, porque combinan el trabajo de la mente con las plantas.

Es que a mí todo eso me da una cosa, no sé, no lo entiendo.

Es otro tipo de curación para quienes lo necesitan, Héctor. Algo mucho más amplio, más antiguo. Bueno, depende de cada caso. Tu mamá es como una doctora de otro tipo. Como una sicoanalista. Técnicamente, es consultora privada, ése es el título oficial de su trabajo.

Cuando descendieron del viaje de hongos de los doce años, le pregunté a Helena: ¿Qué tal? ¿Qué onda con Elio? ¿Cómo lo viste? Le gustan las plantas, ¿verdad? Sí, pero no tiene el llamado, respondió la ciberchamana. Es algo pasajero, le va a servir. Después de su viaje iniciático, que nunca me quiso contar, Helena tampoco, Elio se volvió mucho más seguro de sí mismo y por tanto aumentó su actividad amorosa. Eso sí, ya no se interesó tanto por las plantas aunque varias veces se quedaba muy calladito en un rincón durante las consultas de su madre.

El reporte informaba que también era bisexual, lo cual sabíamos todos porque nunca lo ocultó, incluso exageraba discurseando sobre la naturaleza bisexual del hombre. Bájale de volumen, le decía yo. En esos momentos Elio se hallaba en una fase gay y vivía una relación muy discreta con un joven músico de etnotrónica. Suspiré. Siempre pensé que si a Elio le daba por batear por los dos lados por mí podía hacer de su culo un papalote. Yo qué podía decir. Además, en él la belleza lo hacía entendible. Tenía algo yin, una sensibilidad casi femenina sin dejar de ser viril. Bebía, pero no demasiado, y a veces fumaba mariguana o aspiraba líneas de coca o le entraba al metéxtasis. Me sorprendió enterarme de que, todos los años, en las lluvias, alguien de Oaxaca le mandaba hongos y él se iba con algunos amigos a comérselos en Chalcatzingo, Morelos, uno de los sitios más prodigiosos del mundo. Elio hacía tai chi y meditaba. También era cinéfilo, al igual que Héctor, y compartíamos el gusto por muchas películas que les enseñé desde niño o que descubrimos juntos conforme crecían. El cine era un gran puente de comunicación con mis hijos.

De niños, Héctor y Elio eran una maravilla. Me gustaba mucho verlos jugar con el play station o algo semejante. Se llevaban dos años, se entendían muy bien y se querían mucho. Eran diferentísimos en carácter, físico, gustos e intereses. A Héctor desde muy niño le gustó la música clásica, en especial la barroca. Un tiempo trató de aprender piano pero no se le daba. Pero nunca dejó de escucharla y antes de los veinte años era un buen conocedor. Gavin Bryars y Ärvo Part lo acercaron a la música ambiental hecha por rocanroleros. En cambio, como yo, Elio tuvo su grupo de rock desde la secundaria, se llamaba Sangre de Cristo y era ultrapesado, ruidosísimo. En prepa en cambio participó en El Callejón del Blues, que (a la voz de *el blues no muere, se toca, se toca, igual que en mil novecientos treinta y seis, oyeló*) recreaba el blues áspero y pesado del siglo muy pasado, en el que también fui navegante. Pero Elio tampoco tenía vocación por la música y un tiempo rumió la idea del cine, pero al final le entró al diseño gráfico, porque desde chiquito dibujaba muy bien; hacía dibujos abstractos, a veces medio geométricos, de colorido intenso, o pequeñas historietas absoluta y mañosamente incomprensibles, porque pretendían ser "esotéricas", influencia de la mamá, claro; a mí me divertían mucho. Bueno, al menos por esos momentos Elio no andaba al borde del precipicio como su hermano Héctor. Pasé entonces a las gemelas.

Yo adoraba a mis hijas, a quienes bautizamos Lupe y Santa, como su abuela y tatarabuelas. Mis niñitas llegaron porque tenían que venir, pues ya no queríamos más hijos, aunque yo, en el fondo, tenía ganas de una niña. Pero falló el diafragma y ahí estaban las gemelas, ellas sí unicelulares, idénticas; desde muy pequeñas se divertían confundiendo al prójimo, y a veces hasta a mí me engañaban. A Helena, a Héctor y a Elio jamás. Eran unas canijas y, como sus hermanos, opuestos complementarios. Lupe siempre fue platicadora, extravertida, teatral, exhibicionista, mientras Santa hablaba poco porque buceaba perennemente en sus riquísimas vistas interiores; aun en medio de gente parecía estar en otro mundo. Pero eran inseparables y les fascinaba aprovechar la absoluta semejanza se vestían igual, estudiaban, jugaban y salían juntas. Eran como un mundo propio. Cuesta trabajo penetrar en ellas, reflexionaba Helena, pero se puede. Mi abuelita, que también fue gemela, las descifraría al instante. Aun después, cuando empezaron a salir con chavos, de alguna manera se las arreglaban para que fuera en cuarteto.

Helena las adoraba, se advertía en sus ojos cuando las miraba sin que ellas lo notaran. Pero por eso mismo, cuando era necesario no dudaba en recurrir a la severidad, "lo más difícil es romper la voluntad de un niño". No estaba mal, porque yo tendía a consentirlas, aunque a veces consideraba que había una competitividad natural entre las tres. Lupe era cleptómana, rata vil. De niñita se traía juguetes de otras casas, luego perfumes y cosméticos, o ropa; pasó entonces a saquear abrigos y bolsos apilados en las fiestas, y al robo furtivo en supermercados, librerías y tiendas de discos, en lo que se volvió experta. A nosotros nos rateaba continuamente, a veces la descubríamos y entonces venían las regañizas; las mías eran duras, nalgadas cuando chiquita, pero Helena, en ese plan, podía ser tan drástica y lúcida con las palabras, que inoculaba auténtico pavor. Nada de golpes o castigos. Sin duda esas admoniciones cuasi bíblicas tuvieron efecto, porque Lupe se contuvo, o al menos con Helena y conmigo. Nos siguió rateando, pero cantidades pequeñas y más como obstinado símbolo de carácter y autoafirmación, así es que a veces nos hacíamos pendejos. O yo me hacía. Santa por su parte recriminaba a su hermana por las raterías y discutían vivamente. A Santa no le preocupaba la idea de hacer algo malo, pero le molestaba mucho el peligro inherente y la humillación subsecuente si las cosas fallaban. Pero siempre la cubrió y en cierta forma compartía el botín. Era cómplice con todas de la ley. Sin embargo, su condición unicelular las hacía distintas, y eso propiciaba el mundo propio que formaban, en el cual operaban otras leyes, y las de éste, el de todos, eran para ser toreadas. Por suerte, Lupe nunca fue sorprendida en los robos y con la edad se le fue quitando, aunque siempre había que estar con los ojos bien abiertos con ella.

Desde la secundaria, quizá por influencia de Elio, les dio por cantar, componer y tocar guitarras eléctricas, teclados electrónicos, batería. Pronto formaron un dueto supuestamente de "rockabileras". Se llamaba La Exqui-

sita Orquesta de la Paz y luego de los Mil, y se especializaba, entonces, en "cybernoise-trance ranchero de garaje".
Primero sonaban como La Sangre de Cristo, el primer
grupo de Elio, pero pronto mejoraron. Tenían quince
años y eran dignas descendientes de la línea de las santas
helenas, sólo que blancas, de pelo castaño y con los ojos
azules de los Wise. La televisión comercial quiso reclutar-
las, pretendían que se llamaran Las Gotas de Agua, ases-
tarles un uniformito sexygazmoño y grabar música inane
con ritmos de robotito. Las gemelas se negaron, muertas
de la risa, y sólo dijeron, más bien Lupe dijo, que ésos
querían que de Las Gotas pasaran a Las Ver Gotas. Más
bien Ver Gotitas. Ah cómo se reían. A quién le habrán
heredado, murmuraba doña Helena. Pues a ti, mi reina.

Las nenas se ganaron mi respeto cuando siguieron
estudiando, comunicación como su madre, sin dejar a la
Exquisita Orquesta de los Mil, que se perfiló por las vías
alternativas. El esfuerzo daba resultados, lentos pero
bien arraigados. Ellas no tenían prisa. Grabaron un disco en una compañía independiente, que fue bien recibido por creativo e inventivo. La Exquisita Orquesta cada
vez tenía más tocadas, invitaciones, notas, reportajes,
entrevistas y sus primeras portadas en las revistas *ad hoc*.
Ahora se presentaban en El Acordeón, de donde salí más
afligido que escandalizado al verlas en su fase reventada.
Con tan sólo recordarlo me estremecía profundamente.

El reporte, en efecto, asentaba que el mayor peligro de
las gemelas en ese momento eran las drogas y la disipa-
ción. Su carrera profesional iba muy bien. Su agente, Anya
Herralde, era efectiva y las había hecho subir, aunque ella
también era muy dada a alocarse. Ya habían iniciado la
grabación de su segundo microdisco, ahora con YEP,

una compañía con mayor penetración en la industria del espectáculo. Ganaban bien, pero no demasiado, y a veces se veían en apreturas económicas, pero podían cristalizar, o eso decía Anya Herralde, en un fenómeno de éxito ante el público más sofisticado y el más popular. No parecían tener novio fijo, pero salían con más de diez hombres indistintamente, casi todos músicos o amigos de ellos. Había fotos digitales de mis hijitas en plena actuación, en su casa, en muchas fiestas, pero también en pequeñas orgías o en pleno acto sexual con distintos hombres en su casa o en la de ellos, juntas o cada quien por su lado. En los últimos días habían visitado varias veces a su madre y comieron con Héctor y Elio. Al menos mi muerte los había acercado.

Suspiré profundamente. Por alguna razón, creía que Lupe y Santa rebasarían los peligros, quizá más pronto de lo esperable, porque no se detenían, estaban más activas, creativas y efectivas que nunca; por otra parte, la presencia pública tendría que hacerlas más cuidadosas, y en vez de hundirlas quizá las volviera "felices en la perseverancia". Quise hacer algo por ellas, pero fuera de las vibras de su mamá, siempre más efectivas, no sabía qué, y opté por pasarles una lana anónimamente, qué tal si ése era uno sus momentos de estrecheces. Ellas nunca pedían nada desde los dieciséis o diecisiete años, eran muy orgullosas pero sin caer en la soberbia y se las arreglaban con tocadas y con los atracos de Lupe, seguramente superados o apaciguados porque el reporte no hablaba de eso. Las siguieron a todas partes varios días y ni una vez la cleptomanía había aparecido. Me pasé a la computadora y rápidamente hice una transferencia de fondos sustanciales pero no desmesurados a la cuenta de mis hijas. Afortunadamente me traje mi agenda vital, en mi primera incursión a mi casa de Contreras, en la que tenía datos importantes de Helena, mis hijos y míos. Sonreí al pensar que ahora decía: mi casa de Contreras, mi casa de San Ángel.

Leí el reporte de Helena. Después de una mínima biografía y currículum, en los días recientes mi viuda había estado muy activa en cuestiones concernientes a mi muerte, pero había visto varias veces a mis hijos, juntos y por separado, y también sus amigas Natalia y Jacaranda. Atendió a un mínimo de cuatro personas cada día, a unos en el consultorio de su casa y a otros en cafés o donde ellos vivían. Cenó una vez con Mariano Ramos, el ministro de Gobernación, pero las demás noches se había ido temprano a su casa, o de plano no había salido de ella. Tampoco nadie había ido a visitarla.

Se sabía que el ministro la veía con cierta frecuencia. Desde casi un año antes había empezado a consultarla y evidentemente le tenía una confianza enorme y seguía muchas de sus ideas, por lo que poco a poco cada vez más gente creía que Helena tenía tal influencia en el ministro que era bueno cultivarla, pues Ramos tenía muchas posibilidades de suceder a la presidenta Melania Kurtz, quien simplemente no había podido con el paquete y no logró evitar que Mariano tomara control de mecanismos esenciales del gobierno. Pero todo eso lo sabía yo, me tenía harto, el tipo me parecía repugnante. Nunca pude afirmar que tratara de conquistar a Helena, porque hasta donde vi la trataba con profunda seriedad, evidentemente para hacer sentir alguna autoridad ante una mujer que miraba a través y dentro de él con facilidad extrema. Primero dijo que tenía un estrés insondable, además de migrañas, tics e irritación en el ano sin hemorroides de por medio. Helena trazó su carta astrológica y después le preparó unas curaciones. Desde entonces vi que ella ejercía un invisible poder sobre él, quien, sin perder la solemnidad un tanto forzada porque era un patán, la oía pasmado y seguía sus indicaciones obedientemente. Los problemas pronto dejaron de ser físicos, gracias a los remedios, pero como muchos políticos era supersticioso de clóset y en realidad quería que le echaran la suerte y saber sus posibilidades de ser presidente. Helena entonces le vio la mano y le echó el tarot. No había nada claro, concluyó, algo aún indefinido tenía que ver con una mujer y eso decidiría si sería presidente. Carajo, ojalá no sea la Culona, exclamó él, porque así le decían, delicadamente, a la presidenta Melania Kurtz. Poco a poco el ministro fue pidiéndole consejos sobre su vida política. Helena trataba de rehuir en lo posible toda relación con esas cuestiones, que crecientemente implicaban información peligrosa, pero la verdad es que muchas veces las veía con tal claridad que no evitaba indicar cómo enfrentarlas. Era algo reflejo, usual en ella, y le costaba trabajo contenerlo. Sus ideas por lo general funcionaban, así es que Ramos la consultaba con frecuencia creciente. Yo no paraba de decirle a mi mujer que se deshiciera de ese tipo, fuente inagotable de mal karma. Nada bueno saldría de ahí. Pero ella no me oía y por primera vez pensé que ese tipo la oscurecía y la endurecía, se había creado una extraña transferencia entre ellos.

En ciertos casos Helena hacía limpias, siempre distintas según cada caso, y en circunstancias muy especiales eran en el temascal, que por supuesto mandamos a hacer con adobe del bueno desde que construimos la casa de

Contreras, en la que Helena insistió en que hubiera un sótano, dentro del cual mandó hacer una choza de palmas y palapa como la de su abuela en Ayautla. Pero eso fue después, primero nada más quiso el sótano. Las limpias en el temascal eran sin ninguna ropa. A mí me las hacía de vez en cuando y siempre se me paralizaba la atención al verla en su impactante desnudez, me costaba trabajo no tirármela ahí mismo porque ella, impasible, lo impedía, lo cual estaba muy bien porque nada hay nada más extenuante que hacer el amor en temascal, sauna o vapor. Esas limpias las reservaba a algunas mujeres, pero en un par de ocasiones consideró necesario hacérsela a hombres, a quienes les cayó muy bien pero también pudieron ver las glorias helénicas. Ramos también quiso su limpia en temascal, pero, claro, ella le dijo que no la necesitaba. Fue cuando comprendí que, aunque aparentara lo contrario, Mariano codiciaba a Helena. Se lo dije, pero ella respondió que la onda no iba por ahí para nada. Pero después de eso me di cuenta de que ella lo trataba con tacto y cuidados extraordinarios, y varias veces intentó suspender las consultas, pero él insistió. Después le pedía que le hiciera "trabajos" a sus adversarios políticos y Helena lo paró en seco pero riéndose. Ella no hacía seudobrujerías. Entonces eso no existe o qué, replicó él. Sí existe, pero a mí no me interesa. Tampoco hacer venenos. ¿Sabes hacer venenos? Claro.

Mariano Ramos estaba divorciado, Helena ahora era viuda y yo veía venir con claridad una ofensiva total para conquistar a mi mujer. La indignación me obnubilaba por momentos. No podía ser que mi muerte favoreciera primero al Sapo Gordo y después a Marrano Ramos. Qué le pasaba a Helena. Había que evitarlo a cualquier costo. Pero cuando creí haber terminado el reporte descubrí una parte final. El gobernador de Oaxaca, Alberto Santiago, mejor conocido como el Tuerto o el Indio Tuerto, por alguna razón aún desconocida había ordenado indagaciones sobre Helena. Alberto Santiago pertenecía al partido de oposición, PDA, y dada la debilidad de la presidenta Kurtz había logrado constituir un feudo hasta el momento inexpugnable en Oaxaca y poco caso hacía del gobierno federal. Era un problema para Mariano Ramos, y quizá por esa razón investigaba a Helena, a quien se asociaba con el ministro. Mal karma de mi mujer.

Recordé al instante el desfloramiento de Helena con el ojo de Alberto como una especie de pago atávico, algo de una naturaleza tan hermética que no entendía. De unos años atrás habíamos visto que el tuerto progresaba en la política: de presidente municipal pasó a diputado federal, después a una senaduría y finalmente a la gubernatura de Oaxaca, arrancada a la fuerza al partido en el poder que realizó un fraude burdo. Alberto levantó el apoyo del estado y a través de una decisión de la Suprema Corte se instaló en el gobierno y vivía constantes escaramuzas con la administración federal. Usaba un parche negro y tenía fama de peleonero, se sentía predestinado y creía que sólo él podía ordenar el país aunque fuera a punta de balazos. Así estaban las cosas en ese momento. Alberto no buscaba a Helena para pegarle al ministro. Mi viuda le había sacado un ojo, y yo estaba seguro, quizá por deformación cinefílica, de que él ansiaba la venganza o, en el mejor de los casos, una explicación. La venganza es más exquisita cuando se sirve fría, como citaba Tarantino.

Dentro del centro. Desperté temprano, escogí un traje elegantísimo y lo complementé con barba, bigote y cabello canoso, ralo. Me veía como anciano elegante de película. En la bolsa pañuelera del saco había unos anteojos de lectura tipo abuelo. Perfecto.

Buenos días, don León, me dijo el del estacionamiento cuando salía en la Hot Roamer, sin extrañarse de mi atuendo, quizá ya acostumbrado a que en ocasiones Kaprinski se disfrazara. Fíjese, agregó, haciendo que me detuviese; lo vinieron a buscar, yo creí que no estaba y eso dije. Es un caballero que otras veces ya ha venido a verlo. Me dejó esta tarjeta. Perdóneme si el error fue grave. Me la dio. Era de Daniel Escamilla, al parecer el tipo de La Legión que días antes me había regañado, y hasta cierto punto amenazado, por el vidcel. *Ve el servidor, urge*, decía.

Jefe, agregó el vigilante, hay emergencia ambiental, mejor póngase la mascarilla.

Abrí la guantera y efectivamente ahí estaba la protección contra el veneno en los aires, un tapabocas de seda con filtro delgadísimo como membrana que debía cambiarse cada mes. Me lo puse. Como siempre que debía hacerlo, me sentí personaje de *Mad Max II*... ¿Por cierto, cómo andaba de gasolina? Bien, qué bueno porque estaba racionada, además de las colas larguísimas para comprarla, y a qué precios, aunque seguramente con la placa de las Fuerzas de la Paz me la proporcionarían sin problemas. A ver. Me detuve en una gasolinera, custodiada fuertemente con policías armados y tan protegidos que parecían con armadura. Seguíamos en *Mad Max II*. La placa me abrió camino mágicamente y me despacharon al instante. Todos iguales, pero Kaprinski y yo más iguales que los demás, pensé orwellianamente.

Eran las nueve. Mi mujer solía salir hacia las diez u once. Años antes por lo general caminaba, paseaba, muchas veces conmigo, pero cuando las cosas se pusieron duras, optó por una caminadora y una bicicleta fija en casa, y en las salidas matinales visitaba a sus amiwitas, iba de compras o arreglaba asuntos antes de llegar a las doce a sus oficinas para las consultas. Atendía dos personas antes de comer en la casa, muchas veces conmigo salvo cuando tenía filmación, y después de un breve reposo (a partir de los cuarenta años de edad nos acostumbramos a torear los horrores de la digestión recostándonos un rato después de comer), Helena volvía a las consultas: tres más, de cinco a ocho. Entonces, si no tenía compromisos, lo cual era frecuente, se iba a la casa y veíamos películas, leíamos (ella más que yo), conversábamos (nunca perdimos la facilidad de comunicación), hacíamos el amor (mínimo cinco veces a la semana, diario si se podía) o simplemente estábamos juntos.

Me aposté a distancia prudente y a las nueve treinta Helena salió en su auto Cipolite. La seguí de lejos, ahora sintiéndome como James Stewart en *Vértigo*. Fuimos al centro, cada vez más ruinoso con todo y contrastantes edificios lujosísimos protegidos por guardias armados. Helena dejó el coche en un estacionamiento, al igual que yo, y casi la perdí unos momentos, pero la reubiqué cuando entraba en una torre de oficinas. Una notaría instalada a todo lujo ocupaba el piso treinta y siete. Más cuestiones relacionadas con mi muerte. Pobre Helena. Nunca hice testamento. En todo caso, acta notarial de por medio, *yo ya no era yo ni mi casa era mi casa*. A la hora y media mi viuda salió con paso firme, ni lento ni rápido. Muchos hombres la seguían con la mirada. Claro. Helena destacaba en cualquier parte.

De nuevo en los autos nos dirigimos al ministerio de Finanzas. ¡Helena iba a ver a mi hijo Héctor! ¿Sabría algo ya de sus problemas? Sin duda. ¿Y él, habría recibido mi aviso? Posiblemente, y había consultado a su madre; era escéptico en cuanto a "la brujería" de Helena, pero bien que le pedía consejo en cosas muy importantes. En efecto, mi viuda se encerró con el doctor De la Sierra. Me consumían los deseos de saber qué decían, pero no hallaba cómo. Era difícil pasar inadvertido, borrarme en esos limbos burocráticos; estaba a punto de regresar al pasillo y esperar la salida de Helena escondido cuando un impulso me hizo sentarme muy correctamente ante la secretaria de mi hijo.

Quisiera ver al doctor Héctor de la Sierra.

¿Tiene cita?

No, pero él me conoce muy bien y no dudo de que aceptará verme unos instantes por muy apretada que esté su agenda. Dígale que lo busca su tío abuelo.

Es decir, Manuel, a quien Héctor recibiría en el acto.

En estos momentos se encuentra en una reunión muy importante, dijo la secretaria, pero supongo que un viejo distinguido como yo le dio confianza y agregó: Si gusta usted esperar creo que puedo arreglar que lo reciba unos minutos antes de la junta que tiene después.

Junta de trabajo, seguramente. De rutina.

No, esto es algo distinto, algo ocurrió, y el doctor está preocupado, me informó la secretaria sin darse cuenta. Después se sonrojó.

Perdone, señorita, pero además de tener que repetirle que es usted una mujer muy hermosa y atractiva, como oirá mil veces al día, permítame preguntarle: ¿el doctor ha recibido un mensaje importante?

Ella me examinó unos instantes, pero recuperó la confianza; entre otras cosas, me di cuenta, porque le gusté como hombre, quizá por lo viejito. Ah, *Electra habemus*, pensé. De súbito se me ocurrió que amaba en silencio a mi hijo Héctor.

Sí, ayer en la tarde un mensajero insistió en darle una carta personalmente. Bueno, se la dio, aunque yo me resistía. Mi jefe entonces se fue casi corriendo a la oficina del doctor Fuentes.

Algo está pasando, dije.

Sí, ¿usted está enterado? ¿Por eso quiere ver al doctor De la Sierra?

Le dije que no, para nada, y le pregunté por el baño de hombres. Me indicó, y esa vez sí me fui al pasillo. A la media hora Helena salió y tomó el elevador. Venía pensativa, muy consternada, y por eso me atreví a meterme en el carro casi lleno. Helena no miraba a nadie y parecía pensar a gran velocidad. Cuando salimos del elevador marcó su vidcel, pero ni remotamente pude acercarme para oír qué decía.

Subimos a los autos nuevamente y enfilamos al sur, yo siempre a buena distancia de ella. El tránsito estaba insoportable y muchedumbres pululaban por las banquetas de las avenidas, llenas de puestos de todo tipo. Después de casi una hora llegamos a San Ángel, en donde empezamos a dar vueltas lentas por distintas callecitas. Varias veces pasamos por mi departamento, o sea, el de Kapri. El corazón me saltó al pensar que, como en *Vértigo*, ella buscaba mi casa, la de Kaprinski. No podía ser. Era bruja pero no tanto. En efecto, finalmente Helena se detuvo en un pequeño café en una callecita perdida y entró en él. Me asomé con las máximas precauciones por el ventanal y la vi hablando con Mariano Ramos, carajo, quien seguramente accedió a verla en la máxima privacidad; salió furtivo de Bucareli y llegó al cafecito sin escolta y en algún auto no oficial que él mismo manejó. El ministro se hallaba en el ojo del huracán y brigadas de periodistas siempre lo seguían. Me pareció que Marrano reprimía un gesto de sorpresa y después una sonrisa al oír a mi viuda antes de adoptar un aire tranquilizador, casi paternal. Ella se encerró en sí misma mientras él aprovechaba el susurrarle algo al oído para abrazarla. Helena se desprendió de él, se levantó, dijo unas últimas palabras y salió, rapidito, rumbo a su Cipolite.

Para entonces yo estaba ya en la acera opuesta parapetado en el quicio de una casa. Casi al instante apareció Ramos, cuidando que nadie lo viera; subió en un subcompacto estacionado cerca y se fue. Yo seguí a Helena, esa vez a su consultoría, que se hallaba en el Pedregal, relativamente cerca de nuestra casa. Ya había dejado plantados a dos clientes porque llegó poco después de la una de la tarde.

Entonces me lancé a Contreras no sin antes hablar, sin dejarme ver, a mi ex casa y decirle a Justo, brutalmente, que habían atropellado a su hermana Cecilia, urgía que fuera al Hospital General. Me vi cruel. La mamá de nuestro fiel sirviente había muerto cuando él y sus hermanos eran muy pequeños, y Cecilia, la mayor, fue la madre caucasiana de todos ellos. Sin duda saldría corriendo a buscarla. Pobre. Ni modo, necesitaba una forma po-

derosísima para hacerlo salir. De cualquier manera, al llegar, toqué el timbre fuertemente y me escondí. Nadie
contestó, así es que entré con mayor confianza. Fui directo al estudio de Helena y encontré el duplicado de las tarjetas-llave de la consultoría en donde debía estar, en el
compartimento de un mueblecito muy cuco de madera
junto a muchas otras. Helena se caracterizaba por el orden
y no sabía cuán útil me era ahora esa virtud.

Salí a la calle y saqué copias de las dos tarjetas-llave,
después, en una cibercabaña envié un mensaje a la dirección electrónica de mi viuda: "El gobernador de Oaxaca
te está investigando."

Volví a la casa y repuse las tarjetas-llave tanto en mi
estudio como en el de ella. No estaba de más. Helena era
muy perceptiva, síquica, como decían los gringos, y al
seguirla como hoy tenía la horrible sensación de que la
India Bonita sentía mi presencia, sabía que yo andaba
ahí, sabía *todo*, de hecho, pero no. Tenía sus poderes pero
no tanto. O quién sabe. A lo mejor practicaba la pendejada controlada. Aunque parezca increíble, yo entendía
estas premisas. Mi actividad cinematográfica y mis experiencias me habían llevado a concluir que todo era de locos, pero había que actuar como si fuese lo más normal
del mundo; cada caso era único y se debían renovar las
tácticas según la situación en turno, ser extraordinaria-
mente flexible y adaptable sin perder la dirección que se
le ha dado a la vida. A fin de cuentas, lo decisivo era
crear un mito propio, el de cada quien, un sentido de la
vida aunque fuera el de Monty Python; elegir un camino,
de preferencia con corazón, y seguirlo sin rigideces ni
reglas fijas, sino con la conciencia de que cada instante es
un universo con sus propias leyes, de que la vida misma

233

modifica las condiciones y por tanto crea lo necesario. Había que renacer, renovarse cada día y estar listo siempre para lo inesperado. *Ser circunspecto y tener una armadura es bueno para la seguridad.*

Bueno, en todo caso, yo ya tenía juegos de las tarjetas de entrada de la casa, de las oficinas de Helena, de la productora y de los estudios de edición. En el refri ya no había cervezas. Claro. De cualquier manera me instalé en el sofá de la sala viendo todo con nostalgia. No había parado en todo el día y descansé apenas unos minutos porque al poco rato llegó Helena. Casi me enojé. Pero qué carajos hacía a esas horas en la casa. Seguramente canceló las citas de la tarde y después de comer necesitó estar sola. Ay mi Helena. Pues otra vez subí a trancos a la planta alta.

¡Justo! ¡Justo!, gritaba Helena. Lo buscó allá abajo y aproveché para meterme en un closetcito en el corredor, entre los cuartos. A tiempo. Helena subió a la recámara y la oí en el baño. Después salió y fue a su estudio. Su fragancia pasó por donde yo me hallaba. ¡Ah…! Por suerte no cerró, para qué, se suponía que estaba sola, ¿sin saberme tan cerca? De cualquier manera, la próxima vez me traigo una minicámara, pensé. Hablaba por videófono.

Alcancé a entender que Héctor estaba en el aeropuerto con su esposa Marisol y Juan, mi nietecito lindo. Salían a Boston en ese momento. Qué rápido se movió mi hijo. Mi oído se afinó. ¿Pasaportes falsos? ¿Pero cómo puede ser eso? Sí, mi hijito, ahí está la casa. Llegando pídele las llaves a Jasón. ¿Qué cosas transferiste? Las cuentas. Qué cuentas. Ah, claro, es que de eso no sé nada. A mí, mis yerbas. No entiendo, esto es más esotérico que los misterios de Eleusis. ¿Pudiste borrar todos los archivos y datos de las operaciones? Sí, hijo, deja que esa gente se encargue de dar la cara y tú vete a Boston en lo que olvidan todo esto, van a querer arrestarte al detectar los movimientos que hiciste, es de rigor. Pero no fue una inocentada, hijo, fue un delito, y grave, me da una vergüenza que no sabes, qué bueno que a tu padre no le tocó ver nada de esto. Está bien, está bien. Mira, a Mariano le dije que me habían contado que andaban tras de ti, no sabía por qué. Me callé que ya te habían avisado y le di a entender que tú no sabías nada. Mariano dijo que él tampoco estaba enterado, pero era algo grave, *muy interesante*, dijo, hmmm, y me prometió tratar de impedir tu arresto, él cree que andan tras de ti, pero, hijo, ¿cómo sabe si no le había dicho nada? Pero, bueno, dime, ¿quién te avisó de que estaban encima de ti? ¿Quién? Yo no, Héctor. Cómo yo. Sí, ya te dije. Es posible que Mariano estuviera enterado, tiene espías en todas partes, pero conmigo fingió demencia. Sí, es muy capaz, es un pendejo. Todos los políticos debieron ser actores, hacen los grandes teatros. Te dije que no intimaras con él.

Me gustó que le dijera pendejo al Mar I. Ano. Después Helena llamó a su oficina. También a nuestros demás hijos y les explicó, o dejó el recado, de que necesitaban reunirse de urgencia. Era normal que quisiera avisarles, porque nuestro primogénito con toda seguridad no diría nada a nadie, ni siquiera a sus hermanos; no le gustaba reunirse con la familia, pero cuando lo hacía siempre estaba feliz. Igual que cuando niño al ir a Ayautla, primero escenitas y luego ¡te quiero mucho, abuelita! ¡Vente a vivir conmigo!

Entonces llamó el Pendejo. Pero si aquí estoy, cómo

que no me podías encontrar, decía Helena, no te habrás esforzado mucho... ¿Qué? No no no, no quiero que me veas, estoy sin maquillar, espantosa.

Espantosa... Estaba divina. Pero al hablar por videófono por lo general Helena suprimía su imagen si era posible, como en los aparatos antiguos. Sólo cuando hablaba conmigo, los hijos o con sus cuatas Natalia y Jacaranda, se dejaba ver, y no siempre.

Helena guardó silencio largo rato, seguramente Mariano Ramos le explicaba todo lo que para entonces ya sabría del lavado de dinero con las cuentas *off-shore* del paraíso fiscal. No lo puedo creer, dijo ella, bastante convincentemente. ¿Cuándo van a arrestarlo? Hay un pequeño margen... Voy a hablar con él ahora mismo para ver qué puede arreglar... Tú puedes hacerlo. Claro. Digo, claro que puedes, tú puedes lo que quieres, hasta la presidenta Kurtz se te cuadra. No es sarcasmo, por Dios, Mariano, es realismo. Sí, le voy a decir que te llame. Ajá. Al de tu secretario. Muy bien. Gracias, Mariano, te voy a estar muy agradecida. ¿Cómo? Claro que te pagaré el favor. Yo sé, esto es *especialísimo*. ¿Cómo? La limpia en el temascal no, ¿eh? Sí, claro, no me extraña que salgas con ésas. No, no insistas, párale.

Helena colgó el videófono y le hizo un gesto de repugnancia. Después sonrió. Yo también; aunque Mariano Ramos codiciaba a mi viuda no sabía aún que mi hijo se había cubierto y para esas alturas quizá ya había despegado hacia Boston. Nuevamente sonó el videófono y vi que mi viuda se ensombrecía y le costaba trabajo controlar la ira. Como con Ramos, sólo activó el audio y desconectó la imagen.

Te dije clarísimo que lo de esa noche fue la única vez.

Lo hice por razones que ni siquiera llegarías a imaginar, mucho menos a comprender. Es en serio, no quiero verte, cualquier cosa que haga falta de la productora o los estudios de grabación házmelo saber a través de mi oficina. Ya no me hables por ningún motivo. No no, no voy a hablar contigo, voy a colgar. Que ya. Párale. Voy a colgar.

Y lo hizo. Me retorcí de gusto al comprender que mandaba a Emiliano al demonio. Ese tono duro, tajante y lleno de autoridad difícilmente era rebatible. Estaba seguro de que mi socio poco a poco la dejaría en paz, aunque podía causarle algunas molestias porque en plan terco era una monserga. En cierta forma Helena lo sabía porque asintió con firmeza ante el videófono ya desconectado. Volvió al baño. Con infinitas precauciones me desplacé de mi estudio a los clósets del vestidor, desde donde pude verla desnudarse, ay Dios mío, se me antojaba ahora más porque estando tan cerca no podía tenerla, era como tormento tantálico de José Alfredo Jiménez. Tener que olvidarte queriéndote más. Qué erección tan dolorosa. La vi hacer sus abluciones y ponerse el camisón, *mujeres vaporosas que me besan y se van.* Se tomó su tiempo, como siempre. La vi pasar junto a mí, con un reguero de aromas intoxicantes, y después se metió en la cama. Muy temprano, para sus hábitos. Dejé pasar un buen rato, en lo que ella entraba en sueño profundo, para verla unos instantes antes de irme, aunque la vez anterior el mirándola-dormir me hizo salir corriendo. En esta ocasión su sueño era sumamente intranquilo, se movía de un lado a otro, emitía frases inconexas y yo me preocupaba porque ella no dormía bien.

De pronto se levantó. Encendió la luz y miró todo el

cuarto con aire extrañado. Yo aún la espiaba desde el vestidor. Se puso en pie y se echó encima una batita que a mí especialmente me fascinaba porque se veía lindísima. Salió de la recámara y fue abajo. Prudentemente, la seguí. En la sala vi que pasaba a la cocina y abría una puerta que parecía de alacena pero que en realidad era una de las entradas al sótano (había otra por el jardín). Iba a la choza. A oficiar. A hacer algún ritual. A consultar sus métodos adivinatorios. Quién sabe a qué, pero a algo importante. Sólo para cuestiones cruciales o de emergencia Helena bajaba a la choza del sótano.

Dejé pasar un rato y bajé al sótano con el máximo silencio y lentitud; mi mujer tenía un sexto o decimosexto sentido, afinadísimo, pero yo también tenía la rara facultad de "borrarme" en cualquier sitio o circunstancia y pasar inadvertido. Esto lo había constatado cuando, antes, varias veces fui a ese mismo sótano y permanecí buenos ratos viendo a Helena en sus operaciones hasta que finalmente ella se daba cuenta de que yo estaba ahí, se pegaba un susto tremendo y me decía, riendo: Cruz cruz, que se vaya el diablo y venga Jesús. Que se venga, replicaba yo, el Jesusito y yo nos llevamos pocamadre, agregaba abrazándola por la espalda, como es deliciosamente común, para pegarme a sus nalgas y acariciarle los senos sin obstrucciones. Ay qué vida más amarga.

Helena estaba en la choza. Con más cuidados que nunca me acerqué para entreverla a través de las enredaderas mortecinas, de sombra definitiva. Mi India Bonita maceraba yerbas y las humedecía con un líquido escarlata. Añadió otras cosas, quién sabe cuáles, porque sólo ella sabía sus recetas, ni siquiera había querido escribirlas. Una vez se me ocurrió que publicara un libro para perpetuar un conocimiento en verdad casi desconocido, el de Doña Lupe y el suyo también. Estas cosas no pueden revelarse sin permiso, me dijo, con su mirada de éste-no-es-tema-de-chistes. Además mucho de esto ya lo tienen los Laboratorios Wise.

Bebió o más bien cuchareó la mezcla espesa que había hecho, se quitó la batita y el camisón, y desnuda se embarró una pasta amarilla en los codos y las rodillas; después se sentó en cuclillas, como los indios, en el centro de la choza; cerró los ojos y se puso a cantar suave, dulcemente, en zapoteco, *porting gopbu toby buñ gonaanos ni biombuubu.* Yo estaba maravillado. Helena de pronto había adquirido una serenidad incomparable, irradiaba una reverberación como de fuerte luz invisible. Se recostó, alzó el pubis con las piernas abiertas y se introdujo hasta el fondo de la vagina una delgadísima varita de milenrama de punta levemente redondeada; la extrajo después de unos momentos, se incorporó y procedió a comer la varita que recién había llegado a su matriz. Lo hizo despacio, masticando meticulosamente, sin beber nada para bajar la masa que se formaba. Cuando terminó, con los ojos más neblinosos, cantó *horma bilox goc guie, horma godz guxlio de gira nis ni riet laañ gibaa,* muy bajito, mientras se tendía horizontalmente en *savasana,* la posición del cadáver. No se movió para nada pero intuí que en su mundo interior bramaban tormentas. Helena, tendida, abrió las piernas y extendió los brazos a los lados, como dibujo de Da Vinci; el origen del mundo frente a mí.

Mejor me fui de ahí silenciosamente, de nuevo con la sensación de que presenciaba algo sagrado que de alguna manera tenía que ver conmigo. Como sabía que Helena estaba en trance profundo, me metí en mi estudio y lo vi con suspiros; fui después a la recámara, la *nuestra*, y durante unos momentos me tendí en la cama. El punto de vista del techo y las paredes me era tan familiar. Toda una vida… Quería quedarme ahí para siempre, pero en vez de eso salí de casa, recodifiqué la alarma y me fui con el alma melancólica.

7. Yo

La Legión de los Madrugadores. En mi casa (la de Kaprinski) traté de no pensar en Helena tal como la vi la última vez y, por cierto, como más me gustaba: tendida bocarriba, con las piernas abiertas, los brazos a los lados y, muy importante, todo su velloso y delicioso pubis con el intersticio a la vista. ¡La raja de los mundos! No era el momento de regodearme (golosamente) en la India Bonita.

Desperté temprano, ya tenía un año durmiendo seis horas, y después de desayunar vi apenas por segunda o tercera vez al sirviente de la casa. Buenos días, señor, me dijo. Nunca supe cómo se llamaba. Otro gruñido fue mi respuesta e inmediatamente se fue a sus quehaceres y ya no lo vi en el resto del día.

No supe por qué me quedé frente a la plana pantalla incrustada en la pared. Tomé el control remoto, la encendí, zapeé con rapidez más de treinta canales de televisión y descubrí que en todos ellos destellaba, apenas visible, una luz roja intermitente en el borde inferior de la pantalla. Me acerqué y vi a un lado una pequeña ranura en el extremo inferior izquierdo. Una tarjeta como las pequeñísimas de crédito cabía muy bien ahí. Saqué entonces la cartera de Kaprinski y en el acto reparé en la del BLL con su extraña banda como las magnéticas de antes. Desde el principio me había llamado la atención. La introduje y cupo perfectamente, pero no pasó nada. Lo volví a hacer invirtiendo el lado y entonces sí se encendió la pantalla y en ella apareció un mensaje escrito.

Vaya, al fin te dignaste a atenderme.

Me quedé helado. No se me ocurrió otra cosa más que responder en voz alta:

Aquí estoy.

Ya sé que ahí estás, te estoy viendo. Tu ausencia y falta de respuesta son injustificables y ameritarán sanciones.

Está bien, dije.

No cumpliste con tu obligación.

Sí. Lo siento mucho, me han ocurrido cosas extraordinarias.

Tenías que reportarlas. Debiste contarle todo a Daniel desde un principio. Ya lo sabes.

Sí.

Preséntate sin falla a la reunión de esta noche en el Lévi Strauss. Etiqueta rigurosa. Ya te avisó Sandra. No dejes de ir. Por ningún motivo.

Ahí estaré.

La pantalla se apagó y yo extraje la tarjeta, extrañamente abatido.

Pero qué demonios quería decir todo eso, me pregunté. Nada bueno, sin duda. Quién sabe si las fallas de Kaprinski en La Legión tuvieran que ver con su muerte. Todo indicaba que no; mi doble había sufrido el síncope que lo mató antes de cumplir con su obligación. Yo lo reemplacé, pero ignoraba todo y no hice nada. Por tanto, se había creado un problema. Debía ser importante lo que León no pudo hacer, y considerando las truculencias de niños violados, torturados y asesinados, cualquier sanción legionaria no sería precisamente leve.

Reflexioné un largo rato, es decir, puse la mente en blanco para ver si caía o emergía la Idea Salvadora, pero lo único que ocurrió fue que la relajación se volvió placentera y un orgasmo, sin erección, de mediana intensidad, me hizo tambalear. Cuando aterricé me pareció que esa venida había sido muy inoportuna, pero ciertamente compensaba el deseo vivo que me bañó al haber visto a mi viuda como más me gustaba. Un nuevo orgasmo se asomaba, y de ahí podían seguir varios más, así es que mejor me metí en la computadora y abrí archivos que la vez anterior pospuse o vi por encima. Había muchísima información, pero la perseverancia trajo buena fortuna y obtuve, si no todos, al menos parte de los datos esenciales.

Un texto sagrado, *El libro del daimón*, por medio de epigramas sintetizaba la filosofía de los legionarios, que cumplían una misión histórica y decisiva para el orden del mundo. De hecho, ellos sostenían el universo. Tenía idea de haber visto ese libro en la caja fuerte, pero lo verificaría después. Por suerte había un resumen. La Legión preservaba una hermandad oculta de hombres superiores, los principales, que establecía sus propias leyes y dictaba las de los demás, la gran mayoría, llamados los prescindibles. Los principales eran hombres y mujeres de poder político, económico o eclesiástico en muchas partes del mundo. La Legión se mantenía en todas sus sedes con aportaciones de los miembros y mediante especulaciones financieras que partían de informaciones confiables y que la habían hecho multimillonaria, un poder económico transnacional cubierto por distintas empresas. Las

243

decisiones se tomaban por consenso, pero las dirigía el Gran Principal, quien duraba en el puesto, rotativo, seis años. También había un secretario que por un lapso semejante administraba y regulaba las actividades de los miembros. Cada uno de éstos, a su vez, tenía una pareja, elegida al azar, y los dos debían confiarse absolutamente todo el uno al otro. Ninguno divulgaría los secretos de su pareja a menos que lo ordenase el Gran Principal.

El lazo de unión desde más de diez siglos antes era establecer contacto con lo que llamaban *daimones* y que ahora consideraban áreas del cerebro usualmente desactivadas o que funcionaban por causas accidentales y sin control. Este contacto producía un éxtasis oscuro e inexpresable que sólo entendían quienes lo experimentaban. A través de ritos muy antiguos, pero que incorporaban tecnologías avanzadas, La Legión establecía contacto con esa parte, la más importante del cerebro, que para facilitar las cosas y por costumbre seguían llamando los daimones. Eran muchos y por eso se decía "La Legión de Daimones". Desde siglos antes realizaban misas negras después de mancillar y sacrificar niños, lo cual era imprescindible para sintonizar, por decirlo así, la voluntad del Principal con las partes del cerebro en cuestión y para inducir al trance extático. Para generar esas condiciones de estimulación se bebía el "fermento", un compuesto afrodisiaco y alucinógeno que me recordó la Llamarada de Tlázul de la Helena adolescente, el cual propiciaba también el llamado Placer Supremo, cuando La Legión de Daimones se posesionaba de los principales. En tiempos recientes se introdujo la costumbre de filmar los sacrificios y ver después las películas en grupo. Otras costumbres, más relajantes, eran orgías periódicas con todo tipo de variaciones sexuales, aunque había una preferencia por el asesinato durante la violación.

Me había metido en un verdadero infierno y una vez más me maldije furioso por haber cambiado mi identidad por la de León Kaprinski. La reunión de la noche no sería precisamente una fiesta. Quién sabe qué se proponían para sancionarme y no tenía el más mínimo deseo de ir al Lévi Strauss. Cómo anhelaba que no hubiese ocurrido nada y estuviera en mi casa de Contreras, viendo una pélix y frotando plácidamente mis genitales satisfechos después de hacer el amor con Helena, dormida en paz junto a mí. Vi que había un reglamento y protocolos, pero decidí pararle a las indagaciones. Comí bien, descansé, reprimí mis tendencias de ir a espiar a Helena y en la noche me vestí de etiqueta, lo cual detestaba y sólo hacía en los festivales de cine, que conservaban costumbres de una aristocracia del espíritu. Me dirigí a Polanco al restaurante Lévi Strauss.

Al llegar vi a la guapa Sandra Pellegrini que entraba en un salón privado y la seguí. Ahí había unas cincuenta personas. Todas vestían de etiqueta o de gran gala. Parecía tratarse de una cena formal y era el momento de los cocteles. Muchos aún conversaban de pie. Reconocí sin problemas a la presidenta, a su secretario particular, a varios del gabinete y al procurador de las Fuerzas de la Paz, quien seguramente proporcionaba las placas y credenciales a los legionarios. Además del arzobispo primado y del abad de la basílica también vi a la cardenala Marta Semprún con el presidente del Consejo de Hombres de Empresa. En distintas mesas había otros altos preladotes-majaderos, banqueros, militares del máximo rango, la dueña de una red televisora, mujeres elegantes y otros que no conocía o no reconocí.

Sandra me dio un beso en la boca. Olía rico, a perfume, un poco de alcohol y tabaco, y su lengua se movía expertamente. Tuve una erección; ella lo notó y la palpó. Oh oh, los muertos resucitan, dijo. Esto no debe desperdiciarse. Vente.

Creí que iríamos a un cuarto o cuando menos, como es usual, al baño. Pero no. Me llevó a un pasillo lateral que debía conducir a la cocina, y apenas cubiertos por grandes macetones con palmas me empujó contra la pared y procedió a besarme y a abrirme el pantalón. Después de la masiva Laura López, Sandra era una ninfeta. La acaricié delectantemente y me gustó que no llevara calzones. Giramos y la puse contra la pared, alcé el vestido, la penetré y procedí a moverme dentro de ella, sumergido en un placer tan intenso y ardiente que borró todo. Ella respondió con la misma fuerza y al poco rato sus orgasmos eran cada vez más trepidantes y continuos, y aunque trataba de no hacer ruido se quejaba excitantemente. Durante unos segundos pensé en eyacular; hacía tiempo que no lo hacía, pero preferí venirme sin emisión; cerré la mente, contuve el aliento y me arrolló un ola de placer intensísimo.

Jadeábamos cuando oímos aplausos discretos. Un pequeño grupo nos observaba desde cierta distancia. Cuando salí de Sandra y enfundé mi armamento, ella susurró: Qué cambio, León, qué hiciste, qué te tomaste, te viniste pero no eyaculaste, ¿verdad? Me di cuenta.

No pude responder porque un hombre de edad madura, de barbita, llegó a nosotros con ojos chispeantes. Claro, era el que me videofoneó cuando andaba en la camioneta días antes. ¿Cómo se llamaba? Escamilla. Daniel. Comprendí entonces, sin ningún gusto, que él era "mi pareja".

Vaya vaya, qué espectáculo, dijo. Han iniciado muy bien esta sesión. Esto te redime un poco, León. Me colgaste el videófono, ¿eh? No se me olvida. Pero de eso hablaremos después. Hola, Sandra, estás radiante. Llena de vida y supongo que de alguno que otro líquido, ¿no es verdad?, le dijo con picardía mientras le besaba la mejilla, muy cerca de la boca. Ella quiso separarse pero él la retuvo un instante.

Párale, Daniel, ya he sido muy bien atendida, le advirtió Sandra, por otra parte no muy preocupada que digamos.

Disculpa, Sandy, pero el show fue muy estimulante, respondió "mi pareja". Bueno, vengan y saluden al jefe.

Fuimos con él a la mesa principal cuyo centro ocupaba un hombre de casi ochenta años de edad, totalmente encanecido, un poco encorvado, pero elegantísimo. Junto a él la presidenta Melania Kurtz conversaba con doña Eme, la magnate de la televisión. El viejo sonrió al vernos. Dio un beso a Sandra, quien lo saludó:

Gusto en verlo, don Gastón.

León, me da un gran placer saludarte, pero eso no me quita el descontento contigo. Más tarde veremos tu caso.

Sí, señor. Lo siento.

Todavía no sientes nada. Espérate, añadió con una sonrisa divertida. Pero siéntense, por favor.

Seguí a Sandra. Nos instalamos en un extremo de la mesa principal Daniel, ella y yo. Siéntense y siéntanse a gusto. En lo que me servían un whisky vi a Sandra; como yo, no acababa de aterrizar de los himalayas sexuales pre-

vios. Estaba muy contenta, lo cual tranquilizó mis para-
noias. Ni ella ni Daniel quisieron referirse a "mi caso" y
durante la comida y la cena nos la pasamos chismeando.

Ese hombrón es pata ancha, muy andado, y ella pues
es chiquita, uh, no volveremos a saber de ella, cité, con
riguroso acento norteño.

¿Pedro Peñaloza y su mujer? Qué va a ser joven, es
tragaños gracias a varios cirujanos plásticos, y ella se trae
al trote a Pedro, maneja sus negocios y es cabroncísima,
pero tú lo sabes mejor que nadie. A ti fue al que atracó
cínicamente. Fue increíble cómo te enredó. Es una araña. No sirve ni en el colchón, sillón o futón, tú mismo lo
dijiste.

Bueno, bueno, nada más me acordé de una canción
de cuando no habías nacido todavía.

¿Ya vieron a la cardenala?, deslizó Daniel.

Ciertamente la vida tiene paisajes escabrosos, comentó Sandy.

Le gusta por el gordillo, intercalé.

Le gusta hasta por las orejas. Hace continuos viajes a
un rancho en Tlaxcala donde supuestamente viven sus
tíos, pero en realidad es para echarse a todos los animales de la granja.

No inventes, dijo Daniel.

Eso sí ni George Orwell lo imaginó, comenté.

¿Cuál Órgüel? ¿De qué hablas tú? Estás raro hoy,
León.

Sí, sí está raro, corroboró Daniel. Pero eso, después.

Pues yo brindo por las lindas gemelas Después y
Ahora.

¿No te digo? ¿Qué te tomaste, León?

Continué, encarrerado, ignorándola: ¿Cuándo sucede esto en la película? Ahora. Lo que sucede ahora es lo que sucede ahora. ¿Y entonces? Ya pasó. ¿Cuándo ahora será entonces? Después. Otra vez brindo por Después, concluí, muy divertido. Ellos me miraban atónitos. Obviamente ignoraban mis citas de Mel Brooks; por tanto, les asesté unas clásicas de Groucho Marx: ¿Dónde está su esposo? Pero si se murió. Ésa no es excusa. Estuve con él hasta el final. Con razón se murió. Lo sostuve en mis brazos y lo besé. Ah, entonces fue asesinato.

Sandra y Daniel seguían mirándome, perplejos.

Renací, querida, le expliqué final, piadosamente a Sandra; me morí pero volví a la vida y yo soy otro.

Pues resultó peor.

Definitivamente tomó algo, dijo Daniel. No te perdono que no me hayas contado nada. Pero, bueno/

Ya brindamos por Después.

¿Qué te parece la presidentucha?, me preguntó Sandra, señalando al timón de la patria que en ese momento fumaba un tremendo puro lancero. Es patética, ¿verdad?

Doña Mela Kurtz no sabe lo que le espera, y si eso sucede lo que todo indica que sucederá, entonces todos nosotros estaremos en problemas, dijo Daniel.

No pueden con nosotros. Tendrán que negociar.

Pues a mí la presidenta Kurtz me parece una pobre maría de la calle pidiendo limosna, dije yo, y de nuevo ellos me miraron con sorpresa, aunque ahora entendían algo. ¿Y Gastón?, agregué.

Más bien debería llamarse Tacañón, dijo Sandra.

O Avarón, añadió Daniel Escamilla. O Usuro, es el que tiene los intereses y las comisiones más altas.

Me gustó eso de Usuro, pero don Gas no es precisamente el usurero del amor, "si te doy un beso, me tienes que dar dos", canté.

Tranquilos, hay orejas de Salinas, avisó Daniel.

A Gastón ya no le hacen efecto los erectores, ni el viagra quinientos, susurró Sandra, y tuvimos que acercarnos a ella. Aspiré su aroma delicioso de Eau d'Issey. Si no soy Odiseo, por ti seré. En una posición como la suya eso es fatal, agregó muy bajito y mirando hacia todas partes.

En *cualquier* posición es fatal.

La cena se animó con los vinos, auténticos Burdeos, tan difíciles de conseguir también. Las conversaciones subieron de volumen en las mesas. Era un banquete de lujo como tantos. Nada secreto y tenebroso como yo esperaba. Me descubrí eufórico. No hay duda de que allá arriba hacen con uno lo que quieren. Es la hora del discurso, iba a decir, y por desgracia en ese momento don Tacañón Usurón dio golpecitos a su copa con el cucharón y se puso de pie.

Todos guardaron silencio, y a través de su discurso, dicho con un lenguaje que me pareció deliberadamente rebuscado, comprendí que esa cena era de Los Amigos de la Buena Vida, un grupo amplio del cual se escogían posibles miembros de La Legión. No todos los presentes eran *principales* e incluso resultaban *prescindibles* a pesar de sus fortunas o poder. Recordé entonces que Sandra me había dicho que "la acción sería después", *drinks and dinner first*. Por tanto, el discurso del viejo abundaba en vaguedades.

La cena duró hasta la media noche; la gente se despedía, he pasado una noche formidable pero ciertamente no fue ésta, y nos fuimos quedando un pequeño grupo, la cardenala y otras tres mujeres, el procurador y gente de la política, los negocios o financieros, más Daniel, Sandra y yo. Todos gente mayor. Sandra era la más joven. Finalmente salimos del Lévi Strauss y subimos en nuestros autos. Yo seguí a Sandra, que manejaba un Maruata tras varias limosinas. De Polanco a Reforma, y salimos de la ciudad por el Desierto de los Leones. Vaya, pensé, de Hitchcock pasamos a Kubrick y ahora estamos en *Eyes wide shut*.

Llegamos a una casona que parecía casco de hacienda. A diferencia de la entrada, dentro la oscuridad predominaba y no se podía distinguir gran cosa de los alrededores. Salí de mi camioneta y me di cuenta de que había dejado las llaves en el arranque; bueno, pensé, nadie se la iba a robar con los choferes y guaruras que había ahí. Y policías vúlgaros, seguramente por la presencia del procurador. Seguí a los demás. Pasamos una estancia enorme, de paredes de piedra y techos muy altos, varios salones semejantes, bajamos una escalera hacia una planta inferior y entramos a un gran salón con muebles comodísimos y una especie de set o de proscenio. Gastón Usúrez, el Gran Principal, ocupó un sillón que parecía trono. Todos teníamos un sitio. A mí me tocó, claro, junto a Daniel en una especie de *liebe sitz*, lo que me pareció de muy mal gusto, pero no tanto como ver a los niños y niñas que, desnudos, nos servían más bebidas y pasaron bandejas de plata con líneas de cocaína, rocas amarillas en cucharitas, listas para encenderse, y distintos fármacos de colores. Los legionarios se servían de todo como lo más normal del mundo, contentos después de la cena y los vinillos. En cambio, los niños se veían desolados, aletargados. Algunos tenían moretones en el cuerpo y los viejos los pellizcaban alevosamente cuando se acercaban con las charolas. La gente conversaba en voz baja.

Bueno, ahora sí, me susurró Daniel Escamilla, cuéntame todo antes de que se discuta tu caso. Es muy importante por si me hacen intervenir, que es lo más probable.

¿Qué quieres saber? Ya te dije todo, afirmé, impunemente.

León, ¿cómo te atreves? No me has dicho nada. Es la primera vez que alguien falla. La película no es nada del otro mundo. Le hablas a Gerardo Pardo y él se encarga de todo. Pero ni siquiera le dijiste nada. No le dijiste nada a nadie.

Con mi aspecto más convincente le expliqué que estaba a punto de hacerlo, acababa de abrir mi caja para sacar los datos de Pardo, cuando de repente me vinieron los dolores y la dificultad de respirar. Me estaba dando otro ataque cardiaco por no seguir la dieta. Me puse el oxígeno y traté de hacer lo que se debía, pero cada vez estaba peor, así es que le hablé a mi médico.

Pero si yo soy tu médico.

Sí sí, digo, al que me atendió en el ataque anterior.

Fui yo, *¿qué te pasa?*

No sé, quedé muy confundido, de veras, estaba bien pero ahorita se me descarriló el tranvía.

Daniel me miraba extrañadísimo.

De pronto paso de la euforia a una especie de amnesia, agregué. Se me van las cosas. Perdóname, la verdad es que esa vez me obnubilé y salí volando en mi camioneta. Iba a buscarte. Pero me dolió muy fuerte y creí que me iba a morir. Me paré en plena calle y bajé del coche agarrándome la garganta, tambaleante. Por fortuna, alguien pasaba por ahí a esas horas, me vio, llamó una ambulancia, me llevaron a un hospital y ahí me sacaron del síncope. Pero algo afectó mi cerebro, porque no entendía lo que pasaba. O lo entendía a medias, muy raro, todo se me mezclaba. No sé cómo me fui del hospital y llegué a mi casa. Ahí estuve no sé cuánto tiempo hasta que se empezaron a juntar todos los hilachos de recuerdos que tenía. Poco a poco me puse bien, fue cuando me hablaste al coche y cuando me fue a ver Sandra. Ya estaba mucho mejor para entonces.

¿En qué hospital estuviste? ¿Quién te atendió?

Te juro que no sé. No me acuerdo.

El despliegue de sexo de hace rato no fue de un enfermo.

Hoy fue el primer día en que me sentí enteramente bien, por eso le hablé al servidor y aquí estoy. En realidad me he sentido muy animado, como nunca; sé que le fallé al grupo, eso sí.

De que has estado raro, ni hablar. Desde que te hablé te vi muy distinto. ¿A dónde ibas?

A ninguna parte. De repente me daba por salir a las calles en mi camioneta, sin rumbo.

León, acuérdate de que estás hablando con el subministro de Salud y puedo averiguar si es verdad lo que dices.

Pero es la verdad, ¿cómo podría inventar esto, y para qué? No iba a ser para justificar no haber cumplido con la película, te consta que nunca había fallado.

Eso es cierto. Aunque no fue ninguna gracia que hayas grabado cuando nos quitamos las capuchas después del sacrificio. Con eso nos podíamos hundir.

Pero esos discos se destruyeron, dije, pensando en el que estaba la caja fuerte de Kaprinski; quién sabe por qué guardó esa copia, sin duda como protección, pero ahora me podían salvar la vida.

No sé qué pensar, reconoció Daniel. ¿Qué le vas a decir?

Lo mismo, así como fue, no hay de otra.

Mmmm. Quién sabe cómo lo tomen. Ya sabes, a Gastoncito se le ocurre cada idea…

Al poco rato, el viejo Gastón giró su enorme trono y nos vio a todos. Dijo que por primera vez en años había fallado la película. Inexplicablemente yo, o sea: León Kaprinski, no hice nada ni le avisé a nadie. No me comuniqué con el doctor Escamilla ni respondí a los llamados del servidor. Me pidió explicaciones y yo repetí la historia que le tejí a Daniel con su mezcla de realidad y ficción. Me oyeron en silencio y cuando concluí durante un rato nadie dijo nada. Gastón le pidió a Daniel su punto de vista. Él respondió que no sabía qué pensar, había muchas cosas muy raras pero se explicaban si era cierto lo que yo decía. Se ofreció a revisarme con minuciosidad al día siguiente, con varios colegas de otras especialidades, y rastrear en los hospitales para ver si en verdad había sido atendido.

¿Comentarios?, pidió Gastón.

Unos me creían, otros no, pero todos coincidían en que lo que ocurrió era muy extraño.

Sandra me veía con perplejidad y curiosidad. Mucho de lo que dice es verdad, razonó, porque definitivamente nunca se había comportado como esta noche o como cuando fui a verlo a su casa. Pero hay algo que no checa. ¿Por qué no le dan una droga que le saque la verdad?

Mañana, dijo Daniel. Esta noche habría que ir a buscarla y se llevaría varias horas.

Sentí un ligero alivio. Cuando menos me daba un tiempo en el que podían suceder muchas cosas. La situación alarmaba. Si me daban una droga muy probablemente matarían al muerto.

León, ¿estás bien? ¿Cómo te sientes?, me preguntó Gastón con un dulce aire paternal con sombras sibilinas.

Estoy bien; digo, estoy como me ves.

Ah, ahora nos tuteamos.

Así es. *Du und du*, como el vals.

Muy bien, dijo, y se dirigió a los demás: sea lo que sea ya lo sabremos y actuaremos en consecuencia, no hay prisa, pero aunque no haya película podemos filmar una, aunque no sea tan profesionalmente, así es que hay que ponerse las capuchas.

Los niños las llevaron y todos nos las pusimos. Después nos desnudamos. Mi cuerpo, que nunca fue nada del otro mundo, comparado con el de los legionarios, era de Adonis. Salvo Sandra, claro. Qué bien estaba. Entonces se encendieron luces y aparecieron dos operadores con cámaras.

Dado que tú eres el infractor, por las razones que sean, dijo Gastón, desnudo y con una capucha un poco más grande; yo, con el poder que me confiere la Gran Principalidad de La Legión, añadió, decido que seas el encargado de oficiar la ceremonia. Nosotros esta vez seremos espectadores; tomaremos el fermento, pero tú no. Esta vez te privarás del Placer Supremo, el sentido de la buena vida. Tendrás que ejecutar tus deberes sin auxiliares, si acaso, y sólo porque vamos a filmar, te pueden dar una pastilla erectora.

Aterrado, me descubrí incapaz de actuar. El encapuchado decrépito que me hablaba era el presidente de la

Asociación Financiera, y me veían, encapuchados, desnudos, la cardenala, el arzobispo primado, ministros y subministros, un influyente general, el procurador de la Paz, la directora de la Liga Nacional del Buen Comportamiento, además de Sandra Pellegrini, quien me miraba con una fascinada curiosidad. Pensé que León no era un hombre muy potente, por aquello de "resucitan los muertos" y "esto hay que aprovecharlo". Ella quería ver cómo reaccionaría ahora.

Todos bebieron una copa muy pequeña del fermento, muy necesario entre tanta gente mayor. A mí no me tocó, como me advirtió Gastón, pero sí una pastilla erectora. Fingí que la tragaba y después la escupí cuando no me veían. Lo que menos quería en ese momento era una erección. Seguía paralizado y no podía hablar. En mi interior crecía una ansiedad ardiente, la desesperación del que espera un milagro en el último instante.

Ya tenía frente a mí a uno de los miserables niños, sin duda secuestrado de la calle, quien evitaba mirarme pero obviamente venía aletargado, quién sabe qué les daban para que no dificultaran las cosas. Yo lo veía con horror, sin poder moverme. Ándale, alguien dijo. El niño entonces tomó mi miembro y se lo llevó a la boca, lo cual me erizó al máximo, especialmente cuando vi con pavor que mi pene respondía y saltaba, casi como resorte, por lo que el niño retrocedió un poco.

¡Ah!, exclamó alguien,

y eso rompió la parálisis, fue como si un inmenso cristal estallara, pegué un grito absolutamente salvaje y salí corriendo a una velocidad que jamás hubiera imaginado a mi edad antes de que ellos salieran de la sorpresa. Alcancé a oír que Gastón decía: Déjenlo, a este pobre imbécil lo atrapamos cuando se nos dé la gana. ¿Sí?, me dije, pero para entonces yo era como el mensajero de *El barón Munchausen*, tan rápido que en segundos atravesé los salones de la casa, salí al patio, desnudo y con mi capucha, y jadeante subí en mi auto ante la mirada atónita de los choferes, policías y custodios, que no sabían qué pasaba. Ahí estaban las llaves, una intuición milagrosa me había hecho dejarlas en la ignición. Si acaso los guardianes se lanzaron tras de mí fue cuando ya nunca me alcanzarían porque yo iba a la máxima velocidad de la Hot Roamer en la gran oscuridad de la carretera.

8. La casa

Vidas de plata. Al primero o segundo mes de casados, en los que yo había tratado con relativo éxito de serle fiel, Helena me dijo: Tú tienes una naturaleza sexual altamente desarrollada. Es un don, Onelio, una vocación, ¿cómo te diré?, una responsabilidad. Ah chingá. Eso es lo que yo decía, síguele plis. Ahorita nos acabamos de casar, pero estoy segura de que con el tiempo vas a acostarte con otras mujeres, en buena medida porque se te van a lanzar, y tú, tan comedido, tan caritativo, pues cómo vas a desilusionarlas. Bueno, Heles, tú ya sabes que el upanishad *Chandogya* dice con gran claridad: "Uno jamás debe abstenerse de ninguna mujer, ésa es la regla", y sabes también que según García Márquez, en paz descanse, Dios lleva una lista meticulosa de las mujeres que quieren contigo y por cada desaire pasas un año más en el purgatorio. Estoy bromeando, añadí al ver la cara que hacía, e intenté jurar Fidelidad Eterna, pero Helena lo impidió y no insistí porque sabía que tenía razón, aunque nunca lo había pensado. Mi vida, cuando te ocurra, hazlo, me dijo de súbito; no me voy a encelar, te amo con toda mi alma y no me preocupo. Sé que nunca dejarás de quererme por más nalguitas que se te atraviesen…

Los dos reímos, pero en el fondo yo estaba nervioso,

incluso me sudaban las manos; comprendía la importancia de la conversación. Acuéstate con quien quieras, pero nunca me lo ocultes, no me traiciones, no juegues a las escondidas, *al adulterio*, qué horror. No me hagas daño y no me pierdas ni el amor ni el respeto. Yo sé que eres experto en la discreción y en el tacto. Sobre todo en el tacto, mi vida. Por mi parte, prosiguió ignorándome, no estoy tan inclinada al sexo como tú y dudo que me vengan tentaciones. Pero si las tienes, y lo crees apropiado, intervine al instante, es lo mismo: hazlo, pero tú también no dejes de amarme, no me lo ocultes, no juegues al *hide-and-seek*. Pues mira, Ónel, de una vez te digo: si me haces algo muy muy malo, muy muy duro, a lo mejor despiertas a un animal que hay en mí. Sí, ya sé. No, no sabes. Entonces sí puede ocurrir lo que te parezca más absurdo porque será lo que te va a doler más. Bueno, muchas gracias, mi vida, carajo, qué padre estar casado con la bruja de los cuentos, *now I'm a happy feller cause I'm married to the fortune teller, I'm happy as I can be and I got my fortune told for free*, canté.

Helena me habló con detalle de sus abuelos Wise, del cuaderno y la pequeña biblioteca que le habían legado. Me mostró los libros que hablaban de *maithuna*, el tantra de la mano izquierda: *Upanishad Brjadarankyaka, Kataka samjita, Caryas, Pañcakrama, Kularmava-tantra, Kalivilasa-tantra, Kalacakra-tantra*, en traducciones de La Vallé Poussin, Lévy, Sénert, Evans-Wentz, o en interpretaciones de Dasgupta o Eliade. Algo en mí se encendió intensamente. Hojeaba con gusto cada volumen mientras Helena me decía que cuando leyera todo entonces tendríamos muy buenas conversaciones sobre sexo, quizá tomaríamos decisiones de importancia fundamental. A partir de ese momento, sin prisas pero sin pausas, como dicen que decía Goethe, fui leyendo cada uno de los libros en varios años, pero como no era obligación, trabajo ni propiamente estudio, disfruté mucho unos, otros se me dificultaron por la retórica, lo oscuro a través de lo oscuro, como les gustaba a los alquimistas, o a Hegel (¡vea cómo ante sus mismísimos ojos como la nada se convierte en el ser!).

Algunos fueron grandes iluminaciones, incomparables experiencias y raptos de exaltación al hallar algo que de pronto atraía infinidad de material disperso y le daba un sentido. Era increíble cómo los abuelos Wise se habían hecho de esos textos maravillosos. La clave era *karmanayena vai sattva kalpakotisatanyapi, pacyante narake ghore tena yogi vimucyte*, o sea "por los mismos actos que llevan a que algunos hombres ardan en los infiernos durante miles de años, el yogi gana la salvación eterna". Ajá. Por eso le llamaban el Tantra de la Mano Izquierda. "Por órdenes del gurú los monjes desobedecen las leyes de la castidad que tanto les inculcaron." Y por esa razón también llevaban a cabo orgías, *the more the merrier*, como los monjes de *Carmina burana*. Algunas ramas tántricas iban más lejos y de plano avalaban crímenes con fines místico-sexuales, lo cual las emparentaba de plano con la magia negra y el satanismo de occidente, versiones excesivamente literales de la idea de que "lo más noble y precioso" se oculta en "lo más bajo", el tesoro en el basurero y la *vili figura* que siempre está en la piedra filosofal. Por cierto, en muchos monasterios reemplazaban el *maithuna* con ejercicios espirituales, o lo practicaban una sola vez, como iniciación de los novicios, quienes después seguían otros caminos del yoga. Como se ve, *maithuna* no era fácil de asimilar y de aceptar incluso en su medio natural.

Según todo esto, la naturaleza de la mujer de por sí ya estaba perfilada para el sexo sagrado, encarnaba a la diosa Shakti, el misterio del ser, de lo que es, nace y muere, la gestación y la fecundidad; lo más normal, natural, terrenal, sagrado y divino, la esencia de la realidad suprema. Por eso era indispensable, o, si no, muy apropiada, para la salvación. Como decía Tiresias, a la mujer el placer le era inherente y llegaba a sus cúspides una, dos, tres, incontables veces. Si la pareja era la adecuada, en un momento del acto sexual, cuando él se quedaba aparentemente inmóvil, ella se activaba y hacía todos los movimientos con el furor de Shakti. El hombre luchaba contra esa fuerza ctónica yendo "contra la corriente" y con "las tres detenciones": parar el pensamiento, contener la respiración y no eyacular; entonces el orgasmo sin emisión era "la suprema gran felicidad", el samádhico, infinito e indescriptible gozo, además de que se repetía continuamente, múltiple, progresivo y acumulativo como en las mujeres.

Claro que una cosa era leer todo eso y otra dar el salto mortal cualitativo y llevarlo a cabo. Había que practicar durante mucho tiempo, así es que por una parte aprendí hatha yoga, meditación y *pranayama*; empecé contando del uno al diez al aspirar y llenar los pulmones, otros diez con el aire dentro, y diez más al expulsarlo. Practiqué la contención. Pero, sobre todo, al hacer el amor trataba de no eyacular hasta donde me era posible. Cuando no aguantaba más, entonces repetía la fórmula del upanishad *Brjadaranyaka*: "Con poder, con semen, ¡reclamo el semen!" Esto me ayudaba a vaciar la mente y a contener la respiración. Por cierto, una práctica muy efectiva para todo esto fue la masturbación, que nunca abandoné por más mujeres que copularan conmigo. No por nada filmé una película titulada *El gran masturbador*. Yo soy el chaquetero, que sí, que no, el chaquetero. En la soledad onanista, sin los compromisos que implica la pareja, me era más fácil contener la eyaculación, tener grandes orgasmos y dejar que el cuerpo reabsorbiera el semen.

Fui haciendo todo esto de una manera natural, sin forzarme, relajadamente pero con toda la tensión que despierta la voluntad. Siempre perseveré sin darle demasiada importancia: eran cosas prácticas que caían bien para el alma y ciertamente el cuerpo. Me llevó años, pero no había prisa y desde el principio acepté que así tenía que ser. Busqué sin buscar. Planté sin pensar en la cosecha. Los efectos fueron muy graduales, pero a través de años pude tener venidas múltiples hasta una final que me dejaba enteramente satisfecho sin haber eyaculado. Esto lo hacía con cualquier mujer, pero con Helena siempre era mejor. *Maithuna* era una conjunción mística de los opuestos y la salvación a través del sexo, una de las vías al nirvana. Era una parte del tantra, síntesis de todos los yogas. De acuerdo con varias teorías, porque había muchas, lo que seguía en mi caso era una interrelación más estrecha con mi pareja, un delicado equilibrio entre ritual, teatralización y deseo, sin el cual nada tenía sentido pero que podía extraviarse entre tanto vericueto ceremonial.

Helena se dio cuenta de cómo evolucionaban las cosas. En un principio lo comentaba con gusto, oye, qué perseverante has sido con lo del sexo, has avanzado mucho. Sin embargo, con el paso del tiempo, cuando yo le daba pa sus maithunas, ella hacía el amor con entrega y gusto pero ya no comentaba mis orgasmos múltiples ni hablaba de sexo sagrado ni de nada. Se resistía a dar el paso ritual, que ciertamente podía llegar al borde del ridículo. Tenía buenas razones. Yo también, la mera verdad. Eso era de otras partes, decía, y si nos metemos en esos dulces laberintos cuando menos deberíamos trazar nuestros propios mapas. Yo estaba de acuerdo. Sin duda los orientales, como decía Jung, son otro universo, grandes conocedores del alma y por tanto de una diversidad refinadísima de vías espirituales, hombre, diferencian hasta doce tipos distintos de *samadhi*, sí mi vida, y eso facilita, o *propicia*, como diría el *Libro de los cambios*, tomar como algo natural formas sexuales extrañas, refinadas y sofisticadas, mientras que entre nosotros el sexo es mucho más instintivo, o animal. Más inculto. Arma de ataque y defensa. Vehículo para alcanzar metas. Fuente de severos conflictos de todo tipo. Sí mi vida, estamos atrasadísimos en cuanto a los ejercicios del amor, lo cual en cierta forma es comprensible porque penetrar las puertas de Afrodita requiere cultura, gusto y sensibilidad, si no es que vocación, una inclinación natural que tú tienes pero yo no tanto. Ah cómo no. No como tú, One; y también sé que en el sexo hay un lado oscurísimo, definitivamente infernal, por eso las misas negras y el sacrificio de vírgenes y bebés. Pero tú estás más allá de eso, mhija, tú eres Helena la Luna Casillena y de Negra Melena, la del Libro de Arena, cuando te inspiras haces el amor de una forma muy locochona.

Helena tenía razón, mi naturaleza me llevaba a interesarme en prácticas sexuales exóticas por decir lo menos, pero ella también era imaginativa, creativa, al hacer el amor; a veces teatral, incluso semirritual, como cuando, montada en mí, movía los brazos a los lados y por encima de la cabeza, en el aire trazaba círculos, cuadrados, grecas, con una candencia sincronizada con ruiditos o susurros sibilantes, "¡shhhhhhh!, "ffffffffff!", y vigorosos movimientos pélvicos. Me encantaba cuando lo hacía. Le llamábamos los Ventarrones de Tlázul. Pues eso ya estaba cerca de los rituales de *maithuna*, en los que todo contaba para el amor: la bella y cómoda intimidad del sitio, la hora del día, los aromas, la música o los sonidos, al ambiente en general, el ropaje y cómo desprenderlo o hasta qué punto, declamaciones, cánticos o canturreos, caricias lentas, uso estratégico de labios y lengua, deslizar de digitaciones y pulsiones en las zonas apropiadas. A su manera, Helena era una Shakti zapoteca, uno de los seres sagrados, y en ese ámbito ella se movía sin ningún problema.

Ni sabes en lo que te estás metiendo, me dijo una vez Helena y me dejó helado. Oye qué te pasa, repliqué, de esto y del cine es de lo que medio tengo una idea. Quiero decir, claro que sabes, pero en fondo, para ti y para mí, juntos, como pareja, hay un solo camino, y no estoy segura de quererlo. ¿Qué camino? ¿De qué hablas? Estoy diciéndote que para mí la forma más pura, bueno, la correcta, la coherente, consistente, es la de mis abuelitos. ¿Cómo? ¿El pacto de muerte por amor? Pero por qué, Heles, qué onda. Tas pendeja. Hasta donde he leído, ningún texto lo menciona como Via Regia. Es una conclusión lógica, Onelio. Fue lo que descubrieron mis abuelos, y ellos sabían de qué estaban hablando. Los libros en los que te has basado son los que me dejaron. Bueno sí, pero tus abues estaban en una onda romántica, werthershakespeareana, muy bonita, y además nada pendeja, porque cuando se echaron su ponche de cicuta ya eran octogenarios. A ti y a mí todavía nos cuelga para el ochentazo, si llegamos, así es que debemos buscar un pasaje menos drástico, antes que morir de amor prefiero la muerte chiquita, *if you know what I mean.*

Pero ella cada vez participaba menos. Entonces se reactivó mi actividad extramarital, y con tacto y delicadeza se lo hacía saber. Ella siempre lo tomaba sin disgustos, con naturalidad, y nunca me hizo huelga de piernas cerradas, nada de si ya tienes otras vete con ellas, aunque sí me di cuenta de que en el fondo no le gustaba, pues conforme pasaba el tiempo disminuía la imaginación, la inventiva, el juego, los recursos pasmantes, estimulantes, "¡ssshhhhhh!, ¡fffffffff!", y los sinuosos trazos mandálicos en el aire. Nunca dejamos de hacer el amor varias veces a la semana, siempre con gusto, pero como a partir del séptimo año vi que Helena cumplía con el sexo como una necesidad básica, pero ya sin el hechizo del principio. Entonces aumenté mis esfuerzos por revitalizar la relación sexual. Ésta es una batalla diaria, me decía, yo soy el Guerrero del Amor, que sí que no, el gran guerrero, yo soy el Icuiricue, yo soy el Matalacachimba, hay que renovar el carácter todos los días. Sin embargo, las tareas en Wise, Chapman y Fernández la absorbían. Además, ya había iniciado, informalmente, las consultas, por lo que siempre estaba con Cosas que Hacer. A veces sólo nos veíamos en la noche, al dormir. Ay mi vida, estoy muerta. Pues ya sabes, a mí me fascina la necrofilia, como al viejo Edgar Allan, ay Helena, eres el máximo cadáver exquisito. Nos dormimos después. Entonces tuve un sueño tremendo.

Acababa de ver una pélix de Luis Buñuel titulada El último suspiro, *y no supe cómo llegué a un jardín que sin duda era el edén. No hacía ni frío ni calor, los árboles y la infinidad de plantas daban la sensación de vida plena, la divina quietud de la naturaleza. Yo me hallaba desnudo, atónito como el burgués caracol aventurero, y el ambiente tan agradable me forjó una erección sin deseo, mera manifestación de vida. Ahí andaba yo, con la verga parada en el paraíso. Entonces en el cielo apareció una luz grandiosa, cegadora, que cuando pude asimilarla me mostró a la bellísima Virgen María. Con el manto se cubría de noche y estrellas, y se sostenía en una luna creciente. De pronto descendió del cielo. Llegó a mí, se desprendió de su manto de firmamento y quedó desnuda. Yo no podía hablar ni pensar, pero mi pene, ciego y urgido, me llevó a abrazarla; acaricié y lamí sus senos, me deleité con las nalgas perfectas, la vagina insondable. Nos hundimos en un beso abismal y entonces rompí el himen y la penetré, introduje todo mi miembro exacerbado en esas profundidades divinas, y durante una eternidad hicimos el amor. Al final tuvimos un orgasmo textualmente celestial. Nos recostamos después en la hierba, escuchando el agua que corría. Todo era perfecto, por lo que volví a penetrarla y, para mi absoluta sorpresa, de nuevo estaba sellada y otra vez tuve que romper el himen.*

Este sueño fue terriblemente real, intenso, y perturbador, envuelto en una atmósfera sagrada que conjuntaba el gozo y el peligro, la sensación de que todo eso tenía que tratarse con cuidados infinitos para que no se perdiera la numinosidad divina pero tampoco el placer sexual. Cuando desperté aún continuaban las reverberaciones orgásmicas. De hecho las tuve todo el día. Le conté el sueño a Helena, quien se quedó perpleja. ¿Soñaste que te cogías a la Virgen? Qué bárbaro eres. Pero, Heles, acuérdate de que san Agustín daba gracias a Dios de no ser el responsable de sus sueños. ¿Y ella no dejaba de ser virgen? Ay, Onelio, en qué andas... Se quedó pensativa un largo rato y al final sólo dijo: Lástima que se murió mi abuela Lupe, ella sabría cómo interpretar esto. De cualquier manera, después añadió, de súbito, inesperadamente, sin que viniera al caso: Ay Onelio, tu hermana Ciénaga se va a morir. Me quedé pasmado. ¿Eso significa mi sueño? No, pero se va a morir. Ay Dios, lo siento tanto…

Las muertes, qué horror. Primero fue la de Doña Lupe, la cual no nos afectó más de la cuenta ya que estábamos preparados, sabíamos de su cáncer y de su inevitable fallecimiento. Pero no fue así con mi hermanita Ciénaga. Tal como le ocurrió a mi padre, el doctor De la Sierra, el domingo Ciena estaba perfecta, el lunes se sintió mal y el martes se murió en el sanatorio. No salíamos de la sorpresa, a pesar de que Helena lo había profetizado o quizá por eso mismo. Ciénaga tenía veinticinco años de edad. Acababa de terminar el doctorado en sicología en Irvine, universidad de California. Era "hermenéutica", de tocho un pocho, pues en ella predominaba el humanismo. Tuvo muchos novios que servían para ir a lugares, fiestas, conciertos, y nada más. A Ciena no la atrapaba el mito del amor. Sólo una vez se clavó duro con un corredor de bolsa, *of all jobs*, patán de tiempo completo, niño rico consentido, ruidoso, insultante, vulgar y temerario para acabarla de amolar. Increíble que una niña tan sensitiva, inteligente, con carácter, como Ciénaga, tuviese que padecer sufrimientos y humillaciones con el Bolsero Cochino. Una vez la golpeó, Manuel lo denunció y Culero fue a la cárcel. Pero el niño, de familia con recursos, pronto salió libre y tuvo el descaro de contrademandar a Ciénaga porque "ella era la que le pegaba". Las cosas se ponían serias, así es que mi tía Juana, ya una auténtica cacique para entonces, intervino y arregló todo con su peculiar salomonía: Artemio pasó un año durísimo en la prisión de alta seguridad de Huitzilac, la peor y más rígida de todas, pero casi nadie se enteró; al año salió libre con expedientes limpios y oficialmente nunca estuvo en la cárcel. Ciénaga ya se había instalado bien como investigadora en la universidad cuando murió. Me afectó hasta los cimientos, aunque en un principio no me di cuenta. Ya no pienses en tu hermana, me decía Helena, pero si no estoy pensando en ella, no, chulito, es peor: la estás cargando, por suerte ya es espíritu y no pesa tanto. Pinche Helena. Hasta entonces fui consciente de que amaba tanto a mi hermanita. Por suerte, los apapachos, cariños y tes de Helena no me dejaron despeñar en el blues.

Al principio, además de nuestra (intensa) relación, Helena dedicó mucho tiempo y esfuerzo a la agencia de publicidad. El interés y dinamismo que mostró cuando yo la conocí con la campaña de los Laboratorios Wise no la abandonó en los primeros años de la agencia. Natalia y Jacaranda también invirtieron mucho entusiasmo. Después de las dificultades inevitables del principio pronto consolidaron las cuentas suficientes para que la empresa se estabilizara. Nosotros seguimos realizando sus comerciales, pero pronto la agencia creció y tuvo que acudir a otros servicios. Fue cuando las encuestas. Primero les encargaban muestreos de mercado y tuvieron que aprender esos sistemas. Lo hacían muy bien y la demanda creció. Pronto vieron que las cosas se movían mediante encuestas, la política en especial. Casi todas se confeccionaban al gusto del cliente, cualquiera de las fuerzas políticas, y su credibilidad, casi nula, patentizaba la escasez de muestras confiables. Wise, Chapman y Fernández se prepararon bien, estudiaron todo el nuevo paisaje con cuidado, sin prisas, y cuando se extendieron a él estaban listas, con el personal adecuado y mucho mejor pagado en que otras partes, para que trabajara con gusto y sin venderse. Las tres mujeres eran honestas, eficientes, y no tenían compromisos económicos, políticos, ideológicos, religiosos o de cualquier tipo. Por tanto, sus trabajos, hechos con seriedad, rigor y cuidado, paulatinamente adquirieron credibilidad y autoridad moral. Como era de esperarse, los partidos y sus fracciones sondearon la corruptibilidad de la nueva empresa, pero encontraron principios sólidos y optaron por tratarla con pinzas sin dejar de intentar seducirla en todo momento. Así les cayó Mariano Ramos, cuando aún no era ministro de Gobernación. Wise, Chapman y Fernández era ya un fenómeno nacional y sin proponérselo se había metido en el siempre incendiable tablero político nacional.

Exactamente en esos momentos de éxito Helena dejó la agencia porque las consultas ya le pedían mucho tiempo. En sus años universitarios, mi viuda reinició, gradualmente, su trato con las plantas de una manera casual. Un día Jacaranda se quejó de fuertes y repentinos dolores intestinales, y a Helena se le hizo lo más normal prepararle un remedio a base de agrimonia, achicoria, milenrama y artemisa que funcionó muy bien. A su vez, al tío Orestes antes de morir ocasionalmente lo atacaba la esquizofrenia y se desesperaba, puesto que, como casi no la padecía ya, le costaba mucho dominarse e ignorar las voces que argüendeaban estentórea y sibilantemente en su interior. Se lo contó a Helena y ella se fue al mercado de San Juan, compró peonía, cedrón, lúpulo, espinillo blanco y siempreviva, a los que agregó lechuga, valeriana, pasiflora, cola de caballo, angélica y maca, y preparó unas cápsulas que sosegaron la mente atribulada de su tío, con lo cual no sólo recuperó sino que abrillantó sus dones naturales. Al rato Natalia también le pidió "algo para la migraña", que en realidad era melancolía pura y dura. Helena así lo entendió, conozco a mi gente mi teniente, y le dio chochitos que la reanimaban para salir de las depres, es azotadísima, le dan verdaderos carcelazos, decía mi viuda.

Lentamente, al paso de tres años, se esparció el prestigio de Helena como curandera de lujo, lo cual ella practicaba por el mero gusto de hacerlo, sin esperar nada. No cobraba por sus servicios porque los consideraba algo normal, por algo sabía lo que sabía, pero pronto se vio obligada a profesionalizar esas actividades. Estableció entonces horarios y tarifas. Compró una casa y la acondicionó como consultorio y oficinas. Con el tiempo incluso se separó legalmente de la agencia, que se volvió Chapman y Fernández nada más. Pero nunca dejó de frecuentar a sus cuatitas del alma, además de que nuestro hijo Elio, después, por sus propia iniciativa, se volvió el director de arte de Natalia y Jacaranda, a quienes decía "tías" porque las conocía de toda la vida, pero también con el sentido coloquial que le dan los españoles.

En verdad nunca supe hasta qué punto llegaban las facultades extrasensoriales, o parasicológicas, por decirle de alguna forma, de mi brujita linda. Obviamente disponía de un don profético, qué tal eso de "cuando estuviera más maduro para filmar ya no podría hacerlo". O vaticinar la repentina muerte de Ciénaga. Pero no era voluntario, ella no podía ver a una persona y decirle lo que le ocurriría; a veces sí, de pronto "le llegaba" lo que iba a pasar. Helena no era "profeta", no se especializaba en la adivinación. Pero sus capacidades como curandera incontables veces superaban a los médicos más prestigiados, porque resolvía lo que ellos no podían, y sus remedios aliviaban desde congestiones nasales hasta males sicosomáticos o neurológicos. La buscaban por su efectividad. Su talento terapéutico se desplegaba al máximo con los que no llegaban a lo "patológico" sino que vivían crisis, casos *borderline*. En ese sentido, Helena, que estudió comunicación, era sicóloga, sicoanalista *sui generis*, sicopompa, conductora y escrutadora de almas, guía de los misterios, algo más cercano al chamán, gurú o sacerdote. Como Helena tenía una cultura muy amplia, sus métodos eclécticos eran imprevisibles: examinaba el iris y el pulso; recurría a la homeopatía, a ritos chamánicos, alucinógenos, sobadas o masajes, danzas, péndulos, cánticos, encantaciones, invocaciones o a sus legendarias limpias en temascal, las que hacía esplendorosamente desnuda. A estos procedimientos tradicionales añadía el arsenal *new age*: flores de Bach, aromaterapia, reiki, hatha yoga, tai chi, wicca, constelaciones familiares, lecturas de la mano, del tarot o barajas, de café, de conchas, de cartas astrológicas, de runas o hexagramas; prescribía pinturas o dibujos, especialmente de mandalas, o diarios, confesiones, poesía, ensayo o narrativa; o actividades cinematográficas, fotográficas, danza, canto, ejecución de instrumentos musicales o pantomima. O simplemente hacer el amor. Sus recursos, inagotables, la llevaban a discernir lo necesario para cada caso; no había métodos universales, cada situación pedía lo que necesitaba: pruebas de asociaciones, análisis de sueños, choques eléctricos de baja intensidad, hipnosis, o por supuesto antibióticos o fármacos, lo cual implicaba enviar a los pacientes a especialistas médicos. Cada caso es un paisaje y tú debes aprender a conocerlo, decía. Durante varios años mi viuda disfrutó sus consultas y sinceramente creo que fue de gran utilidad para muchos. Era chingona mi bruja. Pero después le cayeron las alimañas.

Para entonces ya nos habíamos mudado de Coyoacán a nuestra casa de Contreras. A los siete años de casados y cinco de la muerte de Ciénaga nació Héctor en un impecable parto sicoprofiláctico que naturalmente yo grabé. Helena tenía el don de parir felizmente, y el nacimiento de Elio y los inesperados de las gemelas fueron tersos, limpios, de hecho portentosos porque mi mujer no parecía esforzarse mucho para torear contracciones y para expulsar a las criaturas en su momento exacto. Los niños crecieron, estudiaron, se volvieron familiares enigmas para mí. Me encantaban y a cada uno lo disfruté como nadie. Jugaba con ellos todo tipo de payasadas y Helena, complacida, me decía que yo era otro niño. No, soy como niño, corregía yo.

Helena y yo siempre nos llevamos bien, aunque, claro, tuvimos infinidad de choques, a veces "por mi tendencia al debraye", eufemismo de Helena para mostrar su fastidio por mis correrías extramaritales. Pero la razón fundamental, según yo, era que mi mujer no quería dar los pasos definitivos en nuestra vida sexual. Pero si no era ella, ¿quién? Resultaba imposible que alguna amante la supliera, porque requería de toda una cultura y una mística muy especiales. Cuando vi que Helena clausuraba esa carretera, en el fondo me entristecí y se lo recriminé, lo cual motivó discusiones que no concluían en la concordia sino en una escisión mayor. Pronto comprendí que no valía la pena perseverar por el momento y la dejé en paz. Seguimos haciendo el amor deliciosamente, por ningún motivo me iba a privar de una suculencia como ella; yo practicaba mis tres detenciones y tenía orgasmos sin eyacular que ella ignoraba o que no comentaba. Al parecer, había cerrado por completo esa alternativa.

Por esas fechas me vi como el tío Orestes. De pronto bebía más de la cuenta, tres, cuatro, seis tequilas al mediodía con sus correspondientes cervezas porque me gustaban los submarinos. Después, vino en la comida. Eso me llevaba a una siesta pesada, borradora, y en la noche, whiskys, vodkas, ginebras, rones o coñaques. El Sapo Gordo se aficionó a la cocaína y durante mucho tiempo me negué a entrarle, pero cuando despertaba apendejadísimo de las siestas de plomo accedí a inhalar unas líneas. Me despejaba entonces y trabajaba muy bien o era El Alma de la Fiesta. Por lo general la coca traía más alcohol, alguien tenía unos toques o yo sacaba la mariguana que a veces me regalaba medio mundo. De cualquier manera, la prendidez de la cocaína no me dejaba dormir, o lo hacía muy mal, por lo que alguien me dijo: tómate un rivotril; la mitad, porque la pastilla entera apendeja. Y sí, con el ansiolítico lograba dormir, pero pronto también era imprescindible.

Todo eso me agrió el carácter, sobre todo cuando me empedaba antes de comer, y por primera vez en mi vida el inconsciente me traicionaba, decía atrocidades y me volvía una verdadera pestilencia. Ya empezaba a pelearme con cualquiera, en la calle, en restaurantes. Helena protestó, claro, pero, ahora sí que ya borracho, la

mandé a la chingada. Ella entonces se mudó a su casa-
consultorio. Ahí iba yo a buscarla, perdón vida de mi vida,
yo vengo a pedirte perdón para que vuelvas, mi vida, ya
no lo vuelvo a hacer, ya no voy a chupar, te lo juro. Helena me dejó cuatro veces, y cada vez fue más difícil hacerla regresar, pues paulatinamente se fortalecía en ella
la idea de que me iban a tragar las adicciones y de que
me volvería un auténtico peligro, listo para la camisa de
fuerza. Tenía razón en gran medida, porque en uno de
sus cumpleaños agarré una borrachera, le eché en cara
que en el fondo no se entregara a mí, nunca lo había hecho en realidad, le dije, siempre ponía barreras innecesa-
rias y se negaba a compartir las cosas más importantes,
era una vil egoísta, vivía conmigo por pura inercia, por
costumbre y comodidad. Ella me contestó a gritos también y yo fui por una pistola que siempre había estado
guardada y me puse a disparar al aire como loquito,
mientras gritaba diálogos de *What's new pussycat*: "I'll kill
her, I'll kill everybody!" Después reía, bien borracho
como Peter O'Toole.

Al día siguiente no recordaba nada. Elio me dijo que
corrí a Helena de la casa y que ella se había ido, furiosa.
Esa vez iba a estar difícil que la convenciera de regresar.
Le hablé, pero me colgó el videófono, ya había videófo-
nos, seguramente al verme la cara de crudo patético que
tenía. Al día siguiente accedió a hablar y me dijo que volvería conmigo sólo si tomaba unas terapias con la doctora Verbotten, que en el nombre llevaba la fama, o si
entraba en Alcohólicos Anónimos. No es para tanto,
respondí. Con algunos esfuerzos, realmente no muchos,
le bajé severamente al alcohol y sólo bebía cervezas o
vino en la comida, un par de whiskys en las fiestas. Poco

tequila, porque me envalentonaba y me metía en pleitos. Moderaba mi carácter cuando veía que iba a desbarrar. Le paré a la cocaína sin gran esfuerzo y con gusto vi que la valeriana, melatonina e inductores leves, no adictivos, reemplazaban al ansiolítico y podía dormir. Le metí energía al hatha yoga y a la meditación con pranayama, pues descubrí que eran mis mejores defensas.

Helena se dio cuenta de que yo iba en serio y regresó a los tres meses. Sin decírmelo, aunque más o menos yo me daba cuenta, me preparaba tes, fomentos o gotas de quién sabe qué, pero que sin duda funcionaron, porque con el yoga, la meditación y contener la respiración me costaba mucho menos trabajo quitarme o torear las tentaciones. Esa cuarta y última vez que regresó fue distinta, porque no se lo pedí. De pronto una noche la bella Helena llegó con el Cipolite, lo acabábamos de comprar, lleno de sus cosas. Nos besamos como si nunca nos hubiéramos separado. No dijimos nada. Ella preparó una enervante langosta en mole amarillo, abrió un Chateauneuf blanco y después hicimos el amor durante horas, como antes.

En la madrugada, aún enlazados, Helena me confesó que cuando la corrí, bien borracho, juró que jamás regresaría conmigo y se dispuso a llevar una vida de mujer descasada. Un día se encontró con el ex Flaco Rafael Bustillo, el compañero de prepa que me invitó a Boston, mi primera salida del país, hacía siglos. El mismo al que yo le había vendido a mi tía Berta y a quien daba sabios consejos sobre cómo coger. Todo esto lo sabía mi esposa y entonces decidió que yo merecía un golpe bajo y por primera vez en nuestra vida de casados se dejó seducir y pasó una noche en ese Bus, a quien, por cierto, añadió la hija de la chingada, yo había entrenado muy bien porque era de admirable inventiva y fortaleza. No sólo eso, como sabía que yo grababa mis fornicaciones, ella también lo hizo, y me enseñó el disco. Lo vimos juntos. No me hizo ninguna gracia, en verdad era cruel que eligiera al Flaco Bus para castigarme, pero lo aguanté porque obviamente lo merecía, era dura la bruja, y me acordé del ojo de Alberto. Pero también me excité. Ey ey, exclamó ella, ya se te paró, Onelio, eres un *voyeur* y te gusta verme con otros hombres. Claro que soy un mirón, mi tío Lucas me inició a los siete años. Se acabó la grabación, Helena y yo volvimos a hacer el amor, más excitados por el show previo, y cuando ella se durmió todavía me fui al baño y me masturbé hasta que tuve una eyaculación inmensa que esa vez para nada contuve. En todas las cogidas con mi esposa de los últimos cinco años había tenido orgasmos sin emisión. Al día siguiente me descubrí más bien bajo de pila, sin gran energía, a lo que correctamente se le dice "andar chaqueto". Hasta donde yo supe, y "en vida", sólo esa vez Helena se acostó con alguien, entre otras cosas porque le costó trabajo quitarse de encima a Rafael Bustillo, quien naturalmente quería seguirle. Cuando vio que regresaba conmigo, ya no insistió. Eso fue unos cuantos años antes de las bodas de plata, y ese lapso lo vivimos en paz, nos tratábamos con la naturalidad y la familiaridad de siempre pero ahora teníamos un especial cuidado, mucho tacto, procurábamos no herirnos, no salpicar de sangre y pus a nuestros hijos o a gente cercana.

Cuando menos lo imaginábamos pasamos a la cultura de los lentes para leer, puentes en la boca, análisis de glucosa, colesterol, triglicéridos, antígeno prostático, papanicolau, mastografías y demás. Encanecí, y a pesar de las dizque dietas me era dificilísimo conservar el peso; no llegué a estar gordo pero ciertamente "embarnecí". Helena en cambio no tuvo canas, hasta el final su pelo siguió negrísimo y tampoco sufrió problemas de peso. Un día los dos descubrimos cuán grotesco era hablar de "los niños" cuando nuestros hijos eran ciudadanos con derecho a votar e identidades bien definidas. De pronto, en momentos de soledad, me decía quihubo, a qué horas pasó todo, esta película de la vida es más rápida que *El hombre de la cámara* de Dziga Vertov. Cincuenta años de edad. Y ya mero veinticinco de casados. Carajo. El tiempo se acortaba y entonces revivía la eternidad de las tardes en mis años de niño pornócrata; ahora, en cambio, todo iba tan rápido que en febrero había que empezar a desear feliz navidad a la gente. Ya no hacían los años como antes. ¿A dónde se fue todo eso? ¿Se fue del todo? Tenía la sensación de que algún día inesperadamente me caería toda esa vida como un ropero retacado que al abrirlo se viene encima. Ya habíamos viajado por Europa, Sudamérica, Asia. Muchas veces por necesidades de trabajo pero también por nuestra cuenta. Helena había renunciado ya a cualquier injerencia en los Laboratorios Wise, manejados, con eficacia, por su sobrino Jasón, aunque fue una lástima cerrar la filial de México, que aportó varios productos clave para la empresa. Por tanto, la India Bonita dejó de ir a Boston. Yo también tenía años sin viajar a Hamburgo, aunque seguía en contacto cibernético con Flor y Heinrich. Pero fuimos a otras partes, muchas veces con nuestros hijos, de hecho entre los quince y los veinticinco años de casados nos la pasamos viajando. Indochina y las islas al sur nos gustaron más que nada.

De alguna manera sentimos la proximidad de la vejez cuando se murió mi tía Juana Fuerte en su cama, dormida. La otrora maestra de química de la Ibero llevaba ya casi veinte años como senadora, había sorteado los *maelstroms* de la vida política nacional, el golpe de estado, la ocupación extranjera y el caos posterior. La gente se moría, los regímenes cambiaban, pero como siempre se conservó la fachada de "democracia" ella pudo ser reelegida *ad eternum* y se movió con prudencia pero también con habilidad. Le decían la Senadora Vitalicia. Su muerte, acontecimiento nacional, se interpretó como el fin de una época en la que aún había gente valiosa en la política de México. Todos la lloramos; Helena también porque siempre tuvo un trato justo con ella: deferente pero en condición de igualdad; mi tía vio al instante el poder personal de mi esposa y la respetó sin mezquindades. Después, como con Ciénaga, se volvieron muy amigas, cenaban juntas, de hecho a mí ni me pelaban, lo que no me hacía ninguna gracia. Qué chistositas. A Manuel tampoco, pero él ya estaba acostumbrado a las ausencias. De cualquier manera, al enviudar el pobre sufrió muchísimo, pero con estoicismo y dignidad. Le pedimos que viviera con nosotros, pero él quiso conservar su casa de la colonia del Valle, donde crecí. A los ochenta años conservaba la lucidez, la bonhomía, y se bastaba muy bien por sí mismo. Le gustaba jugar dominó con otros viejitos como él que se reunían en un café de Insurgentes, donde ya eran parte del decorado. También se murieron mis tíos Alicio y Berta, mi Gran Iniciadora, ya grandes, en un accidente de avión, que falló cuando recién aterrizaba y se estrelló de trompa. No hubo sobrevivientes. Mis tíos iban a Cuba, a "rejuvenecer" en una clínica gerontológi-

279

ca de moda. Qué ironías de la vida. De nuestros mayores ya sólo quedaba Santa, mi suegra, allá en Ayautla, quien conversaba telefónicamente casi diario con Helena y enviaba por mensajería lo que su hija le requería para las consultas.

Mi tía Juana se murió dos años antes de que Helena y yo cumpliéramos nuestras bodas de plata a los cincuenta y dos de edad. En nuestra generación todos se habían divorciado antes de los diez años de vida conyugal. Algunos no duraron ni un mes. Nosotros éramos los anacrónicos, "el mal ejemplo", bromeaban los amigos. Decidimos celebrar. Llamamos a nuestros hijos y nos tomamos fotografías conmemorativas con Héctor, Marisol, Juan, mi único nieto; Elio y las gemelas Santa y Lupe. Todos bien entacuchados, como se hacía antes, o al menos como fueron las bodas de plátano de mi tía Juana y Manuel. Helena, proclive a ritos y ceremoniales, quiso un *tedeum* y después un fiestón loco, al que asistieron estrellas de cine, gente de publicidad, Mariano Ramos y por supuesto muchos políticos. También los amigos que después estarían en mi velorio o mi entierro.

Después de la fiesta nos fuimos quince días a Singapur, a nuestra segunda luna de miel. Estuvimos muy relajados; yo bebí poco, hicimos el amor muchas veces como en los viejos tiempos: en camas pero también en las rasposas arenas de la playa, en albercas, baños de restaurantes y paseos; no nos peleamos, ni siquiera discutimos, sinceramente estábamos en muy buena interrelación. Platicamos mucho, repasamos casi toda nuestras vidas y nos hicimos revelaciones. Yo creí que ya nos conocíamos todos los secretos, así es que me quedé helado al saber que Helena había roto el juramento de "no

utilizar mal las plantas" que se hizo después de que la
Llamarada de Tlázul la llevó a dejar tuerto a Alberto,
quien por cierto había ascendido mucho en la política y
cada vez oíamos hablar más de él, pues ganó la gubernatura de Oaxaca en medio de escándalos.

Yo ignoraba, porque ella me lo contó hasta después
sin darle importancia, que Fernando Fabián Alejo, el
coordinador de asesores de Gobernación, enloqueció
cuando Helena lo limpió, desnuda, en el temascal de
nuestra casa. Fue un error fatal de diagnóstico y de remedio. Ese imbécil no sólo le contó todo a Mariano Ramos, su jefe, sino que procedió a acosar y hostigar a mi
esposa a cada momento. Ella no me dijo nada porque
creyó dominar la situación, que, sin embargo, se volvía
un problema insoportable. Una noche en que yo andaba
de viaje quién sabe cómo Alejo logró desactivar las alarmas de la casa y se metió a nuestra recámara. Ahí, pistola
en mano, violó a Helena, quien, sorprendida al máximo,
no halló cómo detenerlo y optó por la no resistencia silenciosa. Nadie la había violado jamás, y ardía de furia.
Resolvió vengarse. Al terminar se mostró sumisa, domada. Alejo pensó que a ella le había gustado la brutalidad,
así es que volvió a montarla y Helena incluso fingió que
se venía varias veces. No quería que sospechara nada.
Él se largó inmediatamente después, sin atreverse a verle la cara. Pero mi viuda hervía en una furia que sólo había sentido desde que usó a Alberto para desflorarse.

Entonces preparó un compuesto meticulosamente,
después llamó al violador, lo citó en un bar y le dio su
brebaje en una copa de champaña. Prometió que lo vería en pocos días, pero en ellos Fernando Fabián Alejo se
fue marchitando, perdió toda la fuerza, ya no pudo tra-

bajar y desde entonces fue un bulto estorboso e incoherente para su esposa y sus hijos, unos rufianes que lo detestaban por inútil y porque no daba dinero. No acababa ahí la cosa. Cuando Mariano Ramos vio que su secretario se extinguía, lo interrogó sin piedad. Ya sabía que Helena lo había limpiado en el temascal y se enteró de que ese pendejete se había acostado con ella antes de caer enfermo. No le costó nada establecer que la consultora, que sabía de venenos, tenía que ver con la enfermedad inexplicable de su subalterno. Varias veces se lo insinuó a mi mujer y ella lo ignoró olímpicamente. Pero no le gustaba nada de eso, sabía que habría consecuencias, graves, y sólo esperaba estar preparada. No había cómo detener el mecanismo de acontecimientos echado a andar. Esa noche Helena hablaba en sueños y repetía: no usar mal las plantas, no usar mal las plantas, no usar mal las plantas.

Me quedé perplejo ante todo esto. Por una parte no me sorprendí y comprendía a Helena, pero también sentía algo ominoso. Como ella. De cualquier manera, mi mujer pareció descargarse, aligerarse, al contarme todo, así es que de pronto decidimos acabar de decir lo que aún no confesábamos. Yo revelé casi todo lo que no le había contado y supongo que ella también; era grabar nuestros recuerdos indeleblemente, como si presintiéramos que unos cuantos días después yo moriría.

9. Temores

Sangrita de la viuda. Era de madrugada cuando entré atro-pelladamente en la casa de San Ángel, buenos días don León, trae mucha prisa, y a ti qué te importa estúpido, entré en el cuarto de los secretos, y de la caja fuerte, que nunca cerré, tomé billetes, monedas, joyas, discos y por supuesto las grabaciones, en especial la de los legionarios sin capucha. Eran perfectamente reconocibles los pa-dres de la patria, la industria y las religiones. Perfecto. Me fui al instante a los estudios de edición De la Sierra, en cuyo estacionamiento morí; verifiqué que el velador no me viese, entré en la sala de máquinas e hice copias del disco que guardé en sobres dirigidos a Helena, a Ma-riano Ramos y a los principales periódicos, televisoras, estaciones de radio y a los corresponsales extranjeros. Y uno más para subir a la red. Empezaba a clarear cuando me dirigí a la casa de Laura López; me divertía estúpida-mente despertar al leviatán. No me extrañó que la gorda tardara en mover sus adiposidades y abrir.

Mira nomás quién está aquí, el muerto más chulo del mundo, me saludó. De cualquier manera qué poca ma-dre visitarme a estas horas, ¿eh? Estoy hórrida.

Estás bien, le dije, con un beso. Ella quiso cachon-dearme al instante, así es que mejor le di los sobres. Si

283

me muero repentinamente por cualquier motivo, o si desaparezco, casi declamé, haz llegar estos sobres a sus destinatarios por favor.

Pues tú qué te traes. Te ves de la chingada.

Estoy metido en broncas tremendas, no te imaginas.

Sí me imagino, replicó, porque ya te tengo más reportes, además de que en lo personal puse a un chango a que te siguiera. Sí, no me veas con esa cara. Tú eres un caso muy especial, Onelio. La verdad es que he dormido a saltos toda la noche porque mi gente me ha estado llamando para decirme que cenaste en el Lévi Strauss con la presidentucha y sus cacagrandes, luego te fuiste a una casa muy antigua por el rumbo del Desierto de los Leones, a una reunión de gente muy poderosa que se llama La Legión. Todavía no sabemos bien qué es eso, pero ya estamos sobre las pistas. Hiede, ¿eh? Saliste corriendo de ahí, sin darte cuenta de que te seguían, fuiste a tu casa y luego a unos estudios de edición que eran tuyos. Y ahora aquí. Es obvio que te buscan, pero al menos en este momento no saben dónde estás. Sin embargo, caramelito, tomando en cuenta la posición y los poderes de esa gente, es probable que no tarden mucho en descubrirnos. Onelio, me deberías contar muchas cosas para que te sea más útil. Es seguro que ya me hayas metido en una bronca mayúscula, pero todo te lo perdono porque tienes una cola muy rica.

Me hizo reír. Sin duda la gordoloba tenía su gracia de Miss Piggy.

Calma, calma, le tuve que decir, porque ya me acariciaba el peneloup impunemente, el que además, como era de esperarse, carajo, ya se erguía.

Ay qué rico se te para. Después cogemos, ¿eh? Ni

creas que te me escapas, ¿te imaginas?, vas a ser como una lagartijita encima de una piedrotota, ¿no?

No.

Laura me guiñó un ojo, pasamos a su estudio, alzó un tapete y un grupo de losas de parquet. Después guardó los sobres en el escondite. Pasamos a la cocina, donde vía microondas aprestó un abundante desayuno: huevos ahogados, seguramente una semana antes, frijoles refritos de lata, tiras de tocino, ésas sí frescas, y café con leche. Además había fruta previamente pelada y cortada en algún supermercado, jugos chafas, pan de dulce y pastelería en abundancia. Pues comimos con apetito. Entonces fuimos a la cama, porque la gordis no iba a dejarme ir sin pagar boleto. Medio durmiéndome, con imágenes entremezcladas de Helena y del niño secuestrado por La Legión, qué horror, me dejé ir entre las grasas, le arranqué una docena de orgasmos a la López y después caí dormidísimo, aunque antes alcancé a descubrir que desde mi "muerte" no había necesitado inductores para dormir. Y tuve un señor sueño.

Helena y yo estábamos en Ayautla. Santa, mi suegra, y la abuela Doña Lupe nos hacían una limpia rociándonos un agua de aromas; después nos vistieron de blanco con ropa zapoteca. Las dos unieron las palmas en una reverencia. Helena y yo nos desplomamos entonces en una caída negra y sin fin a velocidades desquiciantes, hasta que nos vimos de pronto en la cavidad de una montaña muy alta: bajo el cielo despejadísimo una cordillera de picos nevados se extendía. Ahí estaban los seres sagrados, que en momentos se difuminaban y en otros casi se materializaban y lucían imponentes, grandiosos, altísimos. Entre ellos se hallaban ahora Doña Lupe y Santa, humildes y reverentes. Aunque siempre permanecí al lado de Helena era como si yo no existiera, ellas nunca me mi-

raban, me hablaban o reparaban en mí. Helena era sometida a un juicio. Había usado mal las plantas, las envileció con fines inexcusables. Mi mujer, de pie, erguida, no negó los cargos ni trató de justificarlos, matizarlos o contextualizarlos. Sabía que estaba de más. Los seres sagrados, o sus vagas, huidizas esencias, deliberaron y después me miraron. Todos centraron su atención en mí, incluso Helena, Doña Lupe y Santa. De súbito era como si el enjuiciado fuese yo, quién sabe qué esperaban de mí. Entonces de mi boca salieron las palabras: Toda mi vida me he preparado para esto; comparto la suerte de mi esposa, juntos nos salvamos o juntos nos hundimos.

Desperté porque la buena Laura López me felaba industriosamente. La delicia de su boca incrementó la sensación de bienestar casi mágico, celestial, que se extendía del sueño, pero que por desgracia fue interrumpido por llamadas insistentes en la puerta. La gordilaura me informó entonces que había dormido catorce horas. Durante ese tiempo ella se fue, atendió sus asuntos, hizo mil cosas, no como yo que estaba de huevonzote, guardé muy bien los discos, ¿oquéi?, si te matan o cuando tú lo digas los mando a sus destinatarios. Seguían los toquidos.

¿Esperas a alguien?

No, respondió ella. Se puso de pie renuentemente y con un control remoto accionó una pequeña pantalla que mostraba la entrada de su casa y al doctor Daniel Escamilla frente a ella. Él no podía vernos ni oírnos aún.

¿Tú sabes quién es?, me preguntó Laura.

Sí, ya me encontraron. Qué rápidos son. Y lo malo es que, efectivamente, ya te metí en todo esto. Qué pena me da. Cuida mucho esos sobres, Laura. Contienen unos discos que nos pueden salvar la vida. ¡Carajo!, exclamé, suspirando. Más vale que dejes pasar a ese weycito. Esto no puede postergarse por ningún motivo.

Laura accionó la entrada y Daniel llegó hasta nosotros. Al instante asentó que le pareció repugnante que yo estuviera con esa fofez, lo cual hizo que el balón playero se crispara y se arrinconara en el fondo de la sala con miradas asesinas. Daniel me avisó entonces que debía presentarme voluntaria, *educadamente*, esa noche en donde yo sabía. Pero el subsecretario de Salud palideció cuando le revelé que había conservado (bueno, Kaprinski) copias del disco en el que La Legión aparecía sin máscaras y era perfectamente reconocible. Los medios de difusión y especialmente el ministro de Gobernación Mariano Ramos las tendrían en el momento en que yo, Helena, mis hijos o Laura López muriéramos por causas extrañas, enfermáramos hasta perder la conciencia o desapareciéramos inexplicablemente.

Déjenme en paz, Daniel, dije, mientras Laura, pasmada, nos oía en el fondo de la sala. No atenten contra mí. Juro por lo que consideren más confiable que ni Laura ni yo revelaremos jamás la existencia de La Legión y no causaremos ningún problema.

Hablaba en serio. En lo más mínimo quería hacerle al héroe y poner en peligro la vida de Helena, de mis hijos y hasta de la esférica Laurilópez que se había portado tan bien.

Daniel me sopesó un largo rato, pero en realidad parecía recibir instrucciones por algún conducto que no era visible. Obviamente esa plática era monitoreada por La Legión, gracias a las maravillas nanotecnológicas.

Expondré todo esto a los hermanos, dijo Daniel Escamilla finalmente; por el servidor o algún otro medio sabrás cuál es nuestra respuesta. Pero más vale que te vayas inscribiendo en una clínica del dolor.

Se fue. Laura López se acabó en segundos una palanqueta de cacahuate y me pidió explicaciones. Pero a mí me urgía ir a casa de Helena, tenía la sensación ominosa de que atentarían contra ella, algo intentarían. Quería estar ahí y evitarlo, aunque eso significara exponer la gran mentira y las consecuencias de mi muerte. Era ridículo, hasta donde me daba cuenta La Legión ignoraba aún que yo era Onelio de la Sierra. La verdad es que para entonces todo me importaba muy poco; había llegado al momento de apostar la vida, ¿no era un frenesí, una ilusión, una sombra, una ficción? Entonces, a chingar a su madre la vida misma.

Luego te cuento, le dije a Laura, me urge hacer unas cosas.

Llévate los reportes.

Sí, gracias, y dile a tu canchanchán que ya deje de seguirme, es ridículo.

Tas pendejo, ora más que nunca no te voy a perder de vista. Ya me metiste en tus truculentas historias de zombi de Sahuayo y te jodes.

Pues como quieras. Luego nos vemos. Gracias otra vez, le dije y tomé los archivos con los reportes.

En mi Hot Roamer me abrí paso entre golpes a manifestantes, arrestos de grandes grupos, multitudes que esperaban el agua y retenes malditos. Pero en vez de dirigirme a Contreras fui al centro de la ciudad, con sus lujos y ruinas, infinidad de grandes, impresionantes obras interrumpidas. Dejé la camiona en un estacionamiento. Salí y tomé el metro, asfixiante, pestilente, calurosísimo, que avanzaba entre grandes pujidos. Salí de repente a la calle en la estación Tacubaya y tomé un taxi que me llevó al aeropuerto, donde compré un boleto para viajar a Acapulco; pasé los detectores y llegué a la sala de espera de los viajeros. Entonces me deslicé a la entrega de equipajes y salí al exterior de nuevo borrándome hasta donde era posible. Un taxi me llevó a unas cuadras de la casa de Contreras. ¡Uf! Heme aquí metido de pinche agente internacional, me decía, como en *El complot mongol*. Estaba seguro de haber perdido al sabueso de Laura y a la gente de La Legión. Regresó el también gordo Hitchcock y ahora me sentía en *Intriga internacional*, cuando Jimmy Stewart entendió cómo era la cosa y actuó en consecuencia.

Eran las cinco de la tarde cuando llegué, merodeando sigilosamente, a mi linda casita blanca llena de luz con aquellas noches de Veracruz. Helena no debería estar ahí, pero Justo aún no habría salido. Me arriesgué de cualquier manera y para mi fortuna el buen hombre no estaba a la vista cuando abrí la puerta principal que daba a la sala. Me oculté en un rincón afilando el oído y descubrí que Justo se hallaba en la cocina, seguramente guardando cosas y preparando su salida. Pues no pude resistir hacerle una broma. Avancé silencioso a la cocina, donde él lavaba trastes de espaldas a mí. Entonces tomé un descomunal cuchillo cebollero, primo hermano del machete, y dejé caer el tostador. Justo se volvió, sobresaltado, al oír el ruido, y dejé que me viera durante dos segundos exactos blandiendo el cuchillón. Me fui a esconder en el vestidor, aguantando la risa por la sorpresa de Justo al ver el fantasma de su viejo jefe. No pararía de hablar de esa aparición todos los días de su vida, de veras, se me apareció el difunto, no sabes. No hizo ningún ruido, debió quedarse paralizado un buen rato hasta que lo oí irse y cerrar la casa con rapidez.

Salí entonces de los clósets del vestidor y me tendí en mi vieja, deliciosa, cama. Ah cómo la extrañaba. Mi camita blanca de mi vejez, donde las horas, donde las horas feliz pasé, oh oh, *who's been sleeping here?* Algo anda mal. Por desgracia, apenas me había instalado con un gran suspiro en la cama cuando otra vez no pude relajarme porque oí que Helena llegaba. Pero cómo, es muy temprano, qué se trae esa bruja, pensé. Maldita, no me deja descansar ni estando muerto. Desde el barandal, vi que ella había alcanzado a Justo y le daba instrucciones mientras entraba en la casa. Típico. Qué manía de ordenar en el último momento. Justo se volvió a ir y Helena subió velozmente a la planta alta, por lo que tuve que deslizarme silenciosa y fugazmente al vestidor.

Mi viuda se metió en la recámara, nuestra recámara. Buscaba algo afanosamente, un tanto agitada. Después se quedó inmóvil, incluso se sentó en cuclillas al estilo indígena. Debió tomar una determinación porque dejó de buscar y bajó con rapidez. La seguí muy callado. Conocía a mi mujer y sabía que iba a la choza, a preparar algún compuesto. La vi de lejos mientras juntaba yerbas, polvos, pastas y otros materiales antes de proceder a combinarlos. Estaba muy seria, oscura, y eso me llenó de un sentimiento ominoso. De pronto se detuvo y de nuevo se sentó en cuclillas y se quedó pensativa. Por alguna razón no quise verla más. Subí a la sala en silencio y me encerré en el medio baño para las visitas. Mis intestinos efervescían y dejé salir un chorro de mierda casi líquida. Qué peste, Dios mío, me dije.

Entonces revisé los papeles que Laura López me había dado, los nuevos reportes de las investigaciones que pedí. El de Elio abundaba en sus rutinas, aunque ahora salía con Fabiola, una muchacha de veinticuatro años, cabello castaño oscuro, ojos negros, no muy bonita pero atractiva, de espléndido cuerpo, como dejaban ver las holografías. Elio se había reunido en un restaurante con Helena y las gemelas, donde seguramente discutieron la situación de Héctor. Los reportes indicaban que mi hijo mayor había desaparecido y los servicios secretos y de "inteligencia" lo buscaban afanosamente, alguien se interesaba mucho por ubicarlo. Por suerte nadie sabía aún que mi hijo se movía con un perfil bajísimo en Boston. No se había divulgado nada aún de las cuentas en el paraíso fiscal y el casi seguro lavado de dinero. Tampoco habían arrestado a los socios de mi hijo. Quién sabe qué duelo de poderes se llevaba a cabo en esos mismos momentos en los pisos altos de la política, eran varios los involucrados y todos con relaciones o ramificaciones importantes. Ese problema no se resolvería fácilmente, lo que me aliviaba porque daría tiempo para que mi hijo acabara de blindarse o de que el asunto se olvidara por esas necesidades políticas cuyos intereses de clase creaban escenarios de extrema movilidad, coyunturas que a la larga podían beneficiar a Héctor.

El reporte de las gemelas era muy perturbador. Una *razzia* supuestamente rutinaria las descubrió en El Acordeón con un grupo de jóvenes y bastante cocaína, mariguana y éxtasis. Pues sí. Milagrosamente no había ocurrido nada grave, porque uno de los muchachos era hijo de un senador influyentísimo y con un par de llamadas videofónicas los policías, los temibles vúlgaros, dejaron a todos en paz y se fueron a extorsionar a otro antro.

El reporte añadía que todo eso había impactado tremendamente a mis niñas, quienes no habían salido de su departamento en dos días. Qué angustia sentí, como tantas veces antes cuando temía por mis hijos porque llegaban tarde y después porque ninguno era un merenguito. En verdad me devastaba la preocupación de que les ocurriera una catástrofe. Pero, bueno, a Héctor ya le había acontecido y como quiera que fuese el karma familiar no resultó tan malo porque había logrado evadir los peligros. Hasta ese momento. Con que ahora tome conciencia plena de lo que ha hecho, me decía. Pero lo dudaba. Es increíble cómo tanta gente sufre golpes decisivos de la vida y no comprende nada. Pagan sus errores con algún tipo de castigo físico, moral, social o incluso legal, pero después siguen como si nada, no entienden nada. Cómo quería que Héctor comprendiera la magnitud de sus problemas. Nadie había sido deshonesto en la familia, ni siquiera mi tío Lucas con sus transas y finanzas, ni su hermana, mi tía Juana, mentora de mi hijo, con tanto poder y oportunidades; la vieja dejó pasar muchas cosas pero nunca se corrompió. Con Jasón y su flexible moralidad iba a ser difícil que no reincidiese en algún lío. Pues era su vida y su karma, yo ya tenía demasiadas broncas encima por mi propia estupidez y no tenía por qué tomar medicinas para enfermedades que no padecía.

El último reporte era sobre Helena, que debería hallarse aún en la choza porque no la había oído subir a la casa. El gobernador de Oaxaca evidentemente se interesaba por ella y los detectives lo explicaban por la rivalidad política de Alberto con la secretaría de Gobernación y el gobierno federal en su conjunto. Mi viuda, muy mal muy mal, seguía considerándose una especie de asesora, si no es que eminencia gris, de Mariano Ramos, quien tenía fama de brutal y de inteligencia limitada. Pero yo sabía la verdad. En las primeras décadas del nuevo siglo los conflictos políticos se dirimían rutinariamente a través de asesinatos o procesos judiciales implacables. Todos estaban contra todos. En cada partido político las luchas internas eran devastadoras, al igual que en el endeble gobierno, los grupos de poder económico y no se diga en las mafias de narcotraficantes y criminales. Mariano cavaba la tumba de la presidenta Kurtz y se batía al mismo tiempo con varios gobernadores, que como Alberto eran amos feudales de sus territorios. Pero el ministro, de cabeza dura, quería acabar todo rápido sin ver que el desarrollo mismo de las cosas llevaba a muchos de sus enemigos a la destrucción. Ramos también era adversario de La Legión, lo supiese o no. Todo indicaba que sus espías aún no averiguaban nada. En cambio, los investigadores de Laura ya habían detectado a La Legión, aún no sabían gran cosa de ella, especialmente de sus edificantes ritos pederásticos y asesinos, pero sí que la conformaba gente muy poderosa e influyente. Mis respetos a la agencia de Laurapótamo. El problema era que sin querer, así como yo adquirí los problemas de León Kaprinski, Helena también se había involucrado en el horrendo viaje existencial de Mariano Ramos.

Ya me dolían las nalgas de estar sentado en el retrete cuando llamaron a la puerta de la calle. Subí a trancos una vez más la escalera y me coloqué en el barandal, listo para meterme en los clósets del vestidor si era necesario. Helena se tomó su tiempo para subir, a pesar de los insistentes toquidos. Se puso una bata. Desde la cocina atendió el monitor de la cámara en el zaguán. ¡Te dije que no quiero verte!, explotó, ¡lárgate de aquí o llamo a quien pueda ponerte quieto!, casi chilló mi viuda, encolerizada, exasperada, antes de desconectar el comunicador. Pocas veces la había visto así. Al parecer la sacaron de una concentración profunda. Pero qué prepara ésta. Lamenté haberme encerrado a leer los reportes en vez de seguir espiándola.

Sonó un timbre. No era ni de la puerta ni del videófono. Se trataba de un equipo de radio en alguna frecuencia privadísima. Desde el barandal vi cómo la India Bonita se instalaba en la sala a contestar el aparato. Sin duda se trataba de Mariano.

Ya está, dijo Helena. Me estiré para verla, no lo logré pero aun así supe que estaba pálida, preocupada y asustada. Es algo muy sutil, sin sabor, sin olor, instantáneo, mortal y no deja rastros, seguía mi viuda tratando de controlarse y de refrenar una exasperación creciente; no la veía pero era como si la tuviese en gran acercamiento en un monitor. No no, por favor, no me digas qué vas a hacer. ¡Que no me lo digas!, gritó con una autoridad helante. Voy a hacer esto por única vez, agregó, y después tú me vas a dejar en paz a mí y a mi hijo y a toda mi familia para siempre, ¿oíste?, si no lo haces divulgo todo lo que sé de ti, sí, Mariano, yo grabo todas mis sesiones y tengo las tuyas también, todo lo que me has dicho, así es que nos dejas en paz para siempre. Para siempre. ¿Eh? Sí, está bien, que venga Lucho en una hora. Todo estará listo, dijo mi viuda, y finalmente colgó. O eso me pareció, por el silencio. Oí un suspiro y Helena regresó al sótano. Yo estaba horrorizado y me desesperaba no saber qué hacer.

Esperé a que Helena regresara de la choza. Traía un frasquito con gotero, como los que usan los naturistas. Lo dejó en una mesa y después se dejó caer en el sofá de la sala, extenuada. Entonces bajé silenciosamente al sótano. Tomé una botellita como la que estaba arriba, la llené con agua, o eso me pareció el líquido transparente de una jarra. Regresé a la sala. Helena parecía dormir, incluso su respirar era pesado; intercambié las botellitas y me escondí en la despensa; apenas cabía pero aun así recordé a Cantinflas en *Ahí está el detalle* aunque no había puros ni coñac, ni llegó Joaquín Pardavé con su mujer ladina. Entreabrí la puerta cuando oí que llamaban afuera. Mi viuda tomó el frascogotero y lo entregó a alguien. Pero en mi bolsa estaba lo que seguramente era un veneno mortífero. Quién sabe con qué llené la botellita que el enviado llevó a Mariano Ramos.

Helena subió a la recámara sin duda a dormir. Yo aguardé unos minutos más antes de salir de la casa sigilosamente, pero me detuve porque sonó el teléfono. Subí la escalera en silencio y me ubiqué en el dintel de la recámara. El letargo se fue de mi viuda cuando le avisaron que su madre había muerto. Yo mismo sentí un dolor terrible, nunca hubiera imaginado que amaba tanto a mi suegra. Oía a Helena decir: Voy para allá. Mañana mismo llego. Yo entierro a mi madre. La oí sollozar y después llorar sin contenerse. La India Bonita lloraba al fin.

Entonces un impulso irrefrenable, inesperado, como cuando cambié identidades con León Kaprinski, me hizo entrar en la recámara. No podía dejar a Helena así. Alzó la vista cuando llegué a ella y la estreché con fuerza. Era como si nunca hubiese ocurrido nada y yo regresara del baño. Siguió llorando. Ay Onelio, decía difícilmente, se murió mi mamá, se murió mi mamá. Sí, vida, lo siento mucho, tanto como tú, de veras, tu madre era una santa. Yo sé, Onelio, yo sé.

10. Lo que va a resultar de esto

Allá en Ayautla el llanto llora. Helena no se sorprendió de verme ni me creyó aparición porque siempre supo, o intuyó, lo que había pasado. Quién sabe cuál habría sido su reacción de revelarme en otras circunstancias, pero reaparecer cuando su madre había muerto fue el momento milimétrico de suerte, el *timing* perfecto, cuando ella necesitaba el máximo apoyo que incluso nuestros hijos no le podían ofrecer. Pero yo sí. Lloró intensamente hasta que se desahogó y yo la abrazaba, fundido en su calor, extasiado en su aroma. Hasta después de no sé cuánto tiempo alzó el rostro y me miró. Sonrió tristemente. Pero después me soltó un bofetón tremendo que me mandó hacia atrás y me hizo ver doble.

Eres un cabrón, cómo pudiste hacernos esto, con razón no tienes madre, me dijo con frialdad, pero quién sabe qué vio en mí que cambió el tono por completo, aunque insistió: pues para mí te moriste, largo de aquí pinche cadáver inmundo y pestilente, los muertos a los tres días apestan. Estás muerto, bien morido y fallecido, yo misma te enterré en una tumba con flores y lápida limpia, ¿qué más quieres? Se te atendió con los debidos honores, tengo el acta de defunción de Onelio de la Sierra, te hago caso porque no soy la cabrona que crees, pero podría darte el tratamiento de aquel doctor de *Trampa 22* que oficialmente se murió y todos lo ignoraban aunque lo veían en frente, patético, diciendo ¡ey, no me he muerto, estoy vivo! ¡Aquí estoy!

Yo estoy vivo, tú estás muerta, deslicé.

No, chulito, ya filmaste *Ubik*, no me vengas con tus citas citables.

Pues sí, Helena, pero hay que ir a ver a tu madre, le dije.

Eso nos puso en actividad. Ella se fue a bañar y a mí me costó algún trabajo pero renté un avión de una compañía que trabajaba con la productora de cine. Helena se vistió y yo me cambié de ropa. Después de todo mis cosas seguían ahí; las mías, no las de Kaprinski, ah qué liberación sentí, a pesar de los problemas que nos cercaban. Ahí estábamos los dos, juntos en el vestidor, haciendo maletas como tantas veces. La vi más hermosa que nunca, recién bañada, fragante, y no pude evitar abrazarla, besarla, sumergirme en una emoción que llegaba hasta el fondo de mí. Ella me besó también con intensidad, fuimos uno solo durante un segundo, pero se separó, ahora no, chulito, dijo, y después quién sabe, ¿eh?, Desayunamos en el antecomedor, como siempre. Y desde que tomamos un taxi rumbo al aeropuerto, encontramos el avión y durante el vuelo hablamos sin parar.

Helena jamás se creyó mi muerte pues demasiados indicios la hacían dudar. El cadáver, de entrada, le pareció demasiado raro. Era yo pero definitivamente no era yo. Lo principal era ese rostro de pasmo aterrorizado. Aun cuando hubiera sufrido un ataque fulminante, el terror no era el de la muerte, sino el de quien muere porque presencia algo terrible. Eso estaba bien para mis películas pero no para mi vida normal. Además, el olor. Helena empezó a olerme desde el velorio, ¿no era yo el panzón pelirrojo barbudo?, me olió en la casa en los siguientes días y supo que yo andaba por ahí, fantasmeando. También se dio cuenta de que mi agenda y varias cosas de repente desaparecieron, y estaba segura de haberlas visto antes. Sintió mi presencia y como sabueso siguió mi rastro con el olfato y llegó al vestidor donde me había ocultado. Estuvo a punto de dejarme un mensaje. El aviso de que buscaban a Héctor para arrestarlo llegó misteriosa, providencialmente, ahora sí que "desde el otro mundo" y siempre intuyó que yo andaba de por medio, adoraba a mi nene Hectorcito porque era algo así como mi hijo pródigo, a quien debía proteger más que a nadie por su fragilidad e indefensión. Y luego el dinero de las gemelas. Pero el correo electrónico sobre Alberto la convenció de que yo no había muerto. Entonces sí estuvo segura de que yo lo había enviado. Supuso que algo muy especial, excepcional, me había llevado a esas puestas en escena, y pensó que no debía interferir, ya se había trastocado la realidad por completo y después sabría qué pasó, porque sin duda, tarde o temprano, de una forma u otra, con disfraz o cirugía plástica, yo retornaría de los muertos.

De cualquier manera, mi muerte, real para fines prácticos, la hizo pensar mucho. Obviamente no había nada casual, circunstancial. Nada sucedía porque sí en este mundo milimétricamente predestinado, ni la casualidad era casual, de eso estaba segura. Repasó nuestro matrimonio, y con dificultades aceptó la conclusión de que nuestras divergencias en cuanto al sexo habían sido definitivas. Ella debió apoyarme y ensayar mis maithuneces o inventar nuestros propios medios porque inexorablemente todo eso estaba ligado a sus abuelos. En ese sentido yo iba mucho más adelantado que ella, yo no titubearía en dar mi vida en un pacto de amor. Ella, quién sabe. En todo caso, no le atraía para nada ritualizar el sexo con orientaleces, ya era demasiado tai chi, feng-shui, inciensos, uf. Y lo que faltaba aún.

Tenía razón. Cuando llegué a lo concreto en mis experiencias sexuales no supe qué hacer. Mi intención era seguir los textos, pero a mí también se me dificultaba practicar esos rituales. Había que encontrar nuestro camino, único, apropiado a nuestro entorno cultural de toda la vida. No el de la India ni el cabalístico de Meyrink. No tuve el poder para reincorporar a Helena porque también titubeaba. Seguí por mi cuenta, pero dolido en el fondo porque ella no quería acompañarme en el máximo mito humano, el del amor, tan vasto que abarca a las divinidades y el único que podía reencauzarnos en esos momentos de oscuridad despiadada. Cuántos problemas causé al perder el camino. Por las razones que fuesen fallé, pues si no jamás habría llegado a nosotros gente como Kaprinski.

Entonces le narré lo ocurrido desde que León murió en mis brazos y descubrí La Legión, las violaciones y asesinatos de niños, le dije quiénes la componían, hasta donde yo alcanzaba a reconocer. Helena me miraba asombrada y horrorizada. Por último le conté la noche en el Desierto de los Leones, cómo hui y cómo por el momento los tenía a raya gracias a los microdiscos que armarían un videoescándalo más en un país ávido de esos voyeurismos políticos. Igual que yo con las grabaciones que tengo de Mariano, comentó ella; es increíble cómo tantas cosas son iguales o parecidas en nuestras vidas, ¿te das cuenta? Seguramente ya mandó o no tarda en mandar que saqueen tus grabaciones y borren tu computadora. Sí, pero pensé en eso, así es que saqué copias y respaldé todo. Se lo dejé a un notario, con instrucciones de que las diera a conocer si me pasaba algo o yo se lo ordenaba. Así que a eso fue al notario, pensé. Pues yo hice algo semejante, le informé.

Helena rio al fin. Por eso se salvó Hectorcito, comentó.

Sí, pero no fue ninguna broma lo que hizo ese niño, y lo peor es que no creo que sea consciente.

Como era de esperarse, Helena defendió a su hijo. Siempre se había inclinado hacia él, pero se daba cuenta y trataba de equilibrar el amor entre los cuatro, sólo que a veces se le pasaba y el recipiente de sus descargas era precisamente Héctor, a quien entonces yo trataba de consolar, algo inútil desde que cumplió dieciséis años y ya era más hijo de mi tía Juana que de nosotros. Ay Hectorcito. Es divino, Onelio, no me digas que no, afirmó Helena, convencida. Cuando da lo mejor de sí opaca todo.

Cuando llegamos a Ayautla llovía torrencialmente y el piloto, pálido, no podía creer que hubiéramos aterrizado. Era una durísima tormenta inesperada. Pero llegamos. Nos dimos una empapada de aquellas cargando nuestras maletas en lo que caminamos a la Casa Gringa. Todo se hallaba oscurecido y ominoso. Llegamos poco después del mediodía. Paulita, que cuidaba a mi suegra desde hacía años, nos recibió.

En la sala principal se hallaba el cadáver de Santa en su ataúd rústico y con cirios. Varias personas la velaban.

Helena contempló a su madre y esa vez no lloró, más bien me pareció que sentía una especie de orgullo y de aliento viéndola. A mí me pareció más bella aún que las ocasiones anteriores. Irradiaba paz absoluta en la sala y de alguna forma todos la sentíamos. La gente fue saludando a Helena y después volvieron a sus lugares, silenciosos y sosegados. Como nadie sabía de mi inexistencia oficial, fui Onelio de la Sierra. Qué gusto me dio. Quise encargarme del entierro de mi suegra, pero era innecesario, ella misma había previsto y arreglado todo, por eso muchísimas flores la iluminaban y perfumaban. En el ataúd, todo el poderío de su belleza desafiaba a la muerte. Pero qué hermosa es la Santita, me repetí. Tenía poco más de setenta años al morir.

Paulita nos contó que la noche anterior, una serpiente reptó hasta su cama, pero ella la sintió, se levantó y la mató pisándola con una fuerza tremenda. Después se volvió a acostar, suspiró y se durmió de nuevo. La víbora estaba bien muerta, por lo que Paulita la jaló hasta las matas para que las alimañas se la comieran. Cuando volvió al cuarto, doña Santa dormía. Paulita iba a acostarse cuando sintió algo muy raro, un aroma muy fino y delicioso de flores. El olor venía de la cama de mi suegra. Paulita se levantó y fue a verla. Sí, ella era la que olía tan bonito. Entonces se le ocurrió despertarla, nos contó, pero Santa ya había muerto.

Acompañados por mucha más gente del pueblo de la que hubiéramos imaginado, primero oímos misa en el panteón contiguo al templo y luego enterramos a mi suegra junto a su madre, la afamada Doña Lupe. Helena y yo nos abrazábamos. Estaba nublado y frío, ya no llovía, pero la niebla llegaba hasta el suelo, deshacía y recomponía los contornos. Todos volvieron a presentar las condolencias a mi mujer y se despidieron. Nosotros regresamos abrazados a la Casa Gringa. Hacía un friazo.

Paulita nos hizo una merienda de atole y tamales. Ya nos había arreglado la recámara de Helena cuando era niña. Mi mujer trataba de manejar tantas emociones. Pero antes de retirarnos fuimos al *bacyar*. Olía delicioso, especialmente en el famoso herbolario de Doña Lupe, que Santa supo conservar aunque ella no se dedicara a las plantas. Casi en penumbra, porque afuera había oscurecido, recorrimos maravillados los tesoros botánicos con sus olores y sus esencias, que se hacían sentir. Helena las reconocía, las acariciaba, con una mirada serena de amor entrañable. Pero otras plantas le cambiaron el estado de ánimo. De pronto se puso más seria, me miró profundamente y dijo que fuéramos a la choza.

Dejamos el jardín con el chipi chipi que caía entonces y nos metimos en el sótano, en cuyo centro se hallaba la choza de Doña Lupe. Helena encendió numerosas velas e incienso, y dijo que, como quiera que resolviéramos la cuestión de mi identidad oficial y lográramos parar a Mariano, prometía que juntos encontraríamos nuestro camino vía el amor, y si era necesario llegar a la muerte lo haría sin titubeos. La abracé, conmovido.

¿Lo harías, Helena? ¿Llegarías a tomar cicuta conmigo?

Mira, con las broncas que tenemos encima quizás es lo mejor.

La besé entonces suavemente y ella me estrechó fuerte, ahora sí, mi vida, dijo. Nos desvestimos en silencio, mirándonos. Nos tendimos en los petates de la choza.

Hicimos el amor largamente, cargados de pasión

pero también en medio de una paz maravillosa, el silencio era absoluto y las luces de las velas se ondulaban sensualmente. Yo me hallaba debajo, quieto, y ella, sentada en mí, deslizaba su cuerpo ondulante como las llamas; empezó a hablar en un idioma incomprensible, casi inaudible, supongo que zapoteco, y después vigorizó sus movimientos, de arriba abajo, en círculos, mientras sus brazos dibujaban en el aire y la fuerza de sus embates crecía. Mi miembro hervía, yo seguía quieto a pesar de todo y contenía la respiración, no pensaba; Helena también había vaciado su mente para que emergiera el dulce poder que había en ella y que desconocía, a pesar de tantas veces que había hecho el amor conmigo, pero de pronto estalló en retorcimientos, oscilaciones del cuerpo, penduleos de la cabeza, y gemía, no: era una especie de silbido y de aullido combinados. Sus orgasmos eran incesantes, progresivos, tal como yo los experimentaba conteniendo la respiración y sin moverme. Todo trepidaba en mi cuerpo inmóvil y me enmarcaba en un gozo continuo, interminable. Después nos fuimos desnudos a la recámara. Helena estaba feliz. Qué bárbaro, decía, nunca creí que se pudiera sentir esto.

Nos acostamos, pero un buen rato seguimos conversando, hasta que de nuevo aterrizamos en la realidad. Nos preguntamos a quién Mariano Ramos le destinaría el veneno, pero como yo lo cambié, quién sabe qué habría pasado.

Nada, dijo Helena. Llenaste esa botellita de agua con un poco de *nux vomica*, que es buena para los malestares de una mala digestión. Le va a caer bien al que se la tome.

En parte estaba satisfecha de que a fin de cuentas no había sido vehículo de la muerte de alguien y de no ser cómplice chantajeable del ministro. ¿Dónde se quedó el veneno?, me preguntó.

Lo tiré.

¿De veras, Onelio? Definitivamente es mortal. Ni siquiera hay antídoto.

Lo tiré, palabra, en el lavadero de la cocina cuando tú dormías antes de que te avisaran de la muerte de tu mamá.

Helena suspiró.

Al día siguiente amaneció con llovizna y la niebla bien baja. Nos bañamos, desayunamos y cuando nos disponíamos a hacer planes, tocaron la puerta. No nos extrañó, porque todo el tiempo había entrado y salido gente que no fue al entierro y presentaba sus condolencias. Doña Santa era una santa, decían casi todos. Sin embargo, quien se presentó esa vez fue el mismísimo gobernador de Oaxaca, el tuerto Alberto Santiago, cuyo parche en el ojo le daba un aire medio salvaje, como de pirata. Vestía impecablemente y lo acompañaban varios custodios. Entró con naturalidad, a fin de cuentas era conocido de la infancia; saludó a Helena con toda corrección y luego a mí sin hacerme ningún caso. Se veía tan recio y seguro de sí mismo que nos preocupó. Helena lo recibió de frente, segura, sin intimidarse. Pero yo sabía que en su interior amenazaba un desbordamiento. Parecía inmutable ante él, quien, con cierta rigidez la vio a los ojos durante lo que pareció una eternidad. Después bajó la mirada y entonces, carajo, se permitió un discursito en el cual resaltó los méritos de Santa Matos y de su familia en Ayautla, especialmente los de Doña Lupe, a quien habían querido y respetado tanto. Era retórica pura. Ahora va a decir que mi suegra fue una santa, pensé. Y, en efecto, lo dijo. Hablaba despacito pero con un cierto trabamiento de las quijadas, lo que le daba un tono ambiguo y desagradable a su voz.

Ese Alberto Santiago, cacique indisputado, enemigo frontal de la presidenta Kurtz pero en especial de Mariano Ramos, el verdadero poder del país, sin duda impresionaba. No sólo era alto y robusto, elegante hasta la exageración, ciertamente enigmático y un tanto teatral por el parche, sino que también exudaba una fuerza sin forjar, aire de astucia, un hálito de malicia que lo hacía simultáneamente atractivo y repulsivo. Temible, aunque ni a Helena ni a mí nos imponía. Yo sentía curiosidad y mi esposa sin duda libraba una tormenta bajo la fachada de serenidad e incluso desafío.

Alberto se instaló en un sillón, aceptó sin timideces una copa de mezcal, y de pronto ya estaba en plan de góber, con una suficiencia que lindaba en lo prepotente, enlistando sus logros de administración, cómo había logrado contener a sus enemigos de la ultraderecha fascista que se habían adueñado del país con la anuencia de la Unión Europea y de los restos de Estados Unidos, más peligrosos que nunca porque, como Sansón, en su agonía aún podían llevarse al mundo entero. Pero nunca podrían con Oaxaca, porque ahí estaba él, para protegerla y defender al estado del abuso federal e internacional. No sólo eso, él estaba destinado para salvar al país, costara lo que costase.

Helena, en un principio consternada, seriamente afectada por ese hombre cuya presencia había crecido en ella hasta las proporciones de una sombra ineludible, ahora parecía fastidiarse. Y yo también. Era de pésimo gusto que ese imbécil, famoso en el país por hablador, bravucón y de una terquedad que hacía dudar de su inteligencia, llegara con sus petulancias un día después de que habíamos enterrado a Santa (que era una santa).

Oye, lo interrumpí, ¿no se te hace inapropiado venir a rendir tu informe de gobierno cuando estamos de luto?

Pareció que esperaba una reacción así porque no se demoró en retarme. Mira, cuate, conmigo no te andes con claroscuros, si quieres un llegue en cortito entre tú y yo, encantado. Vámonos orita mismo para afuera, los dos solos.

No te estoy desafiando, dije entonces, sólo te recuerdo que hay un tiempo para todo, como dice el *Eclesiastés*. Estamos de luto y tus logros gubernamentales en este momento están de más. Tu, digamos, investidura no te da derecho de tratarnos como a tus acarreados.

Ah mira, entonces sí quieres que te dé en la madre…

Quiero que tengas respeto. Cualquier motivo que traigas aquí, más allá de la muerte de Doña Santa, posponlo, sin duda mereces explicaciones, pero no ahora.

Ajá, tú sabes todo.

Helena presenciaba nuestro intercambio verbal con serenidad, pero finalmente intervino:

Onelio, ¿por qué no me dejas hablar con Alberto a solas? Creo que tenemos cosas que aclarar él y yo.

Está bien, respondí con un bufido, y me puse de pie. Aquí estoy afuerita para cualquier cosa, agregué y me dirigí al patio delantero. Alcancé a ver que Alberto con una señal ordenó a sus custodios que salieran conmigo.

Afuera lloviznaba y las gasas de niebla se pegaban a todo. Yo me sentí terriblemente incómodo; una especie de escozor irritaba mi piel desde dentro, en todo el cuerpo. Era algo que nunca había sentido y que fumar uno de mis cigarrillos negros no mitigó. Traté de controlarme, de cualquier manera.

Las voces de Helena y Alberto apenas se escuchaban y regresé a la puerta para oír bien lo que decían, pero en ese momento uno de los guaruras me dijo quítese de ahí. No le hice caso, y entonces me dio un cachazo terrible en la frente. Me tambaleé y el dolor se avivó cuando me desplomé en el suelo. El patán me tundió a puntapiés y me cubrí como pude. Pero en ese momento Helena alzó la voz y los guaruras quisieron oír qué decía.

¡Óyeme, deja ya de esconderte detrás de tanta palabrería! Tú ya sabes cómo he lamentado lo que ocurrió, te escribí desde Boston para decírtelo, nunca me contestaste, y después, cuando empezaste en los puestos públicos, te mandé un correo en el que traté de explicarme y te pedí perdón por haberte hecho ese mal. Perdóname, Alberto, te lo digo en verdad. Desde hace mucho he sufrido por dejarte sin ojo. Por ti, pero especialmente por mí. Ésa es la verdad.

El gobernador de Oaxaca le dijo que ella no sufrió lo que él, estuvo a punto de volverse loco porque no podía comprender que ella lo sedujera y al mismo tiempo le dejara esa marca imborrable. Toda su vida había sido un estigma desde entonces, juró que la encontraría y la obligaría a enfrentar sus actos. Pues el momento había llegado.

Yo te quería tanto, Helenita…

Pues nunca lo dijiste, o me lo dejaste ver.

¡Bueno!, bufó él. ¿Por qué me dejaste tuerto? ¡Explícame ahora porque nunca lo he entendido!

No sé.

Ah no, ora me dices, ¿por qué hiciste lo que hiciste, pinche bruja cochina?

No sé, de veras, Alberto, te lo juro. No me digas así. Perdóname ya, déjame vivir en paz.

No hombre, qué vas a vivir en paz, ¡bruja, bruja! ¡Eres una bruja asquerosa y maldita!

Oí que la abofeteó con fuerzas y Helena gritó de dolor. Traté de levantarme e ir adentro, pero los custodios me contuvieron. De cualquier manera pude ver la recámara.

¡Qué hiciste con mi ojo!, gritaba él.

¡Qué te importa!

Ah no, ahora me contestas, pinche bruja, dime, cabrona, qué hiciste con mi ojo con una chingada, repitió y volvió a golpearla.

El dolor fue tan intenso que yo mismo, desde la ventana, me contraje. Los policías del señor gobernador rieron y me volvieron a dar de puntapiés en todo el cuerpo. Fugazmente advertí que Helena veía cómo me golpeaban. Saber que yo estaba de por medio la hizo aspirar aire con fuerza.

Aquí está tu ojo, dijo de pronto.

Los guaruras dejaron de golpearme y yo mismo me erguí para ver. Helena se quitó un collarcito de piel del que colgaba un dije; éste era más bien un cofrecito azul y al abrirlo apareció una vieja lágrima de piel, contraída, opaca, oval, pero de alguna manera con algún residuo de vida.

Alberto le arrancó el broche, extrajo los restos de su ojo y lo miró larga, aturdidamente. Algo en él no entendía cómo uno de sus ojos, y el segundo en su sitio lo confirmaba, había llegado a esa condición. Se quedó perplejo, poco a poco paralizado, como cuando, más de treinta años antes, ella lo había usado para desflorarse y después lo dejó tuerto. Veía su ojo, un óvalo guango de piel extrañamente vivo; de hecho parecía que aún miraba, esa lágrima registraba todo lo que ocurría esa mañana lluviosa y fría en la Casa Gringa.

Alberto no se dio cuenta de que con una fuerza inimaginable Helena se lanzó contra él, con las largas uñas erizadas que, con un movimiento firme, exacto, extrajeron el ojo que Alberto aún conservaba. Él aulló de dolor, y ciego, sacó su pistola y disparó. Los custodios, al ver esto desde fuera, desenfundaron también sus armas sin pensarlo y en segundos las vaciaron disparando hacia dentro. Fueron tantas que el gobernador cayó en medio de ellas.

¡En la madre!

Ya nos chingamos al jefe.

¿Y ora?

Vámonos. Nadie va a llorar a ese hijo de la chingada.

Los custodios se olvidaron de mí, corrieron a sus vehículos, los oí arrancar, se largaron a toda velocidad y bien pronto la niebla los borró.

Yo me había resbalado hasta el suelo, como reflejo inmediato ante los balazos. En mis ojos quedó retenida la imagen de Helena, quien cayó en el suelo ensangrentada. Creí que me buscaba con la mirada. No parecía sufrir, ni se veía impresionada por esa violencia, en realidad lucía resignada ante un suplicio necesario, que bien visto tampoco era para tanto, ya que infinidad de veces, a lo largo de nuestras vidas, habíamos experimentado fragmentos de muerte y morir ahora representaba un pasaje si no es que la verdadera meta; la muerte no es el fin, pero morir no tiene fin, como sabían desde siempre los poetas.

Aun tundido por los golpes no sentía los dolores, me urgía ir con Helena, ver si aún podía salvarse o contemplarla por última vez en todo caso. Logré ponerme en pie y entrar en la casa. Me dejé caer junto a mi esposa. Definitivamente había muerto. Su mirada quedó fija en lo alto y en su rostro refulgía el gusto callado, discreto, de una realización. Estaba más hermosa que nunca, con la palidez que amarilleaba dulcemente su piel morena, los ojos constelados en lo alto, el rostro yerto y a la vez resplandeciente. No podía yacer junto a ese hombre.

Un largo rato acumulé fuerzas. Después tomé aire, alcé el cuerpo de mi mujer, me fui por la vereda y caminé durante eternidades con ella por el bosque lluvioso, que se abría y se cerraba por la niebla. Una luz pálida apenas llegaba en ese día tan oscuro. Las enredaderas trepaban por los árboles, las ramas cerraban las veredas y entonces me iba por otro lado. Quién sabe cómo Helena no pesaba, como si fuera espíritu puro. Quizá por eso caminé y caminé, cargándola durante horas. Los árboles, apretujados, con las ramas entrelazadas, creaban una humedad de olor penetrante. Las variaciones de verdes nunca se acababan, pude pensar cargando a Helena y al pisar hojas semipodridas, mojadas alfombras. No muy lejos se oía una cascada. La vegetación, muy cerrada, creaba una languideciente luz uniforme, con ocasionales rayos que incendiaban los verdores. Casi resbalé por un declive cuando llegué a un bello estanque. Un postrero haz de luz solar había penetrado entre árboles y matas. Aquí es, pensé, y recordé al joven doctor Héctor Wise, mi suegro.

Deposité el cuerpo de Helena en el prado, frente al estanque, los lirios y la flor azul. Me fingí, para facilitar

las cosas y por reflejo profesional, personaje de Shakespeare; le dije al cadáver de mi mujer: Helena, mala, tenías
que hacer todo por tu cuenta, íbamos a irnos juntos,
acuérdate. Entonces tomé la botellita que contenía el veneno y que llevaba en el bolsillo todo el tiempo. Lo bebí
de un solo trago. No me supo mal, pero casi al instante
sentí los efectos. Besé a mi esposa. Me pareció bellísima.

Agosto 19, 2004

Agradecimientos

Muchas gracias a mis hijos Andrés Ramírez, Jesús Ramírez Bermúdez y José Agustín Ramírez, así como a Una Pérez Ruiz, Glyke Lehn, Andrea Lehn, Ana Paula Dávila y Jesús Anaya, por su lectura y los correspondientes comentarios. Y a Cuauhtémoc Merino, quien me proporcionó diccionarios y libros de poesía y narrativa zapoteca.

Índice

OTROS TÍTULOS
DE LA BIBLIOTECA

Vida con mi viuda de José Agustín
se terminó de imprimir en el mes de agosto de 2022
en los talleres de Diversidad Gráfica S.A. de C.V.
Privada de Av. 11 #1 Col. El Vergel, Iztapalapa,
C.P. 09880, Ciudad de México.